U0111212

香港短篇小說選

2004~2005

鄭政恆 編

責任編輯　　林澧珊

書籍設計　　鍾文君

書　　名　　香港短篇小說選2004~2005

編　　者　　鄭政恆

出　　版　　三聯書店（香港）有限公司
　　　　　　香港北角英皇道 499 號北角工業大廈 20 樓
　　　　　　Joint Publishing (H.K.) Co., Ltd.
　　　　　　20/F., North Point Industrial Building,
　　　　　　499 King's Road, North Point, Hong Kong

香港發行　　香港聯合書刊物流有限公司
　　　　　　香港新界大埔汀麗路 36 號 3 字樓

印　　刷　　廣州市一豐印刷有限公司
　　　　　　廣州市增城新塘鎮太平洋工業區 98 號

版　　次　　2013 年 8 月香港第一版第一次印刷

規　　格　　大 32 開（137 × 210 mm）288 面

國際書號　　ISBN 978-962-04-3165-4

© 2013 Joint Publishing (H.K.) Co., Ltd.

Published in Hong Kong

序：死亡、影像、反權威　◎ 鄭政恆

　　2006年，黃子平和許子東編選的《香港短篇小說選2002－2003》出版，至今休止了七年。2012年底，當我承諾要接力編輯《香港短篇小說選2004－2005》，立刻回頭再看《文學世紀》和《香港文學》等幾本重要的香港文學刊物，尋找小說作品（至於報刊的文藝創作版，直到2006年葉輝擔任《成報》社長時，才有曇花一現的小陽春）。大概因為時間的距離，佳作一一浮現，選甚麼的問題隨之迎刃而解。然而，社會脈絡急遽變化，事過境遷八、九年，這二十二篇小說所呈現的文學面貌，如何重述呢？我所留意的重點包括：死亡、影像、反權威。

死亡與乏力感

　　死亡是2003年香港的集體經驗，那一年也是香港低谷的時候，"哥哥"張國榮在愚人節自殺身亡以及SARS疫症，帶來前所少見的社會衝擊，這些事件和相應的感受，在小說中得到迴響，洛楓的〈釘在冰上的紅蝴蝶〉和關麗珊的〈儀姐〉置於小說選的開首，似是對應了之前一年的時局，更重要的是兩個小說同樣是出入生死，並且從死者的特殊視點回看人間世，始見常人之所未見。

　　〈釘在冰上的紅蝴蝶〉以六個溜冰日誌，透過多於一重的角度審視城市與死亡，不論如何，命運似是不可逆轉，人際（溜冰場）冰冷疏離，個人的死亡和城市的死亡，疊合得天衣無縫。〈儀姐〉

則以相對寫實平和的筆觸書寫，將無奈的控訴一路壓抑到最後。

崑南在〈恐龍紀重臨〉中，鍥而不捨接續無愛紀下的性愛書寫，愛無能的人環繞著生之本能（eros）和死之本能（thanatos），尋找不可能的解脫，而所謂的終局可能就是文明的敗亡。三篇小說體現的，莫不是乏力感，〈釘在冰上的紅蝴蝶〉將這種感受寫得相當全面：「四月是殘酷的季節，SARS疫症褫奪了許多原本不應死去的生命，而該死的官員卻夜以繼日地在電視的畫面上，收音機的頻道裏、報紙的對罵中互相推卸責任和粉飾太平，從『疫症已經受控』的謊言到醫護人員相繼殉職的實況裏，我不是不能體驗存活的可貴，祇是我仍然無法避免有一種四肢慵懶的乏力感，感覺這千瘡百孔的城市總是要敗亡的，明天不倒下，誰能保證不會在若干百年之後灰飛煙滅？我們又何必固執堅持繁華的追求和延續呢？」（黃碧雲的〈沉默咒詛〉也有深刻探索，可是由於版權問題，本書未能收錄。）

死亡書寫不單牽動乏力感，也連繫著人的過去及回憶。王良和的〈破地獄〉出入於生與死、愛與恨，從一個老婦的死亡，帶動起女婿、丈夫、女兒、兒子四個親人的回憶，四個聲部交響之下，建構出一個家庭兩代人的"家族史"，而靈堂內破地獄儀式由於意外而草草收場，正好說明形而上的身後世界沒有實質意義，更突顯出沙特的名言顛簸不破：他人就是地獄（L'enfer, c'est les Autres）。陳汗的〈炭燒夫妻〉讀來教人驚心動魄，而由於陳汗本人為電影創作人，小說的真實感教人思疑，不少情節正是來自作者坦率的自剖。死亡帶動兩個人過去的經驗，卻是言之鑿鑿，命運與歷史給人相當奇詭的遭遇，人間怨念沒有解脫之途，沒有出口，小說具有電影感，處處展露戲劇衝突，是深切的情慾懺悔錄。

葛亮的〈謎鴉〉跟陳汗的〈炭燒夫妻〉一樣，給讀者帶來震驚（shock）。葛亮寫得相當冷靜克制，在平靜的語言下一路開展，卒之教人不寒而慄，正如葛亮所言，這是一則宿命的故事，生活被殘酷的現實所洞穿，露出脆弱的本質。〈謎鴉〉以筆鋒冷峻、準確、簡約惹人注目，內容大體上以一個依稀是香港的 "通屬城市"（generic city）為背景，在一個表面上並無差異和特色，而且具有秩序品質的城市環境中，卻置入一隻名字如其本質的烏鴉 "謎"（Enigma）。養鳥之事，為一對年輕夫妻的家庭生活和個人命途，帶來翻天覆地的變化，而略帶極端的情節，與電影感的場面以及直接而克制的語言，一一在小說中成功結合。

陳慧的〈天美與翠麗〉也是關於死亡，卻又另有出路。一個男人在天美家裡離奇的死亡，翠麗搬來跟天美同住，兩件事帶來沒有解開的懸念，當然也留下想像的空間，但無論如何，外在的社會充滿壓力，個人卒之退回到私人的空間。

影像導向下的景觀社會

死亡帶來乏力感，人從現實中撤離。影像導向下的景觀社會（the society of the spectacle），形成了一個符號化的世界，人不再面對現實，而是面對超真（hyperreality）的影像世界（現實令人相當氣餒，官員言論的權威性一落千丈，在千夫所指的二十三條立法爭議中最為明顯）。在本書的小說中，影像媒體佔據十分顯眼的位置，當中陳寶珍的〈夜遊人〉關於成人雜誌，羅貴祥的〈板間房〉關於真人show電視節目，韓麗珠的〈黑熊〉和余非的〈煮一碟意大利粉的時間〉關於新聞節目，車正軒的〈元宵夜‧球場上‧練習跳投的少年〉和杜文諾的〈發條橙之後〉關於電影，可洛的〈她〉關於廣告。

陳寶珍〈夜遊人〉中，唸中國文學的人，失掉理想，編輯嫖妓指南之類的成人雜誌，理想和現實之間的隔閡形成痛苦，小說側寫了文學世界的沒落，以至於擬真影像與肉身慾望全面得勢。可以推想，當代小說作家面對影像威脅，多少產生創作的焦慮（如電影取代小說這個老問題），可是香港小說彌足珍貴之處，就是對於影像主導的社會現狀，留下深刻的反省甚至批判，作家透過文字將讀者帶回現實，當然，所謂現實不必然是外在的社會現實，而是透過藝術手段重新呈現的現實。

羅貴祥是大學學者，對西方文化理論相當熟悉，也靈活地將理論運用在小說創作之中，他的小說〈板間房〉刻畫了真人show電視節目，節目建構出一個仿真甚至是超真的世界。板間房原是舊時代的生活場景，可是在攝錄機全面監控的娛樂台電視節目中，參賽者置身於板間房之中，他們的共同生活完全抽空了舊時代的倫理價值，並偷換上消費和視覺剝削。更重要的是，小說開首以第一身獨白，表白"我"的個人經驗，然後說話的對象是"我"的伴侶佩佩，可是最後連佩佩是否存在也成疑，而最終一切只是讀者竊聽聽到，便成了真實，彷彿說明真實在仿真和超真主導的世界中，是多麼脆弱而且不可把握。

韓麗珠是2004至2005年間相當突出的年輕小說作者，她發表了〈夢遊症旅行團〉、〈拼圖〉、〈波子〉等多個短篇小說，這些作品收錄於2004年出版的《寧靜的獸》。本書收錄的〈黑熊〉涉及電視媒體，特別是新聞節目。在後九一一時代，隨著文明的衝突而產生了反恐戰，暴力的影像也透過新聞節目活生生呈現，教人迫視。〈黑熊〉中的黃是旅行記者，留居在一個島，而小說幾次提及了酒吧播映的電視新聞報道。第一次時，人們對持久的暴動毫不理會。第二次時，遙遠地區的屠殺事件時，人們並不同情，新來的外來者中，一個女孩流下眼淚。到第四次時，女孩不再流淚了。而黃甚至寫道，觀看新聞報道是旅客的觀光活動，但久而久之旅客會認為新聞報道是捏造的、虛構的，小說深刻地描述景觀社會中，人們的疏離、冷酷、對外在現實視而不見，就像小說中的人們對黑熊視而不見，黑熊就如同房間裡的大象（elephant in the room）。

余非的〈煮一碟意大利粉的時間〉以2004年的七一大遊行為背景（關於七一大遊行的短篇小說還有顏純鈎〈此時此地〉和關麗珊〈炎夏之貓〉等等，沒有收錄於本書中），當中一對中產男女，男的本身是廣告媒體人，深知廣告訊息的力量，他看電視現場直播，就激起了情緒，走出家門；女的本身是精算師，對政治不聞不問，只關心工作和情感生活，七一時她換掉這個沒有誠信的男人。影像的力量令人興奮，也同時令兩個人產生分歧，在帶諷刺的小說敘述下清晰可見。

　　除了電視，電影和廣告也是重要的影像媒界。車正軒的〈元宵夜・球場上・練習跳投的少年〉是文學與影像的越界書寫，當中沒有對視覺影像文化的批判，反而將影像的視覺帶入文本的敘述之中，而小說中的日常生活也寫得相當具體。杜文諾的〈發條橙之後〉一如作者其他充滿荒誕感的小說，當中少不了無法解釋的現象、無關宏旨的生活瑣事和調侃樂事，一一拼湊出活生生的後現代生活圖像。可洛的〈她〉表面上是清新的大學校園故事，離不開友情和愛情，然而小說中的我拍了一個廣告，如此產生了我與她（廣告中的我）的特殊關係，也就是自我客體化（Self-objectification）的問題，整個小說不著痕跡地處理了現實和影像之間的關係，連帶起作者在文本中提及的想像、情感、消費、慾望等課題。

　　對於這個影像媒界主導、人們日漸疏離的社會，〈公廁城市人之戀〉的作者黃勁輝以荒誕的喜劇故事展現出新的可能，作者以書本作為溝通的中介，重新宣示了文字閱讀經驗的重要性，愛書人的交往，甚至治好了主角的病。當然，黃勁輝不是板著面孔說明文字的力量，而是將態度寄寓於小說之中。

兩代人與傳統價值

現實的政治令人產生乏力感，影像導向令人產生疏離感，然而既定秩序也在反權威或反霸權的聲音中消解，卒之引致管治權威失落。2003年七一大遊行五十萬人上街，高呼董建華下台，並且反對二十三條立法。翌年七一的遊行人數同樣高企。2005年三月，董建華終於辭任行政長官。

謝曉虹的〈床〉正好道明權威的失落，女孩本來是病人，在醫院裡竟然成為了護士，恰恰打破了常規秩序。而她所照料的父視一路萎縮，離死期也不遠了，唯一的權威大概是醫生，但他只不過是渴求與女孩共同入睡的寂寞人。如果〈床〉的超現實世界引人進行寓意的解讀，李維怡的〈紅花婆婆〉卻相當寫實。紅花婆婆出現揭示了自修室職員的官僚管理思維，學生陳大文則代表了同情的角度，小說作者也以陳大文為主角進行敘述，由此兼及對小販管理的批評，而刻意提及《墨子》一書也有強調兼愛的弦外之意。

從更大的層面看，權威失落除了是政治問題，也可以是文化問題。也斯的〈溫哥華的私房菜〉就呈現了傳統價值的失落和轉化生機。也斯借早已為大眾遺忘的傳統三及第小說風格模式，一時文言、一時粵語、一時白話，這不是在敘述上刻意求趣，而是背借跡近湮沒的傳統文體推陳出新，而體例正正適切於描繪舊世界與現代化、香港本土與溫哥華異鄉、華洋之間的處境，再將老薛這個可憐巴巴的食評家放在兩邊之間的夾縫，卻注定了兩邊都不討好，在海關櫃台遇阻、與齟齬不合的妻子分居兩地、日久生疏的兒子步向西化⋯⋯老薛遠渡重洋到溫哥華當評判兼一家團聚本是無功而還，回港後卻因私房菜的食物令一對兒女多了一點兒理解，自己也在食物與感情中找到難得的平衡或安身立命的可能。

董啟章的〈罪與寫〉也有許多兩代人之間的交流，作者透過真切的自我宣述，展現出對弱勢族群和社會公義的關懷。〈罪與寫〉

是以基督宗教的七宗罪（饕餮、懶惰、忿怒、妒忌、貪婪、好慾、驕傲）為架構，加上許多經典文本互相指涉，小說有明確的書寫對象（兒子新果），字裡行間刻畫出七位女性的群像，也不乏後設的反思片斷，而最重要是小說介入倫理、現實、教育、德性，猶如自我審判般進行反省，體現出宗教情操和倫理責任，技巧與內涵相輔相成，難能可貴。

2004年初，董啟章在香港藝術中心的月訊《藝訊》（Artslink）發表連載小說，為期一年，後輯印成《對角藝術》一書，〈時光‧聯想〉正是此書的後記，跟書中另外十二篇小說一樣，董啟章自覺地運用後設元素，透過儼如真實人物的栩栩一角，虛實之間探究創作或現實問題，以至於滲透評論觀點，生活介入了書寫，而書寫也介入了生活，從而作者用二元的眼光來回審視虛構與真實，就如董啟章在小說的結句所說"由是，不同的時光，在藝術中得以互通，成為共同的體驗。"

共同的體驗。2005年是變動的一年，特首董建華黯然下台，同年十二月底的反世貿示威，以至往後一連串以保育為關注點的抗爭行動，如保衛天星碼頭、皇后碼頭、菜園村的社會運動等等，揭櫫嶄新的公民抗爭路向，社會遽變，公民大眾和政府之間的緊張關係，在不民主的政治制度裏，一直沒有舒緩的可能。

目　錄

釘在冰上的紅蝴蝶　　　◎ 洛楓

溜冰日誌（I）：幽靈篇

　　兩個人相互深愛卻最終不能走在一起，當中涉及的並非兵凶戰危的時代，也與家庭的糾紛或門戶對立無關，那哀傷非但毫不轟烈，想來甚至卑微得使人難以啟齒！

　　合上紫紅色的絲絨日記，如同摺起拍翼的蝴蝶，她坐在白色的窗簾前，外面也許有月光或燈光，但室內祇有冷氣機發霉的餿味，喘著氣管呼吸，她把二氧化碳吞回肚裏，胸腹間升起一陣鴉片色的暈眩和窒息，祇有在這種時刻，她最和你接近，那是心之危崖，死亡的終極——這個夏季的愚人節，你以最撇脫的身影從高空殞落，給疫症蔓延的城市投下開埠以來最震盪的玩笑，當然，沒有人質疑你嚴肅對待死亡的態度，因為畏高的你突破了生命的極限，選擇在半空中粉身碎骨，於是，你飄浮的身影成就了她對命運最明晰的預示。

　　三月三十一日的早上，她收到T城的他隔著被感染的空氣傳來的電郵，說彼此不可能再這樣下去了！看罷這封電郵，她的鼻敏感又再發作，估計電腦不可能把SARS病毒傳遞過來吧?！她重複喝了一杯又一杯觸手滾燙的熱水，好讓自己的手腳不會那麼冰冷無力，其實，她的病源是想不明白到底自己和他本來是怎樣的？現在又如何了？將來又可以不哪樣下去了？熱水喝多了便拉肚子，這樣也好，反正把病毒都排出體外去，這日子這城市不是流行排毒瘦身嗎？假如這排遣真的能夠減輕負擔！

　　四月一日的下午，她繞過七四七的高空飛到T城，出席一個朋友的婚宴。晚上，在霓虹光與閃光燈的酒會上，她聽到你自殺身亡的消息，剎那掛在臉上原本已無法自我處置的神情像給電影鏡頭凝住，彷彿永恆地僵在那裏，直到地老天荒！回到下榻的飯店，她打了一通長途電話給報館的朋友，在確認了你從高處躍下的時間和地點後，便小心翼翼的把電話放回原處，然後以慢鏡的動作更衣、淋浴、上床和睡覺。

　　四月二日的清晨，她在半夢半醒之間下樓買來三份報紙，翻開彩色的油墨、黑白的摺痕，上面有你的照片和名字，至此她才像被摑了一個清脆俐落的巴掌似的恍然，黏黏稠稠的眼淚再也無法控制的在滾燙的兩頰流下又蒸發，迅速的乾枯彷彿連悲傷都不敢停留。她站起身來輕輕用力推開十樓的玻璃窗，對面火車擦在鐵軌上的轟隆轟隆拚命地敲打斷裂的心跳，她踏前一步，把上半身伸出窗子外，由於空氣污染的關係，清晨的風像鉛那般重，不順暢的呼氣和吸氣帶來旋轉的暈眩，但抖顫的手腳拉得她的意識十分清醒：原來某些決定祇在瞬間，假如能熬過這個"瞬間"，是否一切便不一樣了？但不一樣又能夠怎麼樣？不一樣也不過是這個自己罷了，對於外在的世界還不是照樣毫無進展？她抽回身子，驟然發現自己原來也是畏高的，是你，使她明白原來命運早已不可逆轉，天不從人願！

　　從三月到四月，就這樣，她在兩日一夜之間失去了兩個重要的男人——一個死了，但她相信最終還是會相見的；另一個仍然活著，甚至肯定活得比她長久，卻無論如何是一輩子也不可能再見面了。

　　合上日記如同摺起拍翼的蝴蝶，她以慢鏡的動作更衣、淋浴、上床和睡覺；而你，就溫柔明淨地坐在角落，低聲唱詠離去前留下的旋律：

由過去細節　逐日逐月

似殞落紅葉

難以去撇脫　一身鮮血

化做紅蝴蝶

溜冰日誌（II）：幽靈篇

　　死亡，對某些人來說，是存活下去的動力，因為它讓人知道
"艱苦"有個限期，生命不會無休無止！

　　踏入白茫茫一片水氣的溜冰場，她有一種如釋重負的感覺，
冰與死亡貼近，不單是因為彼此共有的冷和絕，還在於那份觸手冰
涼的存在！如果說人要以體溫才能將冰塊消融，死亡何嘗不是亦以
生命燃燒？有好幾次，她在練習的中途失去平衡凌空倒下的剎那，
她體驗前所未有的快感：失重、無法自控，然後最終落入冰涼的荒
漠，無助，但圓滿自足！而且，在凌空跳起的電光火石間，她彷彿
看見你天使般的笑容在前面不遠的地方招搖，依然那麼亮麗和嫵
媚，因為你生命最終的動作，還是依賴自己的身體力行完成，不假
外求，沒有依賴藥物或意外事故！從此，她迷戀倒地不起的感覺，
當中有一份慵懶和頹亡！

　　醫生說患有血友病的人不適宜劇烈和危險運動，一旦受傷便
很容易流血不止，引致失救死亡。當然，她明白這個道理，卻沒有
遵從這個吩咐，她之所以選擇溜冰，是為了要借助在冰面上滑行的
速度，追蹤、消解、切割或塗抹過去的生活痕跡。相信你也看過王
家衛導演的《重慶森林》吧！男主角223要以跑步流汗替代失戀流
淚，讓身體多餘的水份蒸發，疲憊的身軀便再無餘力傷痛。是的，

當身體積累了多餘的物質，譬如情感和記憶，讓它蒸發是唯一可能治療的方法，何況，撇脫的你能免疫於城市病毒蔓延的時刻，而存活的她卻必須面對情愛瘟疫的拓散與無可根治。

踏著黑色的溜冰鞋，她重複地繞著方形的溜冰場走了一圈又一圈，沒有風聲，因為她走得很慢很慢，慢得近乎靜止，至此你才發現原來靜止也有速度，如同死亡也有它的生命，祇不過存在的形式不同而已！像你這樣的一個幽靈，出現在冰場上不為人見的角落，或這篇小說無處不在的敘述裏，何嘗不是另一種存在的映照？照見眾生如一，生命如圓圓，無始無終！是的，你就這樣坐在這裏，不動聲息，瞧見的圓周卻比身在圈內的她還要圓闊，至少你已經發現在她身後有另一個身影緊緊追隨。那身影修長、蒼白、靜默、堅定，不帶半點猶豫，義無反顧地跟在她飛揚的髮後。你緩緩的搖了搖頭，眼神如同洞穿的光線，照得冰場一片刺眼的閃耀，你在死後比誰都明白，企圖抹掉感情記憶的她並不需要另一段新的邂逅，從來都沒有新舊交替這一回事，人的裝載力量畢竟有限，在舊有傷痕還未癒合的時候，新補的挑逗祇會是雪上加霜的折磨！然而，你並不清楚她是否察覺背後的身影，但你隱約知道，在死亡面前，無論是你還是她，已經沒有餘勇再愛別人。

冰場上緩緩流瀉輕漫而沉溺的音樂，仍是你的歌曲——"難收的覆水　將感情慢慢蕩開去"——中低音的磁性如冰刀削過的雪痕，在她的心裏來回往復、來回往復……

溜冰日誌（III）：女子篇

哥哥張國榮死後，我活得比以前更豁出去，因為哥哥都已經死了，還有甚麼值得畏懼的呢！？我對哥哥的迷戀（或傷痛），別人也許不會明白，世情亦不會體諒，但這些都不與我相干了，因為我相信哥哥會在另一個世界裏，把一切都看得分明！

　　我又怎會不知道跟在背後的身影呢？我甚至感應得到哥哥常常就在我的身邊附近，凝視我的一舉一動——從少年時代開始，我聽他的歌曲長大，在不羈的風中戀愛，在共同渡過的承諾下喜悅，在無心睡眠的午夜失落，在風繼續吹的漩渦裏徘徊迷失，然後在他倒數的歌聲內算計自己的生命，在我們城市暱稱"哥哥"的這個歌手，許是一隻路過蜻蜓，彷彿輕描淡寫，卻水過留痕……

　　四月四日的兒童節，我為自己做了一個轉捩生命的決定——學習溜冰——不是為了悼亡或紀念甚麼，祇是很想專注地重新做一件事情！

　　四月是殘酷的季節，SARS疫症褫奪了許多原本不應死去的生命，而該死的官員卻夜以繼日地在電視的畫面上、收音機的頻道裏、報紙的對罵中互相推卸責任和粉飾太平，從"疫症已經受控"的謊言到醫護人員相繼殉職的實況裏，我不是不能體驗存活的可貴，祇是我仍然無法避免有一種四肢慵懶的乏力感，感覺這千瘡百孔的城市總是要敗亡的，明天不倒下，誰能保證不會在若干年後灰飛煙滅？我們又何必固執堅持繁華的追求和延續呢？

　　疫情高危的城市，給我前所未有的悠閒：起初是有薪的例假，然後是無薪假期，最後是裁員；捏著銀行存摺單薄的儲蓄，我不打算再尋找工作了。從回歸前夕到千禧年過後，我曾輾轉於七個不同的機構十三個不相關的部門，是時候給自己一個結束的檔案了，況且，微薄的積蓄足夠讓我多活四個月，四個月，已經很足夠了！

　　溜冰場是罕有地清靜，因為努力慈愛的父母都不讓孩子到公共地方交叉感染，像我這樣一個父母早已離異的女子，是不會有人管束我的生死，於是，我便可肆無忌憚地沉溺於一種叫做"孤獨"的快樂，幾近忘我，直到那一次，我興高采烈地倒在冰面的時候，有一隻修長而蒼白的手從旁把我拉起來，從此我便發現，原來我最終還是無法獨自一人！

他是溜冰場的教練，這是我從他身上穿著的制服辨認出來的，因為由始至終他都沒有開口跟我說話，我並不知道他的名字、聲音和年齡，但這又有甚麼相干呢？我本來就沒有打算要知道這些，這世界，以及它的人和事，在三月與四月的過渡期間已經跟我無關了。

往後短暫的日子裏（我的日子其實不會太長），總常常發現他喜歡跟在我身後，靜默無聲卻充滿動感，那高速的旋轉與飛躍的跨步總颳起了猛烈的氣流，吹起我頸後的長髮，麻麻癢癢，卻空空洞洞！逐漸地，他變成冰場風景的一部分，如同四周的欄杆、天花的射燈，理所當然的存在！

哥哥有一首歌，叫做〈玻璃之情〉——"我這苦心　已有預備隨時有塊玻璃破碎墮地"——很想在溜冰場播放這首歌，讓他知道，有一些運命其實早已不可逆轉！

6　溜冰日誌（Ⅳ）：男子篇

我必須慢慢學習接受會有許多人喜歡我，亦會有許多人憎惡我，同時又把這種種喜歡和憎惡的眼光視若無睹，否則，我將無法在一個被觀看的世界裏存活下去……

"溜冰"本來就是一項被觀看的活動，冰場上的競技不但是自我價值美感的存在，甚至是個體生存與活動空間的攫取，即所謂汰弱留強、物競天擇！祗是，我無意於競技或攫取，白茫茫的天地裏，祗想當一個淡灰的影子，隨時隨地伴在她的身後，眷顧她的起落、奔馳和靜止，因為祗有在這種無休止的追逐中，我才可跟妹妹的死亡貼近，才可稍稍撫平那負罪的歉疚！

這日子，常常在午夜的電台聽到一首歌叫做〈玻璃之情〉——

"玻璃"的比喻真好，那麼透明，看似堅硬，其實不堪一擊，像妹妹，玲瓏剔透，充滿陽光七色的虹彩，但最終還不免破碎墮地！而溜冰場上碰見的那個她，像妹妹，但不是玻璃，是水晶，有透明通照的能量，但內裏蘊藏太多不可探知的物質，所以大部分的時候仍是光線無法透穿的！

她開始流連於溜冰場，是在四月SARS疫情的高峰期。有時候她會穿上紫紅色的衣服，像一隻飛在冰上的紅蝴蝶，有時候卻持續穿著白色，獨立映在冰上如一座透亮沒有顏色的幽靈。妹妹也喜歡紅和白，她死時穿在身上的便是這兩種顏色，使她看起來像極一尊塗了胭脂的白瓷娃娃！妹妹自殺時祇有十七歲，是這個城市準備回歸、爸媽再度離婚的日子，記得當時連續下了四個月的暴雨，舉頭凝視空中殞落的煙花和雨，我自始至終沒有掉過一滴眼淚。之後，我離開了住在半山的家，當起溜冰教練來，每天進進出出冰冷的世界，除了上課，差不多不跟人講話，看著孩子蹣跚的腳步逐漸變得純熟時，我也開始接受妹妹死去的事實，直到那一天，穿上紅白相間的她走入冰場，我才差點以為自己又再復活過來，在幽靈的世界跟妹妹重聚。她長得跟妹妹差不多一個模樣，祇是眼神很剛冷，似鋒利的冰刀，用超乎年齡所需的漠然切割這個紛亂的世界。自此，我養成跟在她身後的習慣，沒有打算跟她說話，祇想在她臨遇危險或意外時可以幫上一把，就像我從小到大保護妹妹那樣，不讓外來的侵害傷損那敏感的脆弱，這是我在接受"哥哥"這個身份上唯一可以做到的事情。

自從遇上她之後，我開始搜集各式各樣的水晶，有酒紅色的石榴石、紅綠混生的碧璽、紫紅的螢石。聽說水晶有磁場、能通靈、可感應外物、安神和護身。我無法確認搜集水晶的真正因由，祇隱隱約約的相信水晶是她的象徵，而她是妹妹的化身，收集水晶能讓我與死亡相依為命！是的，我是一個懦弱的卑微者，妹妹生前我沒能突破家庭與道德的障礙，妹妹死後我無法履行壯烈的追隨，卻祇

7

可以窩囊在冰天雪地之中，以低溫麻痺心跳，以不斷重複的動作磨蝕堅硬的命運！

那一天，她在練習一個凌空跳躍的動作時右肩失了平衡倒在冰面上，我從後繞過去把她拉起來，她以近乎中低音的聲線道謝，我沉默地轉身朝相反的方向離去——畢竟她不是妹妹，當然她沒有責任要擔當這個角色——到底這是誰的主宰？小時候看過一齣日本電視劇叫做《赤的疑惑》，做妹妹的山口百惠患上血癌，最後死在做哥哥的三浦友和的懷裏，那時候便想：兄妹的命運或許真的不可逆轉，但三浦友和還是幸福的！妹妹死時，我正把自己放逐在老遠一個冰天雪地的城市，當我繞過空中的七四七趕到殯儀館的時候，祇能看見玻璃棺材內的妹妹如一尊白瓷娃娃，無言、無淚、無可挽回！

踏入七月，疫情在犧牲了二百多條生命之後逐漸受到控制，溜冰場上重新聚滿了人，而她出現的次數也越來越少，我明白，玻璃和水晶的人總害怕人群，誰叫這樣的構造太過玲瓏透徹、洞穿虛妄！城市，在努力的重建中，煙花、歌聲、霓虹彼此狂熱的交織，織成虛幻的網，因為受創的繁華也如玻璃和水晶一樣，空有折射的妊紫嫣紅，奈何敵不過風流雲散的破滅！就在這個時候，水晶的她最終仍不能倖免破碎墮地！

溜冰日誌（V）：男子篇

曾聽過這麼的一個故事：當風吹過冰面時你便會看到風的顏色！這陣子，天氣冷熱無常，心底有一陣風，舒緩而不暴烈，微涼但不溫暖，然而，我知道，當它靜止下來的時候，便可看到風的顏色！

中午，醒來，太陽很重，起床走出客廳，便瞧見坐在沙發上的爸已經喝完了他的第三杯咖啡。差不多一年沒有見面，他看起來彷彿縮了一個尺碼，鬢邊的白髮染黑了，頂端的本來已經不多，現在越見稀疏，祇勉強把後面的梳到前面來，好蓋住閃亮的油光；臉容鬆垮，像倒塌的山泥，但仍掩不住那崢嶸的稜角。

"這麼晚才起床？"

"上午沒有溜冰課。"

"這樣的工作太閒散了，而且沒有預算。"

我叭啦叭啦的打開空蕩蕩的冰箱，企圖尋找一點可以喝的冷飲，頭有點重，口有點苦，最後祇能找到一樽沒有標明期限的礦泉水。

"我打算下個月回加拿大重整公司的業務，你要不要和我一起回去，到那邊從頭開始？"

"怎樣從頭開始？"我把淘空了的水瓶狠狠拋入垃圾桶內，撞擊的迴響空洞暗啞。

"爸的年紀也大了，公司的事情總要交下來給你，你還是趁早計劃和適應，好讓我可以退下來，安心找個新伴終老這下半生！"

"原來從頭開始的意思就是你再找一個新的結婚對象！"

"其實你也老大不小了……"

"別說了，我不會跟你回去的！"中午外面的陽光照入廳內，在地上、牆上的瓷磚割成參差花亂的細紋，人走過，也彷彿割在臉上、身上，我覺得有點冷，便轉身走入房間準備更衣上班──這房舍陽光長期照入，照得傢俬都褪了顏色，有一種此恨綿綿、遙遙無期的悵惘！

"我知道你對阿妹的死仍在責怪我，我承認是有點固執，但你想想，身為父親又怎可以看著女兒在外面胡搞而袖手旁觀呢？何況我們都是有體面的人家，到底也是上市公司啊！她跟過氣小明星的緋聞鬧上了新聞頭條的話，對公司的聲譽祇會有損無益，這叫我怎樣向股東交代呢？而且，我祇是把她關在房裏，讓她好好反省，讓我好好教導而已……”

　　“那不叫反省和教導，是非法禁錮！”

　　“隨你怎麼說，反正從小到大你都瞧我不順眼！”

　　我把衣服逐件逐件從衣櫃裏翻出來，翻起了滿室漫天的塵埃，也彷彿在翻撿這個爸數十年來的風流舊賬，“夫妻如衣服”，父親的衣服也未免太多了，一件換了還有一件，新的替代未舊去的，永遠有最時尚青春的款式到處招搖！從來我都搞不清楚媽的模樣到底是怎樣的，除了妹妹，我一無所有！

　　“這是你的機票，你仔細考慮一下吧！”

　　老人走後，房間仍彌漫那股雪茄煙臭混和咖啡的氣味，像腐蝕氣體的流播，歷久不散。我把機票撕成兩半，然後把他喝過咖啡的杯狠勁地摔到牆上去，爆裂的玻璃碎片映在陽光的微塵裏，飄浮、離散，我在玻璃的折射裏看見了自己破碎的臉容，慢慢歸落柔軟的地氈上，無聲，但有痕……

溜冰日誌（VI）：幽靈篇

　　距離你破碎墮地的日子差不多一百天了，隨著人們悼念熱情的冷卻，你的影子也越來越淡，像冰雕，隨時會在太陽的高溫下消亡，再隨風蒸發！七月是明媚的日子，如同四月的殘酷與變臉，天氣仍陰晴交替……

　　七月是她出生的月份，也是這個城市在積壓無數政治癌細胞後不得不尋求自救的時候，因應“二十三條立法”與特區政府管治的失誤，數以十萬的人如潮水、像水銀，浸滿城市的街，激烈的論辯和抗爭在城市不同的角落擦響電光火石，比煙花還要明亮璀璨，而她，在積蓄差不多耗盡之下，亦開始準備結算生命最後的賬單。

　　這天，灰色的天陰了又放晴，晴了又轉陰，溜冰場上慣常地聚滿了小孩……

溜冰場上慣常地聚滿了小孩，由於暑假的關係，他的工作也越來越密集緊張，不但增多了小孩子學習溜冰，還來了當父母的和情侶的，甚至一家大小，剛剛死而復生的城市彷彿嘉年華的會場，而這一天的她，依樣是紫紅色的冷漠與無動於衷，配襯黑色的溜冰鞋，冰鞋上的刀反照冰面的光，銳利而不可親近……

銳利而不可親近，是一個黑色影子突然的由遠而近，挾著鋒利的風從彎角射出刀光，一聲呼叫，那小孩的冰刀已從橫面切入，割破了她小腿上白色的皮膚，把傷口割入五公分的深，七公分的長，嫣紅的血決堤般難以抑制，肆意地流滿冰地……

嫣紅的血流瀉冰地，滲入冰層，化成了紅蝴蝶——在她倒地的一刻，他彷彿聽見冰塊碎裂的聲音；他沒能及時制止死亡事件再度發生，手腳重複的麻痺，使他不由自主的跪倒她身旁……

不由自主的跪倒她身旁，朦朧的意識裏聽見他狂烈的呼她"妹妹"，也許是失血的關係，她未能明白這呼喚的含義，祇能勉強用微弱的眼神向他詢問……

她眼裏原有的冷光越來越微弱，嫣紅的血彷彿要流到天地洪荒才能休止，他的身軀又冷又硬，心頭結滿冰層，麻痺的手祇能竭力地按住她的傷口，血從指縫間迸裂如五瓣紅花，她的臉逐漸凝固，如一尊白瓷娃娃……

她開始感覺自己是一尊白瓷娃娃，但已經墜地破碎，瓷片的揚散中有七色的彩虹光華，光影間照見哥哥坐在灰白的欄杆上，影子逐漸變得透明，但依舊亮麗和嫵媚……

她的意識是跟隨你的影子一起消失的，白茫茫乾淨的大地裏祇開了一朵紅花，釘了一隻紅色的蝴蝶，穠艷、華貴，彷彿隨時會能拍翼遠颺……

11

原刊《香港文學》2004年4月號

儀姐

◎ 關麗珊

以前的醫院清潔工人大多是上了年紀的女性，香港人習慣叫她們阿嬸，或加上名字，成為容嬸、明嬸、芳嬸之類稱呼。

隨時代轉變，工廠北移，許多青年和壯年驟然失業，有些工廠女工轉做清潔女工，加上社會的平等意識日趨普及，大家開始改稱這些醫院清潔工人為醫護助理，由於不少從業員實在年輕，怎樣也稱不上阿叔和阿嬸，大多改稱哥和姐，阿儀由第一日上班開始被稱為儀姐，一如坊間戲稱的"姐前姐後三分險"，一句儀姐，彷彿已是她的下半生寫照，然而她沒有下半生。

儀姐看見自己的靈堂照片，背景是藍色的，影樓打光讓她看來年輕多了，她想起拍照時看著兒子微笑。她在照片顯得那麼溫柔和幸福，當年沒有拍攝結婚照片，很少有這麼大幀的個人面部特寫照片，現在想來，那次上影樓好像為這次靈堂照片而去的。

那是農曆年初三，跑馬日，她和丈夫剛巧同時放假，丈夫贏馬，心情極佳，建議出外吃飯，經過唐樓看到影樓的玻璃窗櫥，丈夫突然心血來潮，停下腳步，說："不如上去影張全家福咯！"

影樓在二樓，非常殘舊，他們一家三口坐在風景油畫前，聽到攝影師叫他們笑而笑。背後風景畫是以前在電視看過的巴黎風光，儀姐從來沒有想到歐洲旅遊，只覺得那些風景跟深圳世界之窗的模仿縮影差不多，她記得丈夫有天吃飯時說，等兒子放暑假，在她生日那天大家放假，一家再去深圳的野生動物園玩⋯⋯

她當然說別花錢，其實心底裏滿是盼望。

攝影師是帶點駝背的何伯，腳架上的攝影機已可放進博物館的了，何伯提醒他們十日後上去取照片，因為他準備結束影樓，退休回內地定居，丈夫跟他閒聊幾句，何伯好像很久沒有跟人聊天似的，細說如何一筆過在深圳布吉買個細小單位，愈說愈情緒高漲，幾乎由戰後開始經營影樓從頭說起，頓了頓說："送張單人照給你們吧。"

丈夫說她那天很漂亮，著她坐過去。

儀姐在影樓的鏡前照了又照，沒有化妝的臉看到歲月留痕，她輕輕地抹了抹紅色唇膏，將唇膏用手掌抹向臉上作胭脂用，看來色彩多了，然後坐在椅上，看著鏡頭，再依何伯指示以八分臉望向鏡頭後，她看到站在何伯身後的是抱著兒子的丈夫，他們在笑，她最愛的人同時專注地看著她，幸福的感覺從每個毛孔滲透出來，她欣然微笑，何伯按下快門，她的笑容就此凝住。

靈堂照圍了一圈鮮花，靈堂上還有許多花圈和花牌。儀姐從來沒有收花，想不到靈堂有那麼多送給她的花，儀姐細心地看每一個花牌，有些字是她不懂的，雖然完成初中課程，但她的語文程度跟小學沒有分別，連靈堂照上的四個大字都不甚了了——音容宛在——第三個字怎解釋呢？

儀姐看到丈夫傷心的樣子，這是她第二次看到丈夫哭泣，兒子還小，好像不明白，又好像明白似的坐在那兒。儀姐想起少年時的丈夫，那時家居狹小，他們晚飯後會到公園閒聊，丈夫是她的鄰居，做過跟車、送貨和貨車司機，待她很好，可惜喜歡抽煙、飲酒和賭錢，酒後會動手打她，輸光了會偷她的錢用，儀姐每次都很傷心，丈夫清醒時會說改過，發誓戒煙戒酒戒賭，可惜沒有多久故態復萌。儀姐沒有抱怨，在她的世界內，丈夫是一切，她知道女人就是這樣的，嫁雞隨雞，只要丈夫還肯顧家，無論有多少缺點，她會等他浪子回頭，都會原諒他。

有些同事在流淚，這是他們一個月內第三次出席同事喪禮，陳醫生的、黃姑娘的，然後到她的。儀姐想勸他們不要那麼傷心，她總是勸病人不要那麼傷心的。有些突然遇上意外或發現重病的人無法接受現實，總是痛哭流淚或自怨自艾，有些長期病患者每日嚷死了還好，早死早著，儀姐會一邊替病人清潔，一邊勸他們"看開一點吧，我幫你轉身、抹身，待會會舒服一點的了。"

無論病人的年齡、性別和背景如何，當儀姐替他們清潔或洗澡以後，他們都表現得高興。男性護士和醫護助理不能幫女病人抹身洗澡，但女的要兼顧男病人的。

初次幫陌生男人洗澡的時候，儀姐很是尷尬。她永遠記得那是一個樣貌好看的青年，因為意外令頸椎受傷，頸部以下無法活動，儀姐替他洗澡，驀然想起丈夫當年年輕的身體，有點難以自控，惟很快被莫名的傷感和惆悵掩蓋。

青年洗澡後表情愉快，每個病人都是這樣的，但很少病人如青年積極，下半身永久癱瘓，他用頭學電腦，用特製的頭架代替手用來按鍵盤，他在電腦世界內是一個普通人而不是殘障者。

儀姐替病人洗澡、抹身、抽痰和清理大小二便後，他們的表情比先前的開心，儀姐漸漸明白她的工作不單為賺錢養家，還要讓身體不適的病人稍為感到舒服。為他們換成人紙尿布的時候，就看作為自己的兒子換尿布，嬰兒無法清理自己的髒物，人傷了、病了和老邁以後，一樣無法清理自己的髒物，儀姐為他們細心代勞。

疫症無聲無息似的來到這個城市，儀姐在醫院工作，對疫症在醫院蔓延反而一無所知。

起初是丈夫在晚間新聞看到的，問儀姐："醫院有不明傳染病咩？"

儀姐看了看電視，說："不是我那間醫院。"

丈夫沒有再說話，右手伸向儀姐身上，儀姐拍打他的手，說："要返朝早六點，最近上頭很古怪，有好多新指示，我要打醒十二分精神返工，睡覺了。"

"你日日都有藉口。"丈夫不高興地說。

"過兩日休息先喇。"儀姐說。

她無意拒絕丈夫，但實在太疲倦，加上她知道丈夫不喜歡她身上的消毒藥水味，每日接觸消毒藥品太多，一日洗手幾十次，但身上仍是帶有醫院的消毒氣味似的，她總想休息日慢慢用肥皂洗澡，好洗去丈夫不喜歡的味道。

當她睡前洗澡的時候，又摸到自己手臂上的長疤痕，那是丈夫飲醉回家，強行抱她的時候，她掙開他的強抱，丈夫憤然用髒話罵她整天帶著醫院的漂白水味，令他倒盡胃口，但再撲向她；儀姐掙扎，他突然將她猛力推開，她重重地撞在四方桌的尖角，她感到手臂劇痛，鮮血從傷口湧出來，儀姐隨即用毛巾按著傷口乘車到急症室去，毛巾早已染成通紅滴血，醫生替她縫針，一共八針，問她如何受傷，她說是自己意外跌傷的。

待丈夫清醒後，他在儀姐跟前掌摑自己，不斷說戒酒，儀姐已經受傷多次，瘀傷的舊痕未完全消逝已增添新的瘀傷，她終於有點心淡，但見丈夫流下眼淚，隨即原諒他。

不多一個月，儀姐又見丈夫醉酒回家，只好認命。

除了那道疤痕外，儀姐身上還有三處割傷的疤痕，身體留下不少生命的不愉快記憶，儀姐沒有刻意去想，但明顯的疤痕總是提醒她事情已經發生了，並且永遠存在。

此刻，疤痕和肉身都不在了，由於她感染可怕的傳染病，屍體在葬禮前已經火化，肉身不在，疤痕再無任何意思的了。

有幾個病人前來拜祭儀姐，儀姐最記得獨居的陳婆婆，儀姐最後一次見她是放工前給她剝橙皮，她嘴裏不說，眼神卻顯得欣喜。

陳婆婆八十五歲，身體依然靈活，明明有錢聘時薪家務助理幫她洗澡，但她不肯，每次都是肺炎入院，陳婆婆認為要人替她洗澡令她失去尊嚴，獨居的她冬天很少洗澡，每次洗澡都冷出病來。

儀姐在醫院多次幫她洗身，她總是一副不高興的模樣，輕抹她身體的皺紋之時，偶然會聯想起當自己有天老去，身體就會變成一樣的乾枯皺疊，儀姐每次都細心地為她清洗她平日難以洗淨的部位，阿婆沒有說話，依然不高興似的，但洗澡後，嘴角還是泛起笑意的。

儀姐看到陳婆婆為她流淚，有點不忍心，陳婆婆持手杖前來，鞠躬後流著眼淚離去。陳婆婆住院時不斷抱怨活得太久，甚至憂慮死後無人為她辦身後事。儀姐從來沒有想及自己的身後事，那是非常遙遠的，想不到突然掩至。她沒有抱怨活得短暫，只是依依不捨。在醫院看過太多生離死別，她只是不捨得年幼的兒子，牛脾氣但不懂照顧自己的丈夫，還有年邁的父母。

傳出疫症以來，儀姐有多天不敢回家，在電話聽到兒子的聲音就想哭，丈夫有神無氣地跟她聊天，每日父子倆都是吃快餐店食物，儀姐聽得心痛，跟丈夫說：“我很快會回來的，會洗淨消毒藥水味道才回來的。”

丈夫從來沒有跟她說情話，最接近的一句只是這次的“我早聞慣那陣藥水味，第二個女人沒有，只有你有的味道。”

儀姐起初只有感冒徵兆，沒有告假。最後一個照顧的病人是撞車入院的女人，昏迷多日，醒來的時候，儀姐替她清潔和抹身，她有點羨慕病人的身材和樣貌，好一副時代女性的模樣。然而，聽同事說及，開始同情她傷得那麼重，可能會殘廢，聽說跟她一起撞車的男人是她的未婚夫，撞車時將車扭向她那邊，她重傷，司機輕傷。

丈夫做職業司機多年，跟丈夫生活了那麼久，儀姐知道司機心態，有次丈夫用僱主的小型貨車載她出外，看到公路有貨車車禍，丈夫經過時說：“跟車那個死定了。”

那天的最後新聞提及那宗車禍，司機無恙，坐在司機位旁的跟車青年當場死亡。

由病發到入深切治療部不及三日，儀姐起初感到無法呼吸，只管努力呼吸，發現要一呼一吸是這樣困難的。待插喉由機器幫她呼吸以後，儀姐想起許多往事，兒子出世那天，她躺在病床上流淚，實在太痛，但開心的感覺可以減輕痛苦。她想起兒子帶有嬰兒騷味的柔軟身體，想起丈夫黑黑實實的身體，想起父親巨人似的抱起幼小的她，想起母親，想起一個一個的病人……

儀姐努力用意志支撐自己清醒，她要出院，要照顧兒子和丈夫，放假要回去探望父母，她有太多事要做，不能昏迷，她想清醒，要康復，要出院……

張醫生在靈堂讀出同事對儀姐的讚美，有高官前來，場內場外許多記者採訪，儀姐沒有想過自己在傳播媒介出現，沒有想過死後有那麼多人來看她，她生前倒沒有甚麼朋友，她是那麼平凡的一個人，想不到死後出名幾日。當然，她沒有聽過Andy Warhol說"每個人都可以出名十五分鐘"。可以選擇的話，她多麼願意一生一世平凡下去，永遠不出名一分鐘。

父母沒有在靈堂出現，以免白頭人送黑頭人，儀姐很掛念他們，驀然聽到丈夫對兒子說："不要拍打，那可能是阿媽飛回來看你。"

兒子怔怔地看著胸口的飛蛾，那是儀姐從母親口中聽到的傳說，據說人死後會寄附在昆蟲身上探望親人。這時候，儀姐知道傳說並不真實，可惜沒有機會跟丈夫和兒子說清楚。

靈堂一角堆滿心意咭，儀姐識字少，不喜歡閱讀，沒有細看心意咭所寫的了，反正不重要的了。

儀姐一直以為那病叫"非典"，後來聽醫生說，所有不是典型肺炎的肺炎都歸類為非典型肺炎，通常不會致命，這神秘病毒構成的應名為"急性呼吸道感染"，英文Severe Acute Respiratory Syndrome，簡稱SARS，跟特區政府英文簡稱SAR接近，政府公佈改為SRS，但那是世界性命名，最終還是稱為SARS，儀姐叫"沙士"的時候，想起小時候有種汽水叫"沙士"，依稀記得林子祥有首歌唱沙士沙士沙士。

儀姐從病名想起那種黑色的汽水，那時沒有零用錢飲汽水，一直不知道汽水的味道，甚至不知道汽水名稱怎寫。她無法想像"沙士"是致命病毒，一個隱形病者將病毒帶到醫院，儀姐替病人清理大小便時染病。

香港特區政府的專家研究報告指，由二〇〇三年三月至二〇〇三年六月，全港有一千七百五十五人感染疫症，二百九十九人死亡，當中包括多位政府醫院醫生、護士和醫護助理，並有私人執業醫生。

報告指出多項人為錯誤，但沒有人要為事件負責。

原刊《文學世紀》2004年5月號

元宵夜‧球場上‧練習跳投的少年

◎ 車正軒

那個元宵的晚上，月亮圓得像一片魚眼鏡，令人有點不安。接著會有甚麼事情發生嗎？雖然恐怖電影裏，那些人狼、吸血殭屍、冤魂、僵青鬼……都被安排在月圓之夜出現，但這種渲染氣氛的方法早在黑白片的年代已老掉了大牙，聰明如那些鬼怪，一定不會再把自己安排在這麼俗套的場景裏。那天天氣很冷，或許是早上出門時穿不夠衣服，所以冷得有點不安罷了。在這個月亮圓得不可能的晚上，我只怕經痛又突然來襲，折騰得我不能安枕。

　　*　　　　　　　*　　　　　　　*

元宵夜總得吃碗湯圓應一應節，我想。我家附近有一間不錯的糖水店，是我一個好朋友的爸爸媽媽開的，我的好朋友——鳳兒——也在店裏幫忙，還有她的哥哥和大嫂都在店裏幫忙。我跟鳳兒如此熟稔，就是因為我們都愛吃糖水。她家裏開糖水店，真是好口福。其實我的口福也不淺，因為她爸爸媽媽和哥哥嫂嫂都知道我跟鳳兒是十多年的好朋友，所以我買糖水是半價的。不過，我的口福又怎能跟她相比……那晚，我在她家的糖水店買了一碗黑芝麻湯圓。

我捎著糖水回家，如舊地在空曠的籃球場外走過。那時候，有一個很奇怪的男孩子獨個兒在球場裏。他的名字是阿恆。阿恆穿著一雙紅黑色的“人字拖”在練習跳投。當然，那時我並不知道他叫阿恆，也不知道他在專心地練習跳投，我以為他只是百無聊賴地蹭磨著。他把手臂屈起來，再使勁地往上一伸，皮球就安靜地升上半空。旋轉的皮球以拋物線移動，它碰上籃球框的時候一聲嘹亮的"噌——"填滿了那個空盪盪的球場。如果以每秒五十格菲林拍攝這個男孩子跳投的情況，再以蒙太奇手法把這片段與一個少年用小刀瘋狂地殺人的片段交錯地剪接在一起，應該會有不錯的效果。就是這個突如其來的奇想，使我一直沒法忘記那個平凡的男孩子。我的記憶把那一剎的奇想與那少年勾連起來了。

回到家裏，我立刻把這個片段輸入電腦，儲存起來。我想很多人都會有類似的習慣吧！有些人，只有一點點東西想說，於是把一些想法寫在ICQ的INFO裏。有些人，可能比較多煩惱，於是把他們的牢騷寫在網上日記裏。而我，大概是個天生的長舌婦，所以選擇了電影。我常常把這些天馬行空的片段儲存在我的電腦裏，說不定它們終有一天可以發展成一個故事甚至一齣電影呢！當然，要把這兩個零丁的鏡頭發展成一齣電影的確有點癡心妄想。

一盞黃得發紅的暗燈在我頭上沉默地守候著。我似乎很久不曾在十一時前回家了。跑進電影圈是我自己任性的決定，不能埋怨甚麼。從早到晚在拍攝場地裏奔走，上班前後在電影院打滾，還有在空暇的日子拿著DV攝錄機去拍獨立短片……這些都是我的決定。其實燈沒有所謂沉默不沉默，它根本不能說出甚麼話來，難道可以期望一盞燈跟你說："為甚麼這麼晚才回家啊？工作辛苦嗎？我留了湯給你喝，在電飯鍋裏……"

老爸老媽和弟弟都睡了。反正沒甚麼事可幹，我拿出剛買的《波特金戰艦》來看。要了解艾森斯坦的蒙太奇電影理論，《波特金戰艦》是不得不看的。我悄悄地戴上耳筒，把音量調得很低很低。影碟架上VCD和DVD堆積如山，或許這有點兒過分，但我可以保證當中絕大部分都是一流的電影。我不得不為此而有一絲自豪。《馬路天使》、《羅生門》、《龍城殲霸戰》、《畢業生》……以至《千禧曼波》、《何必偏偏玩謝我》都是無價之寶。看來這堆影碟實在堆得太高了，掉下來恐怕可以把一窩螞蟻壓死。老媽總是在嚕囌我，硬要我把那堆影碟藏在我的床底。雖然我並不打算在短期內再看這些好電影，但我就是不願意把它們丟進床底，我就是要它們維持唾手可得的狀態，方便別人拿來看。

電影結束時，已不知道是甚麼時候了。我以一個橫移的界定鏡掃視四周，依然十分寧靜，老爸、老媽和弟弟依然在睡覺，他們並沒有因為《波特金戰艦》的炮火聲而驚醒。湯圓在糖水裏泡得太久，變成一堆衰敗的粉團。我是不該丟掉它的，但要把它吃掉，也不是一件容易的事。

至於月經，它又如我所願，準時地來了。它總是在每一個廿八日的週期後，與月圓一同來臨。討厭的月經使我的腹部隱隱作痛。

＊　　　　　　　＊　　　　　　　＊

我跟阿恆認識是因為一份私人補習的工作。這份工作是鳳兒給我介紹的。她是我的好朋友，又怎會不知道我經濟拮据呢？有一次，她請我到她家的店裏吃番薯糖水，順便談一談心事。雖然，鳳兒的家人都在遠景裏忙個不停，但他們沒催促鳳兒幹活去，讓她繼續跟我聊天。打從我由早到晚都抱著攝影器材跑來跑去，我倆就很少機會促膝長談了。我向她嘰嘰喳喳地說了一大堆工作怎樣怎樣辛苦，導演怎樣怎樣不濟，如果讓我來拍會怎樣怎樣……她是一個很好的朋友，儘管她連特寫鏡與長鏡的分別也不太清楚，但仍專心地聽我訴苦。她嘆了一口氣，說："你太辛苦了，少看一兩齣電影，早點回家休息吧！"

長談後，她給我介紹了一份私人補習的工作，晚上十一時至十二時，到學生的家裏上班。多麼奇怪的一個學生啊！這麼晚才補習，他不用睡覺嗎？我一直沒有問他箇中原因，有很多事情是不能說明白的，即使嘗試用最精確的詞語去解釋，也無法確保意思能完全正確地傳遞，所以我習慣不查根究底。電影的好處就是我想表達甚麼，都可以透過鏡頭呈現，觀眾看到甚麼便是甚麼，不必我費唇舌解釋。

我曾問阿恆："我不能保證每天晚上都來替你補習，也不能保證逢星期幾來，沒問題嗎？"他說："沒關係。如果你忙得不可開交，自然不能來了，也不會有空閒的時間來想起我，怎樣說補習這件事都得取消了。"他說出這句話時，瞳孔裏透出的光芒很溫柔，投映在他那副圓形膠框眼鏡上。我的工作就是如此，像浮雲——一天可以工作超過廿四小時，07:00－25:00、18:00－30:00的通告已司空見慣，而且永遠不會知道一個月後，甚至一個星期後哪天需要上班，哪天可以閒著沒事。

＊　　　　　　＊　　　　　　＊

第一次到阿恆家中補習，是農曆二月十五。我可以肯定是那一天，因為我的月經總是與月圓一起來臨的。小時候，我覺得自己很可憐，每個月總得承受一次痛苦。後來長大了，就不能如此幼稚，難道可以在老師或老闆跟前擺出一副楚楚可憐的樣子，跟他們說我經痛得很可憐？在電影圈裏，只有當紅的女明星才有撒嬌的資格，何況我從來都不愛撒嬌。不過真的很痛啊！從小到大，我都在想為甚麼要被這種痛苦纏擾？不過我只是想想罷了，不是要想出甚麼答案，如果能讓我選擇，我比較希望逃避，可是我從來沒認真地尋找逃避的方法。

大門被拉開，我看見一個被衣服掩埋了的人站在我跟前。阿恆穿著厚厚的墨綠色羽絨大衣、深藍色棉褲子、一雙黑襪子、棕色羊毛圍巾、黑色絨裏手套和戴著一頂深灰色的羊毛帽子，兩隻修長的腳掌穿著"人字拖"——其實他只是穿著一隻"人字拖"，另一隻的"人"字形膠帶已經斷了，不能算是一個"人"字。有一剎那，我還以為他是個怕冷怕得發瘋的瘦弱女孩子。很難想像一個在元宵夜穿著汗衣、短褲在籃球場上練習跳投的男孩子會穿這麼厚的衣服。他問我懂不懂得煮即食麵，他說他很餓但對煮食的事一竅不通。反正經痛使我難以集中精神教書，於是我給他煮了一個即食麵，也順便給自己煮了一個。

阿恆的家很暗，全屋只亮著一盞二十五瓦特的燈泡。這樣幽暗的燈光下，恐怕連一千度的菲林也拍不出一個像樣的影像。我的眼睛一直都看不清阿恆的樣子。我在他家裏休息了一會兒，經痛總算減輕了一點點，我不禁吁了一口氣。

　　　　＊　　　　　　　　＊　　　　　　　　＊

回到家裏，弟弟關著房門，逕自在檯燈下埋首苦讀。他唸中七，快要應付高級程度會考了。我拿著一碗買回來的蓮子百合糖水，看著《人間有情》。電視熒幕射出幽暗的光，映在我的臉上。《人間有情》這套電影是根據舞台劇改篇的，就導演技巧而言不能算是佳作，但故事寫得好，教人感動。不知不覺間，電影已結束了。我又看得太入神，手裏的糖水沒吃過半口。電影結束後，客廳變成漆黑一片，我悄悄地開了一盞小檯燈。這時候，弟弟把房間的燈關掉，他大概已溫習完了。

在電腦前坐下，我的雙手放在鍵盤上，眼睛慢慢地變焦，直至瞳孔裏只映出電腦的熒幕——我決心開始寫一個關於阿恆的故事。手指在"啲啲嗒嗒"地敲打著鍵盤。不知不覺間，經痛已減輕不少了，心情也跟著好起來。雖然已是春天，但凌晨時分，天氣仍像冬夜。我給自己倒了一杯暖水，喝下後感到一陣和暖的滋味從身體深處溢出來。

23

＊　　　　　　　　＊　　　　　　　　＊

　　阿恆是一個很特別的男孩子，他像一個女孩子。我從來沒聽過他說一句髒話，而且說話時十分斯文。相反，我卻時常罵髒話，當然這只限於工作的時候。電影圈的文化水平偏低的確是一個惱人的問題，拍攝時經常髒話漫天。我並不反對說髒話，但在大街大巷拍攝時，說髒話會嚴重影響大眾對電影人的觀感。如果像阿恆這樣的人跑進電影圈，一定被嚇個半死，受不了。而且他如此懶惰，又怎能在這個圈子裏熬出頭呢？他告訴我，他上課時經常睡覺，睡得比誰都兇。他說他一節課裏造的夢時空跨越三千年，夢中有幾百萬人，說著八十九種語言，還有許多背向著太陽，不停地俯衝的烏鴉。他總是愛跟我談他白天造的夢，說的時候，兩條眉毛倒像烏鴉的翅膀在飛。他不愛吃糖水，他說他最討厭甜的食物。這個年頭的男孩子，很多都說不愛吃甜的東西，鳳兒說有些男孩子是怕別人取笑，所以不肯承認愛吃甜品。他們都覺得男孩子要剛強、獨立、勇敢，因為吃甜品而高興、滿足，是女孩子的行為。

　　今年春天的天氣特別冷，沒下過阿恆課本裏所說的黃梅雨，大概是雨水都冷得僵直了。我替阿恆補習已有兩個星期。每次看到他，他都穿著厚厚的衣服，圍著頸巾。就在這樣寒冷的一個春夜，他突然問我做甚麼工作。我想還是不要告訴他。電影圈的確很有趣，但我怕他以為這是一個只有快樂的行業。於是我敷衍地說我在一所大公司裏當一個小職員，平日打一打字，聽一聽電話，就是這樣子罷了。他緊緊地盯著我的眼睛，彷彿想從裏面看出個甚麼似的。他這樣盯著我，使我渾身不自在，於是我的主觀鏡不自覺地移到那扇接近屋頂的窗子處。窗外的天空中沒有掛著月亮，大概不是農曆廿九就是初一吧。月亮從這天開始會愈來愈圓，直至我的月經來潮。那種痛楚，只是想一想已經教我毛管直豎了。

　　他徐徐地從嘴裏吐出："你知不知道我是很喜歡打籃球的？"

他的頭一直低垂著。我知道，可是⋯⋯總覺得有點怪怪的，難道我可以如實地說我曾看見他在籃球場上跳投，並一直忘不了他嗎？為免引起這個小男孩誤會，我唯有撒謊了。之後他拿了一個籃球出來讓我看，他說這是嫲嫲送他的生日禮物。他一直由嫲嫲照顧，可是她去年年底去世了。他很喜歡這個籃球，享受手掌接觸這個圓渾東西的感覺。百無聊賴的時候，他會到球場拍拍球，或獨個兒練習跳投，看著那個嫲嫲送他的圓球在空中旋轉，他就覺得很快樂。這時，他抬起頭，再次直直地盯著我，問我做甚麼工作。

這次我放棄在他跟前掩飾了。他聽了我的答案，呆了半晌，然後問我："鏡頭下的世界是怎樣的？"我說："很美好。在鏡頭下一切都是美好的。至少比現實世界美好。"他說："噢。"

不知道他明不明白我的意思。因為鏡頭下的一切都是經過設計的，所以醜陋的都會被剔除，剩下來的一定比原本的美好。因此，成龍和史太龍只能在鏡頭下以一敵百而不死，現實裏，成龍和史太龍跟別人打架，也只會像流氓。後來，阿恆又問我工作的情況。其實我不大肯定他想知道甚麼。到底是我有沒有機會跟女明星討論瘦身的心得？還是拍攝一齣電影的程序呢？看我"嬌美"的體態就知道我不曾跟甚麼女明星討論瘦身了。我告訴他我的工作何等辛苦、何等不穩定，又在他跟前數落了好幾個賣座但沒料子的導演。他專心地聽著，又會偶爾點一點頭，彷彿很明白的樣子。

我何必深究他是否明白？我當他明白就好了。

這晚我幾乎天亮才回到家裏。

25

＊　　　　　　＊　　　　　　＊

鳳兒請我吃巧克力糯米糍。這是她家的糖水店的新產品，用揉成球狀的巧克力作餡料，外面包裹著一層薄薄的糯米粉團，活像一個乒乓球。她為這東西努力了好幾個星期了。雖然她煮的糖水很棒，但是做糯米糍還是第一趟，所以花了這麼多時間揣摩學習。她說她的媽媽握著她的手，從揉麵粉開始一步一步地教她，她才能學懂的。

這些糯米糍一定是她花盡心思揉出來的，要不然不能圓渾至此。這個饞嘴的傢伙，在小學作文的時候就寫道：“我要當一個廚師。因為廚師做甜品很好吃，我很喜歡吃。”現在她真的如願了。雖然只是理所當然地在父母的店裏幫忙，但鳳兒心裏一定很高興。她唸完中學，就在店裏幫忙了，學煮各式各樣的糖水。她一直沒有正式受聘，也沒有工資，她爸爸只是依舊地每個月給她幾千塊零用錢，但她已覺得十分滿足了。她曾苦苦地勸說我，叫我一起當甜品廚師去。她說我倆一起煮糖水一定會很高興、很快樂。她是一個單純的女孩子，單純得看見女鬼從電視機爬出來的畫面就會閉上眼睛驚叫。我卻是一個勇敢得教人驚叫的女子，甚麼鬼怪都不怕，只怕自己拍不出比女鬼爬出電視機更經典的鏡頭。

在鳳兒的慫恿下，我拿了一盒糯米糍回家給我的家人嚐一嚐。生了銹的大門被推開時發出刺耳的聲音。家裏漆黑一片，他們大概都睡了。忽然，一盞暗黃色的燈亮了。這盞燈一定不會超過一百瓦特，在這樣的環境下拍攝，光圈必須開得很大，便宜的鏡頭通常沒這麼大的光圈。老媽背著那盞燈，站在房間的門口，說我那堆像山一樣高的影碟太礙事了，她把它們丟進箱子裏，塞進我的床底去了。騰出來的空位，放了一箱即食麵、兩包白米、一些罐頭鯪魚和午餐肉，還有堆得高高的酸蕎頭。老爸躺在床上，拉著嗓子叫喊，著我開門時輕聲一點。我問他們要不要嚐一嚐鳳兒送的巧克力糯米糍。老媽說她刷牙了，老爸沒哼一聲。老媽關了燈，屋子又回復漆黑。我敲了一下弟弟的房門，問他要不要吃甜品。聲音像投在漏了光的菲林上，沒有顯影出甚麼來。

他們不想吃那些糯米糍就罷了，反正不是我做的，我也不用著緊。可憐鳳兒的一番心血就這樣子給浪費了。我把整盒滿滿的巧克力糯米糍丟進垃圾箱。真浪費啊！不過這也是沒辦法的事，只怪他們都不懂得欣賞這好東西罷了！其實這也沒甚麼可惜不可惜，不過是一堆糯米粉、可可粉、牛奶和糖，都不是值得珍而重之的好東西。縱使鳳兒再用心地揉，也只不過是一堆糯米粉、可可粉、牛奶和糖罷了，不吃也罷，吃了說不定會壞肚子呢！把糯米糍丟進垃圾箱的情景，應該不曾有導演用每秒五十格或一百格菲林的慢鏡把它拍下來。我想，每秒六又四分一格也嫌太多了，還不及全部剪掉來得爽快。站在垃圾箱前，我想打個電話給鳳兒。還是算了吧。我想不到跟她說甚麼。誰叫我家不像她家──每個人都喜歡吃甜品。

　　看我的烏鴉嘴巴！肚子真的有點痛，一定是剛才貪吃那些糯米糍弄得消化不良了。我發慌地啃了半瓶酸蕎頭來幫助消化，然而肚子卻愈來愈痛。這時候，我只想躲在被窩裏，甚麼都不幹。然而，阿恆竟然在這種時候打電話給我。我說：“現在我的肚子很痛，有甚麼事快說。沒有要緊的事就明天再說。”

　　他說：“你沒事嗎？……我家裏有胃藥，你要嗎？”

　　“有用嗎？”

　　“有的。你要不要？”

　　“好吧。”反正我快要痛死了，亂吃點藥或許會死得暢快一點。

　　“那麼……你來我家拿，好不好？”

　　“我快要痛死了……”

　　“來我家吧！我……”

　　“好了！好了！希望我不會死在途中吧！”

　　我掛掉電話，才想起今晚又是月圓了。我倒想試一試用胃藥治經痛到底會有效，還是會死掉。我使勁地關上大門。在這夜闌人靜之時，大門的咆哮比 *Kill Bill* 更加血腥，冷血地殺死了沉寂的夜。

　　我跑到阿恆家，一進門就痛得倒在沙發上。他腳下那雙破"人字拖""噠嗒噠嗒"地響，聲音愈來愈近。他給我倒了一杯暖暖的白開水和拿來幾顆藥丸，我吃了才覺得好過一點。他靜靜地坐在我身旁，用一塊溫柔的毛巾抹我的臉、脖子和手臂。他一直低著頭給我抹擦，雙手溫柔得像一個媽媽，很難想像他其實是一個十來歲的少年。我閉上雙眼，讓他慢慢地給我按摩，在彷彷彿彿間入夢了，醒來時他仍在替我按摩。

　　"我睡了多久？"

　　"一會兒罷了。"

　　"是嗎？我還以為很久了。"

　　阿恆的頭還是低垂著。這時候，我才看見他的手在顫抖。

　　"你怎麼了？"我握著他瘦小的手問道。

　　他的頭慢慢抬起來，眼珠子裏有千言萬語。

　　"我……很餓。餐廳都關門了……所以……"一個在顫抖的小男孩盯著我說。

　　"你想吃甚麼？我給你煮好了。"我說。"傻孩子，別哭了。"

　　一絲釋然的喜悅浮在他的眼鏡上，漸漸洗去他瞳孔裏的徬徨。我把阿恆安頓在沙發上，然後替這個連用煤氣爐煮食也不懂的可憐蟲弄夜宵。我在冰箱裏找到一隻吃剩的煎蛋和幾顆豬肉丸，於是都倒進鍋裏。我在櫥櫃裏找到一個大湯碗，用它盛著湯麵端給阿恆。在寒冷的晚上，能捧著一個盛滿湯麵的大湯碗，是一件幸福的事。他太餓了，吃得很快、很急。眼鏡上出現了兩片圓形的雲，但他沒有理會，只用手擦了一擦眼鏡後面被遮蓋著的眼睛。鏡片上的水氣匯流成一滴水，從上而下滑過鏡片，掉下來，落在圓圓的大湯碗裏。

阿恆的身上散發著男孩子的汗味，他剛剛去練習跳投嗎？凌晨三時到球場上練習跳投？他說他獨個兒拿著籃球跑到附近的球場——就是我第一次看見他的那個球場。籃球反覆地在空中騰飛，兩個多小時裏不停地飛、飛、飛。我問他是不是快要比賽了。他低著頭，一邊搖首，一邊把一顆豬肉丸夾進嘴裏。我問他是不是學校的籃球隊隊員。他仍然低著頭，一邊搖首，一邊把煎蛋放進嘴裏。我問他為甚麼在深夜到球場練習跳投。他把煎蛋骨碌地吞掉，慢慢抬起頭，他的眼鏡仍沾滿水氣，說："沒……沒甚麼。反正自己一個人在家裏，沒甚麼好幹。況且……我喜歡籃球啊……我真的很喜歡籃球啊！因為籃球是我最好的朋友。"

　　走到窗前，眺望阿恆經常流連的籃球場——那個長方形的荒涼場所。我無法理解他的想法。這種場所如果用魚眼鏡來拍攝，把直線扭曲，效果應該不錯，至少可以減少直角帶來的冷硬感覺。其實那不過是利用鏡頭耍的把戲罷了。幾片稀薄的雲在空中打轉，卻找不到那輪月亮的所在。

　　吃了點麵後，阿恆的身體暖和起來，於是脫掉了大衣。他真的很瘦，像一個營養不良的小孩子，教人心痛。

　　回家前，阿恆真摯地拉著我的手，跟我說了一句謝謝。那時已是四時許了，天還未亮。不颳風時還好，要是一颳起風，寒氣就像針，刺進我的毛孔。糖水店都關門了，於是我跑到附近的便利店，買了一包即食香芋紫米糖水回家，加熱後一口氣吃光，然後在被窩裏做了一個好夢。

　　　　　＊　　　　　　　　＊　　　　　　　　＊

　　我記得家裏有一個籃球，但不知道丟掉了沒有。那是我小時候的事了。在我和弟弟還是小學生的日子，爸爸買了一個籃球回家，在星期天帶我們到附近的球場打球。我升中學後，有了其他嗜好，就沒有再打籃球了。

這天我到阿恆家前，特地到街市的雜貨店買了一雙"人字拖"給他。這傢伙很需要別人照顧，看他的拖鞋破了一個多月還不換新的就知道了。我又買了一些水果，弄楊枝甘露給他吃。我覺得他其實很喜歡吃糖水。縱使他矢口否認，我仍然堅信阿恆是愛吃甜品的男孩子。

最近，我比較空閒，那齣教人生氣的垃圾電影拍了兩個月終於完成了。又沒有其他製作緊接著讓我混飯吃，所以只能呆呆地待在家裏寫劇本。老爸已連續第三天問我要不要到叔叔的公司當秘書，他幾乎囉嗦得像老媽了。

叔叔的公司是做食品批發生意的，工作不算複雜，所以新人也能夠應付，而且工資高、福利好，在這種經濟環境下還維持每年發獎金。說到底是食品批發的生意，經濟環境再差也不會有嚴重影響。哪有人可以不吃東西？只要人要吃東西，叔叔就有生意了。多麼穩定的一門生意啊！由此可見，到叔叔公司上班是一個好選擇，反正你這陣子賦閒在家……這些說話，老爸每天都跟我說一遍。然而，我決定趁沒事忙好好地拍一套獨立短片，讓自己練習一下。我已經很久沒當導演了，長此下去我辛苦學來的導演技巧一定會變得生疏。還有，我希望能花多點時間去建構這個阿恆的故事。

$*$ $*$ $*$

阿恆穿上我送他的新"人字拖"，沒說出半句"謝謝！"，但他高興得說了很多話，大都是關於籃球的事。他又示範了幾個跳投動作。他說了很久很久，又跳了很久很久，熱得流了些汗，於是把外衣都脫下來了，只剩一件汗衣和一條短籃球褲。他真的很瘦，像個女孩子。

我問他喜不喜歡吃楊枝甘露。他別過臉，說他不愛吃糖水，然後又繼續談他的籃球了。糖水弄好了，我給他舀了一碗又一碗，他都不發一言地把它吃光。我倆就這樣一碗又一碗地吃著、吃著，吃光了一大鍋糖水。自己親手做的糖水特別美味，我已很久沒吃過如此好吃的糖水了。

這時候，阿恆突然告訴我，他怕黑。他的眼睛反映出一個二十五瓦特的光源在晃動閃爍。"那麼你早點睡吧。"他說他睡不著，他每天晚上都害怕得睡不著。"好了。好了。今天晚上，我留下來陪你好了。"他低著頭，看著自己的雙腳。我問他："楊枝甘露好吃嗎？"他很久才回答我說："……很……還可以。"

那天晚上，我坐在阿恆的床邊，他握著我的手，我看著這個瘦弱的小男孩。他很嚴肅地跟我談天。他跟我說了很多學校裏的事。他喜歡作弄班裏一個特別窩囊的同學。那個同學被作弄了，就會哭著打電話給媽媽。阿恆看見他這副德性就更想狠狠地欺負他。我問他只顧著搗蛋，可有心思記住老師教的東西。他說他甚麼都記不住，只記住了跟大伙兒追逐籃球的情景。之後，他又把一個在白天裏做的夢告訴我。那是關於一枚硬幣和月亮的夢。

硬幣以為自己是世界上最圓的東西，所以不接受別人稱讚其他東西圓渾。可是，有一天它聽到有人稱讚月亮很圓，於是便生氣地找月亮理據了。硬幣指謫月亮是假圓渾，每二十八天才有一天是圓的，真失禮。月亮反駁說它每天都圓，只是平庸的東西看不見罷了。硬幣當然不會承認月亮是圓的，所以挑剔它的表面凹凸不平。月亮倒過來訕笑硬幣，說一個扁扁的東西竟嘲笑一個球體不夠圓，真是笑話。硬幣卻認為自己的其中一面是經過精密計算，無可置疑的完美的圓，這樣已經很了不起。這時候，月亮大笑了——一個粗製濫造的硬幣竟然如此自負，的確可笑。這時候，硬幣也大笑了——一個不是真真正正圓渾的傢伙，竟然在幾萬年來都妄稱月圓，的確可笑。硬幣跟月亮的爭辯愈來愈激烈，最後……

我沒聽到硬幣和月亮最後怎麼了。大概不會有甚麼結果吧！翌日醒來，阿恆上學去了。他的枕頭濕了一片，冷冷的。他替我蓋了一張柔軟的毛氈，很舒服。多虧他這麼細心，我才沒有著涼。

＊　　　　　　＊　　　　　　＊

我到鳳兒家的店裏。目光從門口橫移，看到她的大哥、大嫂正在甜蜜地抹桌子，她媽媽把一大鍋糖水從廚房捧出，她爸爸在煮西米露，鳳兒在她爸爸身旁，幫忙把糖加進鍋裏。

我把在阿恆家留宿的事告訴了鳳兒，她頓時氣得說不出話來。她覺得我這樣做太隨便了，雖然他只是一個十來歲的男孩子，但誰能保證他會規行矩步。她警告我別再亂來。我跟她聊了幾句就回家了。

回到家裏，看見弟弟坐在電視機跟前玩遊戲機。他的考試結束了。他大概對自己的成績心裏有數吧！但我無法從他的臉上猜出是樂觀還是悲觀。不知道他在甚麼時候染了一頭棕色的頭髮，是最近的事嗎？大概是吧，他的髮根都是棕色的。

老爸看見我，又把他那番話說了一遍。我仍舊在裝聾扮啞。他要我馬上給他一個答覆，但這根本不是一條問題，可供選擇的答案只有一個。我卻硬要選拒絕接受這份工作。他又吵又罵地說了一大堆廢話。我想向他解釋，但他不曾給我機會。我那個好弟弟又偏偏選這個時候發脾氣，罵我們騷擾他玩遊戲機。老爸罵我失業了又不努力找工作，現在他替我找了一份好工作，我又不願去做，這是忤逆！這是不思進取！這是廢物！算了吧，反正這些說話我早已聽慣了。隨便老爸怎麼說，我按下自己耳窩裏的"MUTE"鍵，世界頓時寧靜得幾乎聽到遼闊天空中一片渺小浮雲的水珠碰撞聲。

＊　　　　　　＊　　　　　　＊

這個年代，攝錄機愈來愈輕巧，所以只要一個人、一台攝錄機就可以拍攝短片了。這是一件好事，因為我有甚麼想法時，只要拿起DV攝錄機，就可以去拍攝了，不必管別人，也不需要別人幫忙。

晚上，冷鋒使風吹得很猛。我拿著手提攝錄機在荒涼的公路上奔跑。那是新填海區上的一條公路，四周還沒有甚麼建築物，高樓大廈都在海的另一邊。這種景致在鏡頭下難得的淒美——這個城市太繁忙了，只有在凌晨時分，背後的淒美景致才能浮現。搖鏡下的公路有點飄零，又有點徬徨。

*　　　　　　*　　　　　　*

天亮了，我打了個電話給阿恆，問他有沒有感冒藥。他說沒有可以治好感冒的藥，但有一些退燒藥，治標卻不能治本。我懶得去分辨了。總之我病了，要吃藥。

阿恆給我開門。他只穿著一件汗衣和一條短褲，腳丫踏著我送他的"人字拖"。他一看見我便緊緊地抱著我，半拉半扯地把我安頓在他的床上。他剛剛才起床，被窩還暖和得很。他把藥和開水遞給我時，已是八時許了，他似乎不打算上學去。我沒有責怪他或問他。我叫他不要走開，坐在床邊陪我。

夢是阿恆最愛談的東西之一。他坐在床邊閒著無聊，於是又說起夢來了。他剛剛做了一個甜美的好夢。一個上升的肥皂泡上映出一個笑臉。在半空中，肥皂泡遇上許許多多的肥皂泡，每一個都映出一個笑臉。天空雖然灰黑，但肥皂泡並不徬徨，因為他們預感萬一下雨，一定會有某個天真的小孩替它們撐雨傘。阿恆是一個少年罷了，跟千千萬萬的青少年一樣，其實幼稚得很，如果換了我來做這個夢，一定會夢到肥皂泡掉下來才驚醒。

醒來的時候，阿恆仍在我身旁。他拿著我的攝錄機，看我拍下來的片段。他說他買了一碗粥給我。床頭放著一個白得發亮的圓形發泡膠碗，蒸氣在騰飛。

＊　　　　　＊　　　　　＊

這幾天，我都住在阿恆家。有一回，他煮了一鍋糖水來討我高興。這大概是阿恆首次煮東西，但一點也不難吃。他一直盯著我，眼睛裏有一個滿心歡喜，像期盼著好事情發生的小女孩。我覺得真的很好喝，於是就稱讚了他幾句。他緊緊地拉著我的手，嘰嘰喳喳地自吹自擂了一番。他的手很柔軟。

晚上，我倆在床上相擁而睡。鳳兒一定會狠狠地罵我一頓，她大概無法理解我的感受。我的確很愛阿恆這個小伙子，我知道他也愛我，但我倆之間的，一定不是男女之間的愛情。我跟他睡在同一個被窩裏，他那纖細的手從汗衣裏伸出來，握著我的手。一個又一個美麗而年青的夢從他的嘴裏吐出。我則跟他訴說拍電影的無奈；魚眼鏡與廣角鏡如何扭曲影像；拍攝三十五厘米短片需要多少資金⋯⋯他會對這些有興趣嗎？我不知道，可是他一直專心地聆聽著，這已經很好了。從來，我就是一個不討好的女子⋯⋯他竟然如此抱著我。

他向我說出一個這些年來經常做的夢。這個夢他不曾告訴別人，也不願告訴別人，他說出這個夢的時候，不像在跟我說話，像在夢囈。夢裏，他很小很小，年紀小得幾乎摔一跤就會死掉。而籃球則很大很大，大得幾乎比世界還要大。他用他那又幼又短的手臂緊緊地擁抱著籃球，希望把它投進籃框裏。然而他真的太幼小了，於是媽媽把他抱起，爸爸把籃框拉下來，讓他能夠輕易地把球投進去。正當他興高采烈之際，他長高了，籃球框也長得像天梯一樣高。他無法再把籃球投進籃框，而且差很遠很遠。他不停地跳投，但籃球像願望——一次又一次地落空。於是他不停地練習跳投、跳投、跳投。

我笑說他的夢太傻了。他說做甚麼夢都與我無關，那是他自己的事。他有點惱我。阿恆霍然站起來，拿起籃球，就踏著我送他的那雙"人字拖"出去了。我跟著他，在鐵絲網外看他獨個兒在空曠的球場上練習跳投。他大概對籃球很執著吧，正如他自己說："籃球是我最好的朋友。"

忽然間，我感覺到這晚仍然很冷。阿恆的汗衣和短球褲在寒風中飄揚，他不是很怕冷嗎？難道他在球場上，與他的"好朋友"在一起，就會勇敢起來，無懼寒冷嗎？在球場上的阿恆，跟家裏的阿恆，彷彿兩個不同的個體，一個強壯而勇敢，一個瘦小而柔弱。後來，他把汗衣也脫掉了。

那雙脆弱的"人字拖"突然啪嘞一聲，破了。

＊　　　　　　　＊　　　　　　　＊

大陸有一間專門拍攝電視劇的製作公司聘請導演，一位前輩願意引薦我，只等待我回覆。雖然，當電視劇的導演沒太大的發揮空間，一切都得聽編審和監製的話，也得顧及那群如山豬的大嬸的口味，但這始終是晉身電影導演的一塊踏腳石，我是早該答允的。那位前輩著我快點回覆。我本想問一問阿恆的意見，但他似乎不想見我。每天放學後，他都跑到球場上練習跳投，從白晝直至晚上，再到深夜。我不打算跟鳳兒商量，我沒有跟她見面的勇氣。既然如此，我甚麼也不用考慮了，乾脆地答應了這份工作。

我在某個平日的早上十點左右打了一個電話回家，沒有人接聽，於是我回到家裏，收拾一些衣物。我並不像鳳兒或其他女孩子，沒甚麼非帶走不可的東西。我的行李簡單得可以在半小時內收拾好。

行李都收拾好了，可以出發。我該小心地想一想有甚麼遺漏。說到底，這趟出門是幾個月的事。忽然間，我想起那個很久很久以前的籃球，於是翻箱倒篋，想把它找出來看看。我並不奢望，也不認為能找到那個籃球，但反正想起了這件事，如果能把它找到就可以安心下來，彷彿問題被解決了，雖然這並不算甚麼問題。籃球藏在床底的一個箱子裏，應該很久沒有人碰過它了，塵積得很厚，但還是完好的，看來沒有破損。我把它洗乾淨，再充滿氣。它變回昔日的樣子了。我嘗試拍球，卻感到異常困難。我太久沒打籃球，連拍球和運球的技巧都退步了。

仔細端詳，才發現這個籃球已在不知不覺間變成扁扁的，不再圓渾了。這是一個應該被丟棄的籃球。我把它放進一個膠袋裏，掛在門鎖上，打算靜靜地把它掉到某個垃圾站。

我拉開抽屜，拿出我的回鄉證。我的抽屜裏平白無事地多了一疊鈔票，不算多也不算少，有四千塊。這時候，老媽回來了。她舀了一碗湯給我喝，是蘋果湯，很清甜。

＊　　　　　　　　＊　　　　　　　　＊

到大陸工作後，我依舊愛喝糖水，依舊會在月圓的日子經痛得死去活來。有空回港的時候，我仍然會留在大陸，拍我的獨立電影，或在暗淡的燈光下一本又一本地看著那些別人敬而遠之的電影理論書籍。這段日子裏，我的確吃了不少苦頭，但我不曾哭。我不曾哭，即使監製在幾十人的製作隊跟前罵我罵個狗血淋頭。我從來都不是一個愛哭的女子，我一直以來都堅強得像一個男人。在某個辛苦得想哭的晚上，我獨個兒對著那個發黃的月亮發誓，我一定會熬出頭來的，然後吞下眼淚，忍著經痛繼續好好地幹活。

＊　　　　　　　　＊　　　　　　　　＊

大陸有很多男孩子整天到晚穿著＂人字拖＂在籃球場上跑來

跑去，這使我想起阿恆。於是，我趁中秋節回香港探望他。他還好吧！就在那個球場上，我看見一個熟悉的背影，他依舊穿著一件汗衣、一條短籃球褲和一雙"人字拖"在練習跳投。我問他好嗎？他一臉錯愕。我問阿恆是否不認得我了。他說他不是阿恆。他說他的確經常來這個球場打球，但他不是阿恆，他不像女孩子，不怕冷，也不曾聘請補習老師。彷彿……我真的不曾跟他認識似的。

在遼闊的天空裏，飄著一片雲，像一個蘋果，像一個人懸在半空，又像兩個人一起懸在半空。一陣風吹過後，雲就飄走了。我的主觀鏡慢慢地往下移，看見阿恆像萬萬千千的平凡男孩，帶著陽光似的笑容在打籃球。我想，就這樣結束阿恆的故事好了。

原刊《文學世紀》2004年7月號

溫哥華的私房菜　　　◎　也斯

——夏天路過溫城，有幸得聆前輩口述歷史，回憶五〇年代取材現實可卻活潑而充滿想像的三及第文字，多姿多彩的三毫子言情小說、繼承傳統又不避俚俗的粵劇演出，夜有所夢，彷見提及人物紛至沓來，醒而成篇。

一

薛大貴肥胖的身軀在海關櫃台前煞車，左右搖晃幾乎碰倒了身旁瘦削的老媽。他見櫃台後海關小姐接過護照要按電腦細查，連忙說明：我幾年前已放棄居留權了！說著連忙遞上文件影印本。老薛幾年來當旅行社主管，帶著不同的團友僕僕風塵，東征西伐，甚麼難關沒闖過，到頭來總能憑著機智，化險為夷，只有每次回溫哥華探親，總被人當賊那樣反覆盤問。幸好眼前這番邦公主，眉清目秀，還不似太蠻不講理，不見得會對他這太空人父親刻意留難。

他準備有素，這次把文件都帶在手上。他帶著母親大人跨過鼓鼓囊囊的行李，也不知是昭君出塞還是攜塞外的代戰公主回朝，不知哪兒是家鄉哪兒是異鄉。人總要打工才能養活移民的一家，但他若移民就沒法打工，要留港打工就沒法享受移民的福份。總之每次移民官的臉色一沉，他就但覺裏外不是人。

運用小聰明，他陪笑搭訕，沒話找話說。眼前番邦女將在文件上大筆一揮，但見盤問告一段落，他不禁鬆了口氣："以前，每次都要再去移民局那邊排隊再解釋一番，真是浪費時間！"他以為讚揚對方的效率、新千禧年後的新政，不料對方頭也不抬，皮笑肉不笑回說："可是，對不起，你這次還是得去一趟！"真料不到！眉清目秀的番邦公主，大概被來往的漢人教壞了，竟也如此奸狡！老薛看著自己入境表格上紅筆塗花的大字，想起自己這老實申報一切的良民，反受到如斯對待，真是可怒也！既無奈不戰而降，卻又拿她沒奈何。

移民局那邊排了長龍，老薛只好把老媽安頓在旁邊長椅上，自己忍氣吞聲排隊。長長的人龍，不是遙遠的東方有一條龍，是近在咫尺的西方老有這樣的人龍：黑黑的頭髮，焦慮的眼睛。前面是來自台灣的學生，後面那位，則來自福建。眼見眼前的黑龍老不移動，分別向夾在中間的香港胖子詢問：能趕上連接的飛機嗎？若趕不上怎麼辦？

不是第一次身受其害的肥仔薛也沒辦法，他指向人龍前面的一列櫃台，十台九空，只其中一個有番兵當值，慢條斯理的逐點盤問——這就是為甚麼人龍老半天並無寸進！這是問題癥結所在，但你能做甚麼？

老薛也開始焦急了，他還未去取行李，進來已有一段時間，長龍未有寸進，外面不同的班機到達，不同的人潮湧行李而離去，老薛開始擔心他的行李出場後另覓明主，不知給人順手牽羊到哪裏去了。老薛開始幻想他的行李展開國際漫遊的孤身之旅，一面忙向老媽打眼色。老媽卻是拈花微笑，四大皆空地對著他視而不見，沒有反應。老薛只好挪動胖身鑽出圍繩之外，拉了老媽進來站崗，然後腳踏風火輪颼颼颼去把行李搜，繞著輸送帶轉了一圈又一圈又一圈，好不容易打撈了一件，另一件卻始終芳蹤渺然。心裏擔掛人龍中的老媽子便又轉回來，見人龍仍無寸進便又轉回去，沒有行李又奔回來，沒有寸進又奔回去。如此幾個回合下來，肥胖的神行太保也變得雙腿微軟。匆匆拖回最後一件行李，更不慎擦傷了手。

正是：出師未捷，已然焦頭爛額！

二

　　車子經過格蘭佛大街、肥薛一隻肥手環抱在小兒子肩膊一手指出窗外，百感交集：“那不是我們的故居？”小兒子好像沒有甚麼感覺，他又動感情地說：“想當年我到這兒找房子，就是喜歡這邊清靜！”坐在前頭開車的前妻寶釧一句話頂回來：“房子是我找的！”肥薛心中暗罵，你當年從沒到過這兒，從何找起呢！不是我在這兒住了一個月，找到房子，連大床傢俬也買了，才接你們來嗎？剛剛見面，他不想立即重燃戰火，姑且退一步海闊天空，盡量表明遵守停火協議，但降低聲調補個註腳：“當年你不是說我的傢俬買得好嗎？”不料寶釧就像民族主義者重寫後殖民歷史，堅決地一筆抹煞，但說：“沒這回事！”一筆歷史就此銷案。薛生氣得怒髮衝冠，但大道行車靠舵手，避免她在氣頭上把車鑣上行人道，只好轉移目標，跟小兒子說：“老爸要當華埠食物節的飲食評判，有許多好吃的，我帶你一起去好嗎？”小兒未待回答，阿媽爭做兒子的代言人：“他周末跟同學去威斯勒玩，你自己去吧！”肥薛但覺錦衣夜行，自己無法在兒子面前顯威風。

　　暑假兩三個月，為甚麼偏要在自己來訪的一周調小虎離山？他懷疑是母大蟲不懷好意，但又苦無實據，無從駁火！

　　“記得我們一起在後園游泳嗎？”不想小兒子把頭左搖右擺，又像殖民地長大的孩子忘記祖國的歷史，但說：“新屋沒有泳池，但有籃球場，你跟我一起打籃球好嗎？”童言無忌，不知籃球正是肥人弱項，不用開跑已是氣喘如牛。肥佬只有黯然。孩子卻是好孩子：“有花園，嫲嫲可以種花！”孩子是早上八九點鐘的太陽，肥人卻是累積了時差的香江落日，但覺疲累無比，夕陽西下了。

　　新居果然是好地方，有花園，還有打籃球的地方。肥薛想起每月大筆進貢，果然於家國有功。前妻賞賜他住在地窖廁所旁的小室，涼沁沁的。塞外風霜，容易著涼，托賴肥體無恙。兒子拉著嫲嫲看園中的玫瑰花，又說：「爸爸，我們每天澆水拾落葉呢！」肥薛為了表示自己除了有錢出錢，也有力出力，便參與勞動，結果卻被分配到門前拾狗屎。換上運動衣，戴上黑眼鏡，尷尷尬尬地放下身段，為睦鄰作出貢獻！下放勞改回來，正想舒伸筋骨，在花園中散步，分享一下家園的美景，不想澆水器自動打開，他前進也不對，後退也不是，淋了一身盡濕！

　　正是：景滄桑，心迷惘；

　　眼底風光，不似舊時狀況！

三

　　肥佬薛明白每次吃飯都有可能鬧出家庭悲劇。他決定忍氣吞聲，但求避免再生衝突。才在酒家坐下來，就覺處境嚴峻。小兒子鬧彆扭，寶釧多方讓步，眼前景況完全不是齊家治國之道。未經民主諮詢議程，炸魷魚、椒鹽豆腐、星洲炒米已經強行登台，都是煎炒無益之物。前妻頻頻護法，但謂你們不喜歡可以另外提名，但四個人吃的東西已欽點了三樣，何嘗有供鳥民置啄的餘地？肥佬才皺了肥眉，前妻已經豎起戰旗，準備大戰三百六十回合。她說小兒子本來就不喜中菜，為了遷就你們才來，誰不喜歡就另外叫，隨便吃一餐好了！劍拔弩張，危在旦夕，肥佬薛但覺大勢已去，時不我與，只好低聲叫一窩白粥，但願化解蠻夷的油膩，以示天地有正氣。

　　不知甚麼時候再下詔書，桌上又再出現了煎蠔餅。四個人當然吃不完。前妻但說無所謂，包起回家明早又是一餐。肥佬從營養角度想，不見得有甚麼好處，說美食也不是甚麼美食，若從經濟的角度想，更似乎只是除精有笨，並不化算。但這一向山高皇帝遠，各人慣了自由經濟，他根本就無法實行宏觀調控。偶然一年才見一兩次面，掙錢養家本就從來沒人多謝，鬧得不好還落得個害蕾名堂，但教兒女鄙視、神憎鬼厭，那又何必？他心中對家人移民後種種習慣不盡同意。但人微言輕，也只好入鄉隨俗了。

結起賬來，口袋裏少了幾張鈔票，桌面上卻吃剩許多菜，打包了一兩盒，明日恐怕又是攔在冰箱裏獨守寒窯。自由經濟的惡果，身受其害卻無法言說呀！

出得門來過馬路，心中唸唸有辭，口裏默默無言。走了一半已是紅燈，溫哥華的交通燈也跟他作對，胖子獨個兒落後在全家人之後，氣喘喘地趕上去，但覺全世界都遺棄了他！

正是：美食溫哥華，斯人獨憔悴！

四

肥佬睡的不安穩，都是時差出的錯，半夜三點醒來，直把溫城當香江。躺在床上輾轉反側，朦朦朧朧好不容易挨到七點，起來梳洗，爬上樓上的客廳，早起的老媽已在了，那便幫她開了電視，聽著溫哥華的金曲，偶然有個肥博士賣廣告："記住：我等埋你！"介紹的不知是否靈芝產品！"我約著寶馬皇后去試車！""至抵龍蝦魚翅套餐。"溫哥華早上八點半，播的是昨晚無線六點的新聞。鄭大班封咪事件餘波未了，出現商台討論解約事件。沒頭沒尾，想知多點，又去翻昨天的報紙。大班說至緊要公平。溫哥華的食肆愈來愈多了，看來也愈來愈專業呢！阿拉斯加皇帝蟹、鮑翅龍蝦套餐、原隻吉品佛跳牆煲、游水富貴蝦、新鮮重皮蟹！極品魚翅撈飯、海皇夜宴！還有上海得興館、梅龍鎮、香港的雅谷、還有老正興、水車屋、甚至加上或真或假的文華、翠園、蘭桂坊、星馬印！清真牛肉館、新東記火鍋、打冷、煲仔菜！好似過去香港有的，這邊都有了，不少大廚都已移民過來了，而且材料還更新鮮！還有香港沒有的呢：四川的巴國布衣、再甚麼王府井、釣魚台！老番爐端燒、還有更多日本菜、韓國菜、有肚皮舞表演的希臘菜！饞嘴的老薛雖然眼花撩亂，奇怪的卻是毫不動心，撫心自問，面對弱水三千，倒不想貪多嚼不爛，他此刻反而寧願跟老媽子下廚，炮製一兩款拿手小菜，好教平時各散東西的一家人好好吃一頓家常飯。

他本想跟寶釧商量大家去買海鮮回來煮。等她上朝，過了許久還未睹龍顏，過了好一會，後面沒了聲色，老薛進廚房，走下花園，探首進車房，發覺已是人去樓空，皇后已經微服出巡去了！只好回來與老媽子一起看電視，幸好有食物台，從大城小廚到小城大廚。兩三種煮西班牙海鮮飯的方法，四五種燒排骨的方法。甄文達教大家"油"的發音。日本挑戰廚神的生死搏鬥。占美奧利化收十五個街頭少年做他的徒弟，逐個叫他們細說嚐到的菜是甚麼味道。

在第九個少年說意大利麵條有意大利麵條的味道時，寶釧回來了。帶回來了報紙，一大塊雞腿和兩棵白菜。彷彿這是監房裏的配給。她對老媽子說："路遠省得你跑一趟。"寶釧是善心人卻粗心剝奪了老媽買菜的樂趣，也不讓她有任何其他選擇。老薛心裏擔心老媽巧婦難為無米之炊，但好個老媽子，走過難、經歷日本侵華、國共內戰、三反五反、回歸、禽流感、沙士、甚麼大場面沒見過？她當年又是白燕的影迷，賢良淑德的典範，對人和氣謙讓，一臉永遠慈祥的笑容，也不多話，不知怎的把櫥櫃抽屜雪櫃開開關關、尋尋覓覓，轉眼之間，在甄文達還未達廣告時間以前，已經弄出標準的廣東兩菜一湯，看得老薛口瞪目呆，自嘆不如。

已過中午，小兒這才給他十八孝慈母喚醒，懶洋洋坐到桌旁。正要喝阿嫲的赤小豆葛湯吃雲耳蒸雞，無飯母親自己烘了多士，不知怎的從冰箱中取出幾片鮮三文魚，孩子立即就轉了陣營，中國傳統敗下陣來，原有的碗筷秩序潰不成軍，演不成粵劇飯桌上的父慈子孝了。

　　正是：琵琶別向，西風壓倒東風！

五

　　肥薛與一群損友聚舊。英記火鍋老闆正在電視晚間新聞台接受訪問，反對開闢新路經過廣場。大家邊看電視邊起哄，老襯魏虎把啤酒一飲而盡，跟女侍調戲：阿姐有乜又平又靚，搵幾碟上來！冇呀，我袋裏只得廿皮你要不要？

　　老黃剛從中山回來，老張的太太下月回去飲喜酒。此間跟彼岸來往頻繁，但大家知道肥薛作為旅行團領隊，深入大西部鬥狠之地，馬步先行，上山下鄉，必有不少奇談異聞。肥薛便說了一大堆政治笑話，關於領導人為傷健兒童院開幕等，笑得大家哈哈絕倒。最新一個是關於鄧小平訪美，海關人員問：你要到哪兒？老鄧不懂英文，猜想對方問他名字，便說："我姓鄧！"對方一聽，哦，Washington，好的，那你去做甚麼？老鄧見對方繼續問，想是問了尊姓再問大名，便道："我叫小平！"對方一聽，哦，原來是去shopping！大家溝通完全沒問題！

　　食物上來，就有人提熱門新聞話題，從愛國論到廿三條。老張跟張太對七一遊行有不同看法。有人說老薛肯定愛國，有人說他被迫愛國，老薛說：我只在食物方面是愛國主義者！大家陸續問：大陸有甚麼好吃的？有甚麼好玩的？老薛說：該問老黃呀，他不是剛從中山回來？魏虎就說：他呀，不要說他，買了塊田地，說是享受田園生活，還不是叫人幫他耕田？每次回去兩三個月，盡在打掃房子！擁有幾所房子，跑來跑去，退休生活可比工作更忙。老薛心想：自己也是跑來跑去，可連一天的田園之樂也沒享受過呢！

問起吃的，老薛便說廣州上下九的小吃、街頭巷尾流行紅湯一盆的水煮魚、磨刀島上看落日吃海鮮。還有順德的釀鯪魚、大良炒鮮奶、還有發得特別好的白糖糕。還有沙灣的水牛奶，水牛要吃蔗尾和粟米，水牛要按摩才榨牛奶……

大家彷彿跟隨老薛，攀山涉水，嚐那飄渺難尋的原鄉之味，直至老黃打斷了那幻想，說到廣州擠擁又不衛生的野味店，所有珍禽異獸都給關在籠裏，真是可怕！老薛一下子也自覺地位降低了，由珠江三角洲美食導遊，一下子降為涉嫌沙士帶菌者，來自危險地帶從事厭惡性行業極需被隔離檢查的病人。

還是香港的飲食多姿多采！魏虎下了結論：又有大碌竹手打生麵，又有豪華私房菜！跟著就有人問：私房菜是甚麼一回事？唉，就是不打開門做生意，好像在家裏吃飯一樣，不過用的是最好的材料，廚師每天去市場，看有甚麼最新鮮的東西，由他作主，餐牌都是固定價錢，每晚只做幾桌生意……

現在全港也有百多二百間了，老薛說，有四川菜、法國菜、潮州菜、上海菜、蔣家菜，各有特色。

蔣家菜是甚麼意思？

即是蔣介石後人開的，據說做的是老蔣先前愛吃的菜，是浙江菜吧……

還是香港吃的好，魏虎下一結論。老薛面上也像有了光彩。只有他自己知道，平常趕工作，吃的也馬馬虎虎；帶隊回大陸，服侍完一團挑剔的男女老幼，往往也沒有甚麼胃口了，枉有山珍海錯也是徒然！何況，根本沒甚麼山珍海錯。

老張夫婦各有不同意見，老張說香港好，張太卻大不同意，說還是溫哥華好。說私房菜，你知道嗎，溫哥華現在也有私房菜！我有朋友去試了，說頂好，不過收費也很貴，有三十五加幣，或是五十或是七十塊錢的菜。嘩，這麼貴，吃甚麼？中菜西吃，總之物有所值嘛。

於是大家議論紛紛，說要訂一席試試，溫哥華也有了私房菜，香港人肥佬薛的獨特地位又再跌價。他表面上無心參加聚餐，心裏卻想：若然是好的話，他也不妨訂一小桌，等女兒回來，一家人好好吃一頓飯。

正是：私房有菜，人間有情。

六

肥佬薛等女兒從西雅圖回來，女兒卻說暑假要修課，只能星期四回來度個周末，現在兒子又要選周末去威斯勒玩，肥佬覺得簡直是寶釧的陰謀，要破壞他的天倫大計，連一個周末也不讓他跟兒女安度。我在香港日夜為口奔馳，趁華埠請飲食評判過來，結果一雙好兒女，動如參與商。時日苦短，過了這幾天，還得趕回香港去商討八月自由行旺季大計，要帶甚麼北海道薰衣草團。正是：明日隔山岳，世事兩茫茫！

星期四的早上，他就坐立不安了。舵手一早開走了汽車，他既不知女兒當晚何時抵達，也苦無風火輪，只好獨守寒窰，跟老媽子一起看電視上香港昨天的俞琤與鄭經翰會見記者。乍看似乎是公婆有理，光影難分。這邊報上有說林旭華剛抵溫，若鄭大班要競選有可能會放棄加籍。大班可不是剛說過不會參加競選？

肥佬讀書時是關社認祖的國粹派，三十年下來也做過頹廢派、愛國商人、現實主義者、工作狂與享樂主義者，現在可甚麼也不是，只想回窰補好破碎的家庭。這個早上，他開始細密計劃，正好老李傳來紅酒浸洋蔥的健康食譜。他打電話給李太，詢問她們昨夜私房菜試菜的結果。對方的測試結果是正面的，而且還打上不錯的分數。老薛想母親與自己喜歡中菜，寶釧和孩子們卻喜歡西菜，真不容易有一所大家都適合的菜館。李太說那兒有真正的鹽焗雞、蒸石斑、黃金蝦，也有西化的三文魚與魚子醬頭盤，美味法式甜品，她女兒也吃得開心。報訊人似乎肯定東西文化交流的可能，而且對適應目前文化處境的實驗"給予高度的評價"。

他便按址去訂位，但對方說明天已滿座了。只能把他放在後備名單上。他本來對吃飯不那麼緊張，現在卻有點焦急了。只有星期五晚，女兒肯定已回來，而小兒子未離去，是一家人唯一有可能團聚的一夜。他老薛當然也可以下廚，但慢撚細切，夜長夢多。況且物離鄉貴，人離鄉賤，他美食評論家的名銜對於在番邦長大的兒女不值一哂。若有裝潢華麗而又廚術高明的地方，那又何樂而不為？只是如今連位也訂不到，找到一個連老媽子到小兒子都可以接受的地方又有何用？

他找出了中華文化中心的聯絡電話，又跟中華美食餐飲聯會接上了頭，薛虎早跟他安排了今早去跟主辦當局談談周日活動的安排，籌辦的兄弟多人移民前都是舊識，今日已是此間有地位的僑領。薛生登門拜會，一方面為周日華埠日中華美食的公事，一方面是為私心想訂私房菜走後門。

到他下午大汗淋漓地乘巴士回到家（他當然不好意思向舊同僚解釋自己無力叫動領導人策車來接），剛從後門推門進去，就聽見女兒的聲音。原來她已回來了（可恨的寶釧，為甚麼不早告訴我！），一家正坐在花園裏談笑，小兒子在寶釧旁邊吃蛋糕，女兒依偎在嫲嫲身旁，兩人蹲在花叢邊，看嫲嫲為玫瑰剪枝。女兒自少跟著嫲嫲長大，兩人感情融洽，剛從外面僕僕風塵歸來的老薛，打開後門看到家園美景，自傷是畫外零仃的孤客，心中打翻了調味瓶不知是甚麼滋味。

女兒少時跟老薛關係也好。他記得講故事哄她睡，講故事不是老薛的強項，每次說到後來都是他整個人陷入半睡眠狀態，話不成句，而女兒就"爸爸，爸爸"地把他推醒過來，叫他繼續說下去。

"爸爸"的叫一聲，抱在懷裏的是長大了既具體又生疏的孩子。移民以後就生分了。雖然每年都見到，但總像有了距離。也經歷了父母的離齟，中學後期的反叛。去年來看她的畢業禮，老薛發覺她已是亭亭玉立的大人了。老薛帶隊回北京，也買了機票讓她一起回去，是第一次回去。兩人相處是愉快的，但一分開就消息杳然，好像是陌生人一樣。

現在肥薛好似在穿上戲服試演父親的角色，好像疏於排練，不知從何入手，有時太表面化，有時又太肉緊，演得過了火。他本應該走羅劍郎的戲路，一時不察又變了男扮女裝的梁醒波，老是找不回自己的角色。

這位太空人父親追問女兒大學生活可好？辛苦嗎？唸大學為甚麼會這麼辛苦？暑假還要補修化學一科？吃得好嗎？自己有沒有煮飯？沒有？飯堂的東西還可入口？有中學上來相熟的同學同系修課嗎？這個中年的中國男性忍著沒問的老套問題可能是：有沒有交男朋友？要小心帶眼識人呀！有沒有出夜街，吸煙喝酒——不，他沒有這樣問，因為記起女兒最恨人家吸煙喝酒，老反對他的朋友胡鬧，甚至到了潔癖的地步。

晚上到哪兒吃飯又成了問題，不過老薛想到明晚自己已有更好安排，所以也不堅持中菜，反而一反常態地任婦孺當家作主。最後決定去Earl，小兒子喜歡的地方，女兒好心說那兒有炒麵，會適合祖母，她又說那兒炒麵的鍋很有趣，祖母也就贊成，說那就去吧。

結果當然是那鍋的形狀就是最有趣的部分了。炒麵淡而無味，但也難怪，因為人家外國人本來就不是做炒麵的嘛。女兒和兒子吃意大利薄餅倒是吃得津津有味，那是她們的文化。

回來的路上老薛再說起那炒麵，女兒就說："噢，老爸，不要太刻薄吧！"老薛一本正經試跟女兒解釋幽默，諷刺，甚至像他們一群損友之間那些互相嘲弄的言語（女兒最受不了！）並不一定是惡意的東西。但肥薛本來就不擅長開壇講道，一說就惹得大家哄笑。女兒說：你說的中文字太深了！肥薛但覺語塞。

正是：此中有真意，欲辯已無言。

七

早上八時半的新聞，是鄭大班到廉署投訴：有人要阻礙他參選！只見在廉署門前，一大群記者圍聽大班發言，他滔滔而談，把參選大計說得清清楚楚，然後，哈哈乾笑兩聲："今天廉署叫我在調查期間暫時不要把這事向公眾宣佈，所以呢，從現在起，我暫時不能再跟你們說甚麼了！"大班是肥薛的偶像，他聲若洪鐘，辯才無礙，一咪在手，誰與爭鋒？肥薛也想在家庭中扮演這樣的男主人翁，指點江山，但現實中大班路線未必奏效，在番邦更事事不能盡如己意，"噗"的一聲就被人轉了台。肥薛才發覺十八孝寶釧要給小兒子錄流行音樂節目。

之前肥薛曾提議開車去史坦行公園或伊利莎白公園，都被最高領導人以開車困難為理由否決了。現在女兒回來，她好心自告奮勇開車，讓愛花的祖母去看花，一家人好似至少有了半天閒暇。老薛乘勝宣佈：他今天訂了全溫只此一家的私房菜晚宴，保證令每個人都滿意。大家聽他誇下海口，半信半疑。其實老薛自己也並不完全有信心，他有點緊張，不知道這私房菜宴能否恢復他那失去了的父親位置？

不過女兒真是長大了，開車開得穩定，對家人照顧得好。不再是那個讓他牽著手去幼稚園的小姑娘，也不是那個鬧情緒的中學生了。中午在家老薛把在北京拍的照片拿給她看，她看到一張，就說：「人家在吃東西，有甚麼好拍？」看到另一張，又說：「這張太難看了！」又收起來。

老薛又有他當父親的智慧：「成長嘛，就是接受你自己的面目。」女兒只是扮鬼臉。老薛又說：「年輕時，老想當英俊美艷的男女主角，長大了有了孩子，就演配角！」女兒說：「像你老演諧角，當小丑！」肥薛說：「也不是，就是你母親，老在你們面前把我描成歹角！」女兒說：「也沒有嘛，你不要老怪人！」

正說著，寶釧從後掩至，說：「又跟子女發甚麼牢騷？」看見北京的照片，想起老薛光安排女兒去玩的事，老大不高興。舊事重提，薛生說：「你根本就不喜歡那城市嘛，去甚麼！」寶釧說：「去不去由我決定，不由你管！」女兒見空氣中有火藥味，便想走開。寶釧從後叫住她：「你上次洗了那件外衣在地窖，你星期天記得帶回去，早晚有點涼可以穿！」

老薛想起來就問：「她星期天就回去了——甚麼時候？」

「上午！」

老薛想起自己的節目正是上午，寶釧不僅安排了兒子跟同學去威斯勒，還安排女兒飛走，總之是不讓她們參與他的華埠節目：「你故意這樣做！」老薛恨得牙癢癢的！

「笑話，訂機票前告訴過你，你說讓她早一天回來，早一天回去！」

老薛明白這又是寶釧的言談模式。他求讓她早一天回來大家聚首，可沒說過要她早一天回去。但寶釧就是這樣，他沒說的她說他說過，他說過的她說沒說過。

「我沒說過！」

「你說過！」

這樣吵下去，其幼稚程度當然可想而知。而老薛長久壓抑在心中的話，好像也連珠炮發，忍不住爆發出來：為甚麼老是否定他？為甚麼老是提排斥中國菜、華埠的活動？為甚麼不讓小兒子繼續學中文？他本來能讀能寫，現在十個字有九個忘了。女兒本來中文很好，現在也生疏了。為甚麼故意要令子女完全疏遠他，排斥與他有關的文化背景？

寶釧杏眼圓瞪。吐出兩個字："黐線。"

老薛進一步人身攻擊說寶釧根本沒盡母親責任，在家裏只跟兒子說英語，吃東西盡吃油膩煎炸，不讓他吃蔬菜……話還未了，寶釧就大喝一聲，喝斷長板橋，以洩胸中怨懟。寶釧擺出功架，變了楊門女將，掣起大刀，要拿他碎屍萬段，但見她漲紅了臉。淚流滿面："是我陰險，是我壞，讓我出門去今天就被汽車撞死！"

這又是寶釧的首本苦情戲，眾人聞聲而來，只道是老薛欺凌弱女。小兒子護母情切，眼中只見是個闖進來欺負母親的仇人，對老薛投以仇恨的目光。老薛心如刀割，又似萬箭穿心。最恨寶釧扮演弱者。記得在北京時女兒有一次無意提起：母親移民後貧病交迫，好不容易養大兩個子女，犧牲自己。老薛大驚：自己第一份工作多年的退休金差不多全數交給她們，第一年移民自己大半年在異邦建立家庭，用盡自己的關係和積蓄，終於因為找不到工作，才回港再戰江湖。分居之後，經濟大權仍操在她手裏。每月十分之七薪金都上繳番邦，沒想到寶釧有意無意在子女心中重寫了這段歷史，果然是勝利者寫歷史。老薛愈想愈氣，兩人就進入了互相廝殺的對罵階段，戰火升級，最後以寶釧砰一聲關上後門，拉了花園裏玩籃球的小兒子，開車外出作結。

剩下屋中三代心。各自躲在自己房中面壁，冷靜下來，老薛開始有點後悔了。一直以為自己忍氣吞聲，修成正果終能得道，不想到最後還是小不忍則亂大謀，搬起石頭砸了自己的腳。

他看看手錶，已是五時多。今晚全家團圓的私房菜宴，看來凶多吉少。等到晚上寶釧還未回來，打她的手提電話，電話也關上不接，老薛一手自導自演的戲，由喜劇變悲劇，一場私房菜宴也就此泡湯了！

正是：一子錯，滿盤皆落索。

八

翌日一早寶釧開車送小兒子跟朋友齊集動程往威斯勒，女兒早上約了朋友去保維街的日本節，半是由於好心，半帶憐憫，把留在家裏的祖母和老父一起帶出外去玩。

老薛坐在車頭，看著女兒開車，心中有種很奇怪的感覺。也許在不美滿家庭長大的兒女特別成熟，她們很快學會自己照顧自己，自己學懂去判別事物，不受人左右。他們泊了車，走了一段路來到保維公園。很奇怪的感覺，不再是他當年帶著年紀小小的女兒進公園，告訴她怎樣用指頭去發現一株含羞草；或是當她發現了背後的影子而嚇得"嘩"一聲哭起來的時候，嘗試去保護她勸解她。現在反而是她帶路，令他發覺這過去以為熟悉的華埠附近，走出去原來可以有不同的世界。保維公園好似換了面目，園中搭了棚準備大鼓的演出，小山丘那邊有樂隊演奏，一旁一家一家人坐在樹蔭下聊天。公園兩邊搭了食物攤檔排長龍。女兒碰到她的朋友們，都是年輕人，自然親切，挺有個性的。一位背著個大背囊，裏面有毛氈、醫藥用品、傘子和一切日用所需品。另一位日裔女子，穿男裝的襯衫，顯得俊朗英氣。還有一位拿著錄像機，要把一切拍攝下來。她們說："墨魚丸最好吃，可惜隊伍太長了！"又說："不如去吃玉米！"這公園，這城市，彷彿就是她們的地方，是她們的節日，這些亞裔的下一代，在這兒成長，附近有美麗的山頭和海灘，有吸毒者和醉酒鬼，但她們成長起來，有自己的樣貌和想法，在陽光下有健康的身體。老薛發覺他母親很自然就和她們相處下來，母親雖然不懂英語，但似乎去到那兒都能以平常心適應，仍然對新鮮事物好奇。老薛也發覺自己好似忘記了年齡，坐在陽光下看大鼓的表演，他不完全懂那文化和言語，但從那些揮動的手勢和緩急的節奏中，好似也感到了那活力和驕傲。

後來大伙兒又走進一座消防局，原來那兒現在改建成藝術中心。她們去聽朗誦：三個日本男子在朗誦一齣關於武士成長的戲。老薛喜歡舊小說戲曲，卻從來沒耐性聽現代劇，他英文也不好，聽了幾句便走出去，旁邊的劇院正在放電影，他進去歇腳。起初沒留神看，後來也逐漸明白了，是一個在夏威夷長大的女子在練跑步，長跑，她父親是日本人，她在長大的時候想弄明白自己的身份，然後她又去練長跑。老薛小睡了一會，他覺得長跑似乎太多了，但說在夏威夷長大的孩子想弄清楚自己是不是日本人倒是挺有意思的。他後來告訴他女兒，她似乎也很同意他的看法。

晚上回家的路上他又想到去年來參加女兒的畢業典禮。他看著一個一個小伙子小姑娘上台去。台上的校長跟每個人說幾句個別鼓勵的話。女兒又領了獎，還參加樂隊，有表演。畢業禮完了老師還跟她們在禮堂玩通宵，送禮物，是適合每個人閱讀的不同書本！可以看到老師到底是有心的，學生是在用心照料下成長的，他當時覺得女兒很快樂，他也開心了。他一直沒機會好好受過教育。他很年輕就出來工作了。他懂人情世故，但他有很多遺憾。他的婚姻失敗了。寶釧很固執、難相處，但也不能說沒有照料兒女。她以她的方法。他以他的。

"爸爸，爸爸……"

醒來已是周日早晨，女兒要走了。她整頓好行裝，像一朵清新的茉莉花。他抱住她，她在他耳邊說："Dad, be kind to mom..."

他還沒來得及反應，她又說："... and I'll ask her to be kind to you!"

九

老薛的華埠節盛事，反而有點像反高潮。他只記得舞獅、點睛、採青。沿著一條飲食之路，固定的路線，從片打街出發，中華文化促進中心是中心的中心，中山公園是民族的景點，沿途食肆介紹華埠的美食：蝦餃燒賣、豆漿油條、乾炒牛河、揚州炒飯、北京填鴨、咚咚撐撐，烹飪比賽的華埠大酒樓是高潮所在。裏面筵開數十席，比賽的廚師和他們準備了的材料一字排開，老薛這老食評人被恭請上座，正要大搖大擺上金鑾，發覺還有去屆的華埠小姐、資深的僑領、文化中心的經理，大家齊心協力一起來把評判當！一位小姐下廚洗手作湯羹，請諸位清了味蕾細細嚐；徐娘巧手蒸海鮮，薑絲蔥絲上面澆燙油，講究的是火候拿捏恰到好處，魚兒噘起嘴向大家問：畫眉深淺入時無？

結果奪魁的是來自福建泉州的新移民，以一盅新佛跳牆掄元。其次是來自上海的新獅子頭與來自四川的新夫妻肺片，國內來的新移民也愈來愈多了。老薛代表評判發言："區區今日非常榮幸，有機會從香港來到溫城遍嚐美食……"結論是勝者毋驕，敗者毋餒，大家齊心合力，一起在異鄉把偉大的中華廚藝發揚光大！然後幾個人捧著大大小小的金盃與評判合照。席上觥籌交錯，不斷有人為中華美食乾杯！

有記者來採訪，順帶問起香港選舉。是否大班一定獨贏？老薛說不懂政治，不過還是對食物有信心。但也要看在那裏吃，不一定貴就好，不一定溫溫吞吞就好，也不一定辣就好。經過禽流感沙士等也不一定不好。人吃東西小心了、嘴刁了、不光吃包裝，講"理性消費"了，也好。至於家庭嘛，說到後來老薛已經目光散渙，說話愈見艱難，前言是不美滿的家庭，後語是甚麼新一代孩子長大了，好似離題愈來愈遠，記者取不到甚麼經，只好轉過去問上屆華埠小姐了！

老薛本來就已經喝得差不多，一群損友還要去咸美頓街喝酒，結果又喝到黃昏五、六點才作鳥獸散，各自回家吃晚飯。老薛陪魏虎走回唐人街取車，虎兄說要送他一程，他婉拒了。想反正無家可回，也沒人等他吃晚飯，最後一天，不如沿路走走，四處看看，也可稍舒酒意。

他抬頭四望，想認清地形。他想走出唐人街，回到昨天所見那廣闊活潑的公園，但好像也不容易走回去。他走過一列破落的貨倉，好似是城市的背面，喝醉了的人就睡在路邊。偶然還有癮君子閃身過來討錢。走過一列關了門的店舖，路的盡頭好似有點點綠意。樹的後面有塊草地，是不是昨天那公園呢？他在長椅上坐下來。旁邊有些年輕人在嬉戲。他真是有點累了。球滾過來，球在他身邊滾過去。年輕人過來撿。其中一位似是昨天那位日裔女子，俊朗的男子般的俏臉。她們一起唱歌，不知怎的他也一起唱起來了。唱的是哪個地方的歌呢？是要打大鼓嗎？是要擲西瓜嗎？是要連自己也一併擲出去？他也變得年輕了。她們說你要不要吃巧格力？甚麼巧格力？有蘑菇的。那好，有蘑菇的好。不怕麼？不怕！我是神農嚐百草。他解釋甚麼是神農甚麼是百草，她們開心地大笑起來。他這麼久以來第一次覺得很輕鬆，好像想飛，就飛起來了。沒有了責任，沒有了遺憾。也不用擔心飛機誤點、酒店漏訂了房間、旅遊車拋錨、在民族餐廳吃錯東西集體洗胃！不用擔心收不到回佣、被人賴賬、生意額下跌！他所有的失敗都可以忘掉了。他不再被冤枉不再徒勞無功，終於得到家人的尊重。他不用護照就可以進出海關，他不用靠人開車就可以到處遨遊，他暢遊了始終未去過的史丹利公園，他在英格烈海灘上由一根浮木跳到另一根，他滑浪而行，與百年的松樹比高。他成為圖騰柱，他不再是身份曖昧的移民與非移民、太空人父親、住在怪獸屋裏被人在門前噴上種族歧視的咒罵的外邦人。他是原居民，像兀鷹與三文魚的祖先那麼古老，像雲和青空……

巡警在公園裏發現了這醉漢，幸虧在他口袋裏發現了地址和電話，把他安全送回家去。

十

又一個星期一的早上，老薛在香港的旅行社裏，正要出差時聽到了兒子的電話，那邊正是星期天晚上。

"爸爸，你猜我們剛去了哪兒？去吃了你說的私房菜呀！很好吃！嫲嫲喜歡鱸魚卷、媽媽喜歡鹽焗雞——真是一隻雞放在鹽裏頭的——姊姊和我就喜歡法國甜品，還有雪糕呢！"老薛哭笑不得，他們能高興是好事，但他又總覺得自己落了單。女兒在電話裏說："你的提議真不錯呀！Thank you，Daddy!"他回答說："你們喜歡就好！"

原刊《文學世紀》2004年10月號

恐龍紀重臨　　◎　崑南

一個人站在恐龍前面。

他流淚，哭出來了。

　　說了解他不是，說不了解他也不是。啟月記不起甚麼日子離開他的。她更記不起，他何時在她面前眼流過淚，只記得，那一天，她自己卻哭得很傷心。整個天空都陪她哭。她這麼傷心，因為她一直愛他。那一天，是她第二次為他墮胎了。

　　這一次，她一個人去。完畢後，半滴淚水反沒有了。她已作了決定，唯一可走的路，是離開。一夜之間，她更了解的一個人，不再是他。是她的老媽子。眼前的老媽子，的確老了許多。她十二歲那年，她剛從學校回來，還未到家門口，便被媽拉回來。前面不遠便是爸爸的車。媽氣沖沖對的士司機說，跟著前面那架白色平治。

　　老媽子不用再說話，啟月已明白一切。她決定了，唯一可走的路，是離開，離開他。媽說她已經在華盛頓找到一間學校。是離開他，是不辭而別。天下間的男人都是一樣的。他已經有太太了。是兩名子女的父親，他有說過要娶你嗎？長此下去，有甚麼前途呢？我不能讓你再受男人的氣，一世抬不起頭來，像你媽媽一樣。

　　外邊是八號風球。一下子把三十六度的熱空氣吹得一乾二淨。可是，我仍是那麼悶悶不樂。就像月經式的悶悶不樂。六四燭光晚會，開始麻木了。去年七一大遊行。從維園起步，走畢全程。沿途跟大眾叫口號。情緒高漲，疲累。一大伙人。其中有人連愛犬也帶來。整個下午，好似萬眾一心。好似全城的公義，明天便會真相大白。我知道，只是為了陪一個她。今年的七一她已不在香港了，我也沒有參加了。

只因為一句自瀆行為比做愛更快樂的話，我跟他交上了朋友。其實最重要的，是那天他拿著一本威爾貝克的作品。他說他就是故事中的Michel。他忽然自剖地說他有法國人的血統。

從來我都愛法國文化，如今遇上了一個法國血統的朋友，又有甚麼稀奇。我細心聆聽著，半點法國口音也沒有。但他對於法國的一切，卻十分稔熟。Michel表示開始不愛巴黎，正如我一樣，不再喜歡此時此地的香港了。

我仍與太太住在同一間房屋。假日我們一起在茶樓，還有女兒在身邊。大家沒有甚麼話題。有時她談她的，我談我的。是否聽進耳朵裏，大家都不介意。就算涉及一些關懷，都是一問一答的方式。各看報紙。大家吃完點心，最後由我結賬，一個上午就是這樣度過了。我對自己說，這一天的事件完成了。

我與太太已沒有同床好幾年了。想起電影的對白：你們是否同床睡？女主角這麼回答：如果你想談性，婚姻的第一個規則就是不可把性與床混為一談。When you are talking about sex, the first rule of marriage is, never confuse sex with sleep.[1] 事實，我們連簡單的撫摸也提不起興趣。如果你問我還愛她們嗎？我想套用一下電影的回答方式：愛與性行為的觀念要分清楚，沒有性行為並不代表婚姻關係不存在的……最怕女人問我，你愛我麼？

我於是問他，年輕的時候，很容易回答吧？不如你問我曾經最快樂是甚麼。我於是問他曾經最快樂是甚麼？我以為他會回答是床上帶來的快樂，或金錢帶來的快樂。他帶著從來沒有回憶的聲調，他說，最快樂的是剛懂事在海灘拾貝殼的日子。就像把快樂檢拾回來，然後一一擁有。每一片貝殼都是心愛的。爭取每一刻，把沙灘上的貝殼都檢拾回來。但現在，走過沙灘，看見了貝殼，連彎一下身也不彎了。家中堆滿的都是一大堆不快樂的貝殼，前年已全部丟棄了。

快樂像體內患了的癌細胞。我是想，就讓它們繼續生長，給它們一條生路，然後對它們，好吧，我們就一起生存吧。我活著，也等於你們也活著啊。活著就是為了走向死亡。我們一起死亡。我們就作了這個交易。可是，癌，一切的癌，都是天蠍子座，傳說是這樣的，青蛙背負蠍子渡河，蠍子答允不會害他的，理由是如果在途中刺死他，豈不一齊葬在河中？但到最後蠍子仍要刺一下對方，青蛙大惑不解，為甚麼要這樣呢？蠍子回答：這是我的天性，我忍不住手啊。快樂的天性，就是明知最後是痛苦的死亡，也義無反顧地生長下去。快樂像體內患了的癌細胞。他重複地說。然後加上一句：尤其是性愛帶來的快樂。

你愛我麼？我愛她的一些甚麼？她的性情？她的肉體？我一言不發，她也一言不發，但突然大聲地說，你甚麼也不愛，你只愛你自己罷了。

其實，我也不知道。他說，你是知道的。

曾經一個她便不高興地說，你只愛我的肉體罷了。一見了我，便要說上床，爬在我的身上去。

換了一個臉孔，她也這麼說過，如果你是愛我，便先會吻我，吻我的嘴唇，而不是在我身上摸來摸去。

好討厭愛情。我對他說，我寧願把愛情與快樂分開。愛情帶來的快樂，何止是癌。每一次愛情之後，快樂的後遺症就是陽痿。

我和他絕不會談沒有性行為的愛情。他說得更徹底，沒有性行為談甚麼愛情。於是他說，他好容易愛上一個妓女。起碼愛上那一刻的肉體，肉體帶來的快樂高潮，雖然是那麼的一刻。

到目前為止，我體內的蠍子還未發作。蠍子也明白到，在某一個時刻，蠍子也想獲得某一種快樂。我了解蠍子，當我爬上妓女的身上時，蠍子便在我的體內吱吱作響了。他大叫著，我操死這個臭婊子。我要操死她。蠍子也陪我一起叫出聲來。

我真的料不到，在這個房間內，和他一起赤裸相對。我們分享著肉體帶來所有的快樂。我不管我體內蠍子已躲在那裏，但我知道，操她的蠻勁是一樣的。操她，操她。整個身體呼應著。每一下，內心都點算著。這一下，一本英文版《城堡》不見了。另一下，一張維斯康提的《氣蓋山河》數碼光碟在空氣中消失，再抽一下，我的天，結賬的時候，整套亨利米勒作品集，不知所蹤。但仍是值得的。一個她沒有這個她的豐滿身體，另一個她，嘴巴講完張愛玲甚至黃易，然後戴上衛生巾似的。再一個她，在床上每一個動作，都計算著會獲得多少東西。她當然不是妓女，她連妓女也不如，因為妓女收了錢，還會完成滿足你的服務。她那堅挺的乳峰，她那扭動如蛇的腰肢，她那毛髮茂盛的陰阜，完完全全令我滿足，一轉身，她那如山如水的肥臀，對準我的怒挺著的陽具。多一套巴赫金全集換來也是值得的。一次全心全意的性活動。

他開口問我：你有全心全意愛過一個人嗎？

如何回答好呢？

我看過了亨利米勒的三部曲。依然不知道如何回答他。他是故意難倒我的。

我反問他，女人在男人身上需要的是那種愛呢？

因為他，今晚我甚至明白尊如何拿他本身的方式愛我。我相信亨利的愛。我更相信，如果珍勝利了，亨利依然永遠愛我的。面對亨利與珍在一起，是一個強烈的誘惑，因為這樣，珍可以折磨我們，又可以愛她，贏取她的愛，以及亨利的愛。我意圖採用Allendy教我的勇氣，完成一個自我折磨，自我毀滅的計劃。不用說，我與亨利對於我們的共同點都不禁搖頭：我們原來這麼憎恨幸福。[2] Anais Nin 說過的一番話，我記得清清楚楚。我們原來這麼憎恨幸福。

你知道你的毛病在哪裏？就是活得太久。如果你愛上了啟月後，便離開這個人間。你們便是羅密歐與茱麗葉了。你們的愛，可以與天地共壽了。他以為我會發脾氣，我沒有，還跟他放聲大笑，像那個賣傷風藥的廣告一樣，笑到咳嗽不止，令館內整條恐龍化石都塌了下來。最後笑出眼淚。

不敢說家，只說喜歡找到一個可以下榻的地方。回歸夜，不停下雨，一頭機械蟾蜍終於可以從太平山頂爬到岸邊喝到水了。香港這個島開始陸沉了。以後的日子，不敢說回歸。

我好喜歡逛公司。尤其是那些美輪美奐，品牌雲集的shopping mall，一個完美的結合。最近一次，在曼谷，進入了一個大G的建築物，你說得出的品牌，這裏都有。一進入，音樂與歌聲傳來，露天的地庫，地庫是酒吧與餐室的結合，從高處下望，是四、五個花瓣型的座位，紅、白主色。鋼琴。男歌手，六十年代的流行曲。櫥窗內的每一件展品都裝置得無懈可擊。這是一個現代都會的博物館。大理石的神廟。但比博物館更親和，至少你看到你喜愛的，付鈔便可以據為己有。當然更比神廟人性化，你可以在這裏找到上帝不會同意的東西。好虛假，但好舒服。好冰冷，但好熟悉。當我進入了她的體內，我便有類似的感覺。她只是一件貨物。我看中了，付了錢，便是屬於我的了，就是這麼簡單。先生，遊客還可以退稅的。我聽了狂笑不止。我多麼想，我與她與他，三個人，一起狂奔。[3] 從三樓直奔向樓下的一層，穿過每一間品牌的櫥窗，窗內一系列的風：Bally的鞋，Dunhill的打火機，Burberry的絲巾與傘，Céline的外套，Charles Jourdan的香水，Christian Dior的唇膏，Emilio Pucci

的泳衣，Fendi的太陽鏡，Givenchy絲襪，Gucci的領帶，Lacoste的運動恤，Lanvin的眼部化妝品，Louis Vuitton的手袋，Mont Blanc的筆，Omega的手錶，Porsche Design的精品，Salvatore Ferragamo的應節時裝等等，構成了每一個現代城市的女體。那時候，她們可以讓你操得更大聲，比集體唱國歌更響。

他說，那次是在巴堤雅。酒吧林立。索女如雲。他又狂熱地要談威爾貝克筆下的人物。Bruno在酒店泳池，碰上了Christiane，就在水裏親熱起來。上了年紀的，已有一個兒子的Christiane。她聽了這一番話，一樣感動他：我很愛我的丈夫，當我愛撫和吃他的陽具時，總是抱著膜拜的心情。他進入了我，感覺實在太好了。我能夠令他堅挺，我是引以為豪的。在我的錢包裏，就存有一張他那堅挺陽具的照片。對於我來說，這是一件吉祥物。我最大的快樂就是給予他快樂。我愛生命，我的觸覺很強的。十分主動，我一直好喜歡做愛。但不如意的東西發生了，我不清楚那是甚麼，總之，在我的生命裏，一些事情出了岔子。

他繼續說，許多時候，我的感覺也一樣。Bruno與Christiane相處了一個星期左右，有一天，突然有這麼的一個感覺：當我看到水面上的月光，我很清楚，我和你發生的一切，是與這個世界毫無關係，真的毫無關係。[4]

對，我的一切，對於這個世界，究竟有甚麼關係呢？我自瀆，我找妓女，與這個世界有甚麼關係呢？他還直接唸出其中的一句：The world outside had its own rules, and those rules were not human.[5]

在我的幻想中也存在過像Christiane的小希。

沒有台北。沒有香港。

總之，就是這樣，我愛上了酒吧。

酒吧。程路。因為程路……程路在台北唸了四年書。當然，她是女性，但在吧檯後面時的她，就是很男性的酒保。

酒杯被擲落地面。粉碎。無聲。

街上男男女女都戴上了口罩。我無目的地奔跑。我知道，我再找不到程路。

一個月前，程路已戴上了口罩。重感冒，她不想傳染我。她還開玩笑，說，如果問責高官學我一樣，不把晦氣傳染給大家就好了。她指指對面大割價的店舖，店前掛上一幅白布，四個大大的毛筆字：沒有明天。

酒吧，永遠嘈吵的酒吧。每一件物體都發放出音響。酒杯傳來球賽。酒的泡沫泛起搖滾，當沾在顧客的鬍子上面時，很快閃出一連串不文的話語。笑臉是一次又一次的煙花爆放。在肩與肩之間，無聲的一刻，我終於選中了他。

我選中了他，因為他實在很似我。他也說，選中了我，雖然原因不一樣。

不過，很快地告訴我，因為我的嘴巴是天生的sucker。

Sucker，piss off，有人開了香檳。轟然巨響。滿臉都是透明的液體，但並不是冰冷的。

當世貿中心塌下，在熒幕上是無聲的。自九一一之後，程路完全改變了。不，我們一起完全改變了。

世貿的倒下，也是我們的惡運開始。次天程路的母親逝世。再隔一天，是我父親的逝世。她母親雖然阻止我們的往來，但程路是十分愛她的母親的。父親的離去，我失去了生活中的一個核心。她吸煙，我酗酒。當我們相繼失業時，我們相對無言，完全像陌生人。

我的情況較好一些。當程路不在時，我身邊還有小希。在她的身上，我可以盡情發洩。完事，倒頭大睡。再睜開眼時，總見到她的笑容。她知道我不快樂，於是她的笑容就愈燦爛。

她的眼睛不停問我到底愛不愛她。

程路嚴肅地宣佈："我們一齊去死吧。"我不敢猶豫，恐怕她會想：是不是捨不得小希。真的，我們一直有共識，死，全不害怕。人生下來，便朝著死這個方向進發。問題在時間罷了。

見飄哭著說，他真是很傻，他跟我吃完早餐，一言不發，就縱身跳下去了。

你覺得，他不愛你嗎？

我想，如果他愛我，就不會這樣自殺。

可能他覺得無法愛你。

是嗎？為甚麼？

你曾經說過，你是愛他嗎？

愛的感覺，有時是不必說出來的。

我知，但，問題在，他的感覺與你的感覺不同。

我得承認，其實，我還不知道，愛到底是甚麼。你也認識彼得吧？我經常這麼想，如果他們兩個人合在一起，為另一個人就好了。彼得有一份穩定的工作，他有上進心。上一個月又升職了。但彼得並不了解我。他不同，我可以跟他一談便談到天亮。我可以跟他一起喝得爛醉如泥。但，他沒有給我安全感。我知道，他心裏仍惦念他的舊情人。

你真的這麼想？

他不是無法愛我，我懷疑他根本不是真正愛我。

彼得真正愛你嗎？

至少此刻我感覺是。許多場合，都帶我去。一有機會便送我禮物。我不是愛慕虛榮。他對我緊張，最忙的時候，也會打電話給我。我覺得很實在。

剛才你不是說，彼得不了解你的嗎？

不想說了，我的確很矛盾。不過，無論如何，他的自殺是不必要的。為甚麼要選擇在我的面前自殺？他不是愛我，是憎恨我才會這麼做。

我記得，我跟他討論過死亡的問題。他突然說，愛就是死亡的異體。他說，當你真心去愛，就等於尋死。愛，是很悲劇性的東西。然後忽然，跟你談起寫作的問題。

重寫現代性。重寫現代的上帝，重寫後現代的人重新為人定位，為上帝定位，這才是藝術家的使命、命運。人類需要一種價值去重寫他們的命運，才可以繼續生存／生活於未來的世界。一切的夢都夢過了，不重要，重要的是繼續做夢。身體倒了，消失了，我的影子仍在。人類滅絕了，但我們的文化／精神仍在。人與上帝就算死了，但可以復活，不，人與上帝消失了，但不可不知，他們的影子居然仍在。更不可不知，當年上帝是拿影子，創造亞當與夏姓及萬物的。那一天，目擊世貿中心倒下，不久，我居然看到大廈的影子，影子中又有影子，是拉登的影子。

很戲劇性，像一些古裝舞台劇，我和他抱頭大哭。是有二胡鑼鼓伴奏的抱頭大哭。

突然他問，你知道恐龍絕滅的原因嗎？

我回答：有太多的假設。如彗星撞地球，如患了絕症，如沒有糧食，如進入了冰年期。

甚麼都不是。

那麼，是甚麼？

恐龍再無法生育。

無法生育。

因為恐龍愛無能，再不能在床上與伴侶做愛了。有一次我進入了恐龍展覽會，我站在恐龍化石標本面前，忍不住流淚，哭出來了。

最後，他說，恐龍比人類更有種，更進化，他們沒有愛，是不會與異性做愛的。

我想以後再不會問這個荒誕的問題，有人問過畢加索，他大發脾氣：你沒有權力這麼說，我到底知不知道愛是甚麼，並不由你決定。

　　絕版的愛——約翰連儂與大野洋子這一對，他們曾經反對戰爭，在床上裸體七天，Don't make war just make love，連儂寫了*Give Peace a Chance*，以及 *Imagine*，可是，到了今天，戰爭仍不停進行中，無論到七十一歲的大野洋子仍向世人剖白對連儂的愛仍沒有變，但，世界已變了許多，無論愛情如何經典，愛情是那麼脆弱，毫無力量可言。

　　這一天，也許是最後的一天，甚麼也不去想，對著電腦，急急上網，大陸的一系列色情網，click一些頂啊頂的自拍圖片，一幅又一幅，然後自瀆，完畢，倒在床上，四肢伸成一個大字的樣子，不消一分鐘，便睡著了，睡著前後時間無意識地流動著，甚麼也不想做，最好就在這個最舒服，最快樂，最神仙一刻，天空塌了下來。

注：

1 貝托魯奇的 *The Sheltering Sky*。
2 Anais Nin的 *Henry and June*，頁260。
3 貝托魯奇的《戲夢巴黎》（*The Dreamers*）的一幕，不過發生的地點是博物館。
4、5 威爾貝克的《原子破碎》（*Atomised*），頁168－177，334。

原刊《文學世紀》2004年10月號

夜遊人

◎ 陳寶珍

一

少女羞怯地半低著頭，眼睛含情注視前方。薄薄的嘴唇向上掀，掀出近乎童稚的笑容。染成褐色的柔髮，垂在赤裸的肩上。不過赤裸的並非只有肩，赤裸的雙乳被交叉的雙手擠向人體的中軸，顯得更為豐滿。下身是一條拉得很低的白內褲。羞怯也許是裝出來的，因為旁邊還有一幀小圖，少女側頭叉腰大大方方的裸露著猶有一點嬰兒肥的全身。大圖的左上方有黑色方格寫著少女的profile。年齡十九，身高164厘米，三圍三十四／二十二／三十四；嗜好全部跟性有關。下面詳列地址、電話、收費。我彷彿看見他在拍攝現場指揮若定。這一頁原來叫"草莓周報"。有一篇不知如何恰當概括的報道，語言是廣東話夾雜"臭靴"、"支嘢"、"隻西"、"X"等。內文說的是：敘事者（名叫能強）因寫作地盤被奪，憤然召妓發洩的事跡。妓女乍見俊朗的他竟以為他是自己的死對頭"夜遊神靚仔龍龍"，被他辱罵一頓，卻不僅沒有生氣，反低聲下氣，誠惶誠恐。最後以優秀的性服務令他心情轉佳云云。圖片就是文字的伴侶，而文題是"勁砌佐敦小淫娃"。

這一切與我何干？但我彷彿看見他坐在電腦前，飛快的"創作"出那段不知該如何恰當概括的文字來。可惜我已無緣，或者說無權，問他想表現的是甚麼。反省資本主義社會中性關係的疏離現象？抑或是以此現象為理所當然，想將它發揚光大？

二

　　監考員不得改卷、閱讀，須將注意力集中於學生，並在必要時第一時間協助學生解決困難……然而學生都埋首奮筆疾書，看來都沒有困難必須讓我們協助解決。只是注意力還是須集中在他們身上。起初目光到處遊走，有時是規律地從第一行第一個到末行最後一個；有時是無規律地看看這個，看看那個。漸漸目光收回來時便總在他身上停駐若干秒。起初是因為他那一連串有趣的動作。別人停筆思考時大都低著頭，他卻瞪大眼睛仰望天花板，就像那一排排黃白相間的吊燈會給他無盡靈感。有時他也會抬頭平視眼前的空間，然後拉起T恤的小圓領，把鼻子以下的半張臉藏在衣服內，一雙眼珠卻骨碌碌的轉。這男孩並不漂亮，瘦瘦的，蒼白的，頭髮有點亂，衣服似乎也穿得太隨便：黑T恤，胸前白色英文字母捲成圖案，與白色皮涼鞋對比著，呼應著；黃地橘紅花的運動短褲寬寬地垂在膝蓋上。不過來回看了幾次，竟發現他那一身色彩與考場的顏色異常協調。淺墨綠的牆壁使黑白黃橘更為突出，地板上的紅線，籃球架上的紅框，防煙門，警鐘彷彿都為配襯他的橘紅褲子而設。這自然是沒由來並且不合邏輯的感覺。但感覺不合邏輯又有甚麼值得大驚小怪的？只是，這由體育館臨時改裝成試場的地方真的是我第一次看見他時的場景？有沒有可能場景是真的，人卻借自夢境或想像？又或者那男孩確實是現實中人，只是跟他毫不相干？

三

　　現在，我可以確定那男孩其實不是他。在有關他的回憶中，即使是最早最早的片段裏，我和他，還有N，都已混得很熟。

　　我的頭髮來不及吹乾，微濕的，鬌鬌的垂在腦後，車廂內瀰漫著洗髮水的清香。那時我們心目中的理想生活，不外是不用上班，愛幹甚麼就幹甚麼，閒來坐在海邊看自己想要看的書，自造所有家用陶器窗簾床單等等。但談起這些，我們的興致都特別高，互相啟發著想出更多更多的點子。"錢呢？""做這些事情是要很多錢的呀！"N總是扮演"潑冷水"的角色，而我們就會毫不在意的笑一陣，換一種方式繼續說下去。那時他剛失戀，我也處於後失戀康復期。從前N常笑說我偏心，比較關心的總是他，給他打的分數也特別高。我說因為他更有才氣，創作能力也更強，所以才拿到好成績。至於我是不是特別關心他，原因又是甚麼，自己也不大清楚。現在想來，也許是因為他剛畢業便失戀，也許是因為蒼白、瘦削、含蓄、無侵略性，也沒有太多保護色所拼成的一分惹人憐愛的特質，令所有人都願意關心他。那時總以為，將來大家不管怎樣忙，每年也會相聚一兩次，無拘無束的聊個痛快。後來，每年跟我相聚的就只有N。

四

"也許他是最快達成'理想'那一個，現在我才知道錢可以買很多東西，自由啦，尊嚴啦！"N冷冷地說。但一瞬間，又換回那種玩世不恭的腔調："喂！問他請不請兼職。我的文筆也不錯啦！我的小說登過《香港文學》。"但我們都知道寫那一類東西根本用不上好文筆，反而需要一些我和N都缺少或者說還沒有機會培養並讓它發育完全的東西。那叫甚麼呢？一時間說不出來。也許能讓'理想'實現的只有他。我們只好在不斷變動的社會洪流中扮演愈來愈少尊嚴的角色，失落自尊和對自由的嚮往，變成猥瑣、醜陋、沉悶的中老年人。每月花費一萬幾千買名牌，吃兩三頓自助餐慰勞那青春與所有美好品質日漸流失的自己。如果我譴責他，須捫心自問：是否絕對不含一絲妒忌成份？

五

　　久別後，我再看見他時，他竟縮在一方一方平面裏——我的意思是：我在雜誌中看到他的照片。有一張是半身的。黑衣的他坐在黑色的高背椅上，身體微前傾，兩手支著頭。左手似乎過於用力，將他的眼角微微向上扯高，目光似散渙又似專注，嘴似微張又似緊閉。仍有點稚氣的臉孔流露一星點的疲倦與困惑，彷彿訴說頭無緣無故的痛起來，又彷彿在質問人生在世，究竟為了甚麼。由於潔白的手跟微黃的臉色構成反差，看久了竟覺得手並不屬於他，卻是從他的目光停駐處伸上來，一左一右的夾住他的頭。椅背上搭著的黃色外套像帽子套在沒有臉的黑頭上。說不出的詭異。照片上面有三個分得很開的黑體字，組成了他的姓名。照片下面有兩行小字："他說最怕老了回顧人生，最大的成就就只是生了幾個仔，搞鹹書算是令生命變得不一樣的方法。"

　　另一張照片比較大，內容也複雜得多。左下角坐著一個長髮女子，身材豐滿，穿白地紫黃間條的比堅尼泳衣。臉孔模糊但皮膚光滑。他則站在照片中央。黑色長袖上衣配啡色長褲黑運動鞋，腿微微分開，兩手插袋，隔著地上的電線、拖鞋、高跟鞋和一串天花板垂下來的粉紅氣球，朝泳裝女郎咧嘴而笑，身後有攝影器材，旁邊還有個直髮，黑衣黑褲倚門而立，從氣球下露出半張臉的女孩。她一條腿離開了地上的黃膠拖鞋，腳趾點住著地那條腿的腳背，笑容與兩手插袋的動作倒跟他頗一致。他的臉泛著點油光，笑紋很深，雙下巴也很明顯，就像笑臉後還藏著另一張略長半吋的臉孔。

　　圖片旁邊有一灰藍色的圓形，裏面排著幾行白色小字："某某某經營成人雜誌，給自己的道德底線，是要每個拍照女孩都是自願的。‘出嚟做已經好難受，仲要逼佢影，唔好啦！’”翻過一頁，又看見相似的圓形寫著：“很多鳳姐成了他的朋友，這是一個鳳姐在情人節當日祝他‘性生活愉快’的留言。”旁邊側放的照片中沒有人，只有兩隻手指夾著一部手電，屏幕上顯出該留言：“02/14/04 18:05我係海鷗，今天是情人節，祝你與情人性生活愉快，高潮無數，慾仙慾喜。”慾仙慾喜是甚麼意思？會不會是欲仙欲死之誤？但他在後一頁說，幹這行的最大遺憾是裸女見得太多，對女人的興趣也少了。“原來著衫的女人先係最性感！”說完還抿著嘴，瞪著雙眼，顯得很無奈。

　　我買了本《夜遊人》，因為想了解他所了解的“鳳姐的獨鬥絕技雪糕（夏天）和參蜜（冬天）‘毒龍鑽’”究竟是甚麼東西，他所心儀的女孩子會跟嫖客玩的“冰火五重天”又是怎麼樣的玩法。也許我還該翻翻他主編的那些“頂樓”，參考參考“喜歡文學的他”，“用自己的性幻想加入文學作品之內”，所變出來的“有品味的色情文學”。

　　兩書一報一光碟都是薄薄的，全放在透明膠袋中，沒甚麼分量。抽出較小較薄的那本，只見封面寫著一行小字：“原價＄8現隨《夜遊人》833期免費附送　港九新界一樓一最強專刊。”小字下面是“突然一鳳”四個大好幾號的斜體字，鳳字的大部分被一個女孩子的頭部遮住了。女孩有清純的臉孔，笑著，露出整齊的牙齒。雙手將身上的白背心掀起，按住；露出雙乳的下半。下半身則只有一條小小的白色的內褲。腰部旁邊有兩個白字，想是她的名字。塋塋！真奇怪，不是晶瑩的瑩，卻是墳塋的塋。但她右邊有個小紅圈寫著：佐敦十九歲靚妹鳳，下有四個大字：“史上最索”。除了封面，她也在內頁出現。就是“草莓周報”中的“佐敦小淫娃”。

　　這時我才看到那例行公事式的，先英後中的警告縮在封面底部：“本物品內容可能令人反感；不可將本物品派發、傳閱、出售、出租、交給或出借予年齡未滿十八歲的人士或將本物品向該等人士出示、播放或放映。"拙劣的翻譯中有造作的氣急敗壞。

六

我走去打了該記者一頓。

為甚麼打我?

你想想自己在那篇訪問的結論中寫了些甚麼?

哪一篇?

那篇!

哦!我寫了"雖然某某某常說,身邊的人都不介意他做這一行。但記者見他,會多穿一件衣服;坐在他辦公室,連廁所都不敢去,怕裝了偷拍器……"

寫這些就該打,因為你不了解他。後面更離譜!"這個青年文學獎的得主現在可做的是在一個半裸的女子旁邊寫一兩句胡蘭成《今生今世》,'這種亂世,又有多少守節的人?'又或者在一個按著乳頭一臉天真的女子上,抄一句蘇童筆下的香椿樹街,'這裏是青春,也是墮落'。"文筆差,語病明顯。最可恨的是最後一句:"其餘,他就跟一個鹹濕編輯沒兩樣了。"鹹濕編輯?你根本不了解他!你知不知道他還在"頂樓"當總編輯時,有一次喝醉了,邊哭邊對他的老闆大喊:"我是唸中國文學出身的,我也有自己的理想!現在卻給你編這些嫖妓指南,你知不知道我有多痛苦?"

"我知道!他有說過。可他現在已不痛苦了啊!他還覺得自己是善長仁翁呢。"我知道她為甚麼如此說,因為她在報道中這樣評述他:"每次遇到這些掙扎,他總是自圓其說,說自己把那些女子介紹給客人,她們便會多點生意,多掙點錢,早日脫離苦海。這未嘗不是好事!"在我還未想到怎樣替他辯護前,她又接著說:"有次他們去台灣找女孩子拍照,其中一個叫丁琦的,就是未紅前的某某。後來人家成為紅星，他便將人家的照片印成書，一萬本全賣光。他讓我看之前問過我怕不怕，我算是做好心理準備的了，但看見某某張開雙腿，纖毫畢現時，還是覺得不忍卒睹。他見我面露難色，還喜滋滋的說：'所有人都叫我再版，但我覺得錢已賺了，算了吧！別做得這麼絕。'"

如果有一天他結束營業，重歸文壇，並且得了個所謂的重要獎項，這一段便將變成小疵，甚或轉化成佳話。你這個曾說他跟鹹濕編輯無異的記者又會否反過來吹捧他呢？

"當然會！"她整個表情都跟她的說話完全一致，眼神中有一點驚詫，彷彿詫異於世上竟有人會多此一問。

他忽然從照片中走出來，詫異的看看記者又看看我，說："咦！你們原來是認識的。"

"不！我不認識她！"我邊喊邊發足狂奔。

醒來時，心猶在怦怦跳。

七

他那時也是高高瘦瘦蒼蒼白白的，像根從不見陽光的荳芽菜。笑得含蓄，就像永遠將笑含在嘴裏。他特喜歡魔幻寫實，寫小說時用這種手法，畢業論文所討論的也是這種手法。那拿了"A-"的論文還蟄伏在我辦公室的某個角落裏吧？不曉得此手法現在還派用場否？

子在川上曰："逝者如斯夫？不舍晝夜！"

孔子又曾評論他的學生說：柴也愚，參也魯。從前的人也真簡單，一言足以蔽之。我呢？總不能說"某也鹹"吧！雖然記者寫下他說過的話："沒有男人不鹹濕，我平日也看《龍虎豹》，《藍皮書》等鹹書。"我甚至不能套用孔子罵宰予的話，說他是朽木不可雕。將人比木，我的心會很痛很痛。到底人非草木。

八

　　他站在接船大堂等跟他在一起已有半年的女朋友。大堂外彷彿陽光燦爛，大堂內地板上燈光的倒影與天花板上的燈光互相輝映。他站在一根粗大無比的金柱子前面，斜挎著包，手裏拎著個白身紅柄的塑膠盒子。上半身微向前傾，頭髮柔滑地披在額前，有點像等待母親前來接放學的幼稚園學生。

　　他從前的女朋友移情別戀時，他痛苦得夜夜喝醉，以拳擊牆，皮破了又好，好了又破。白天則呆若木雞。我和N分別騰出時間，陪他吃飯，聽他傾訴。他的目光的確像等待母親前來接放學的孩子，夾雜著疲倦和疑慮，卻又有一種固執，深信待到眼前的人走過來張開雙臂，世界便會明朗起來，但我的感覺始終徘徊於賞識與憐惜之間。況且一個自私無饜的男子已吸乾我扮演無條件付出者的意欲。我如風化之卵，有稍一移動即碎成片片的危機。所以我只是聆聽，並用眼神表示明白他的感受而始終沒有張開雙臂。一個綿長的下午終於過去，我們揮手道別。我目送你的背影向地鐵的閘口移去，又忍不住追上你，勸你多保重。你點點頭，用略帶譴責的眼神掃我一下，便沿梯級緩緩下降，離開我的視線。孩子，我知道你累了，你認定：有人走過來，張開雙臂，世界就會明朗起來。但我只能送你走進冰冷的雨簾中，然後叫你保重。不要怪我，如果我對你說，我的所愛並不愛我，我不如找一個愛我的人，你又是否甘願扮演愛人者，僅僅是愛人者的角色？生活不停教導我的是：單獨的孤單並不一定含有痛苦的成份，相擁著卻仍然濃烈的孤單卻是痛苦的攣生兄弟。

　　不知過了多久，我們在冬至的晚上相聚於某酒店的西餐廳。當你知道我一個人吃晚飯然後坐在原位等你時，你說：“早知如此就請你回家吃飯，還以為你要跟家人吃冬至飯呢！或者我出來陪你吃也可以。”你不像在說客套話，這使我有一點驚詫，因為印象中，我們似乎未至於熟絡得可以到對方的家中“做節”。我提起剛跟我分手的男朋友。

“他比我小得多，今年才二十八歲。”

“我也是二十八歲！”你的樣子像在生氣，瞪了我一眼便低下頭。但我仍聽見你的聲音。“但你那時好像不想開展新的感情！怎麼認識的？”你的聲調為何充滿不甘？坐在你的對面，我的感覺依舊徘徊在賞識與憐惜之間，對於不能喚起情慾的男子，我不能張開雙臂。已在“編輯慾望”的你似乎還未把握此點。之後話題一轉，我便潛入你的故事之中。

我看見你因雜誌銷路上升而自豪。

我看見你喝醉了對老闆大喊：“我是唸中國文學的，我也有自己的理想；現在卻給你編這些嫖妓指南，你知不知道我有多痛苦？”

我看見你在漫天風塵中追尋那會彈鋼琴的妓女。

分別的時候我好像說：“太痛苦就別幹下去了。”心裏卻耿耿的有點痛。

之後，你便徹底在我生活的軌道上消失，只存在於N和我偶然相聚的談笑之間。

九

歲月淘刷著無窮無盡的過去，不然我們的記憶便不至於如此貧乏，但某些記憶是確鑿的。那天我被N的電話催著出門，頭髮來不及吹乾，心情就壞了一截。改用新的護膚品，導致眼部皮膚敏感，還被N揶揄：“拜託！下次買高檔的吧！”本想去赤柱海灘，卻怎也找不到泊車位，無法下車；只好臨時改去山頂兜風。那天我實在有太多太多心情變壞的理由，然而就因為那些深得我心的所謂“理想”，記憶裏便有了伴隨影像升起的愉快，一經召喚，仍如涓涓細流，輕盈而實在。

十

為了生存人人都積蓄了太多的不滿，都流向更弱者。強國向弱國洩憤。弱國向強國的平民洩憤。有錢有權的人向錢和權都不如自己多的人洩憤。窮人向比他更窮的人洩憤。無權勢者向比他更無權勢者洩憤。憤火燃燒，非死即殘。錢有時等於權有時不等於。有時是誰更粗暴誰更不講理誰就更有權。這老掉大牙的所謂真理，歷千劫萬劫仍顛撲不破。社會教導此真理，大學有沒有縮印此真理？會不會是我們言教“理想”而身教“現實”？

“你喝醉了！”N說。

沒有。沒有比夜遊更暢快的事，沒有比香港夜景更美的夜景，如果不追究燈光背後有多少宗人踏人的悲劇，從未受踐踏的人是怎樣的？

我們都像關在不同試管中的微生物，即使並排而生而死，也不會知道這同類的感受，有時是知道也無能為力。

他告訴我，是否不過在找個人幫他做決定？如果我知道了而沒有跳起來給他一巴掌或者給他長篇而拳拳到肉兼且盛意拳拳的教訓，則他便認為做下去也無不妥並且不介意公開此事？

“不是看扁你，你沒有這麼大的影響力，別把自己看得這麼重要。”N說。

但我那時不知道所謂“嫖妓指南”是這類東西，我以為他弄出來的東西，怎麼都有一定水平。地獄有十八層，一層不知一層的事。

「他有他的難處。」N說。那些所謂報導的內容也許都是作出來的，你不是早發現那些所謂"試鐘男"的照片其實是用兩片檸檬蒙住雙眼的明星相？

都是作出來的，根本沒有能強這個人。那十九歲的女孩跳出來說。不過拍幾張照片罷了。那女孩衣服整齊，清純一如大學一二年級的女生。

人是生物，生物的最大目標是生存。人的腦袋裏有許多幫助生存的機制，在需要時自動開啟。因此我的眼睛漸漸模糊，許多原來稜角分明的細節軟化成薰衣草線香析出的香煙。

十一

有一夜，我去聽鋼琴獨奏。海頓的奏鳴曲悠揚奏鳴時，他的攝影室竟在樂聲中悠然顯現：室外陽光普照，每個人的臉上都掛著笑容，動作都利索而自然⋯⋯我就像觀看一部充滿生活氣息的電影一樣。我知道，那是濾去了尖刺的記憶。然後記憶會沉澱、凝固、蟄伏，就像生活中大大小小重要與不重要的事情一樣。

原刊《文學世紀》2004年10月號

罪與寫

◎ 董啟章

前奏：孩子與死神

"My son, why do you hide your face in fear?"
"Father, don't you see the Erl-king,
the Erl-king with his crown and train?"
"My son, it's but a wisp of mist."

--"The Erl-king", Goethe-Lieder, music by Schubert

Ivan Karamazov: "I want to discuss the suffering of humanity in general, but perhaps we'd better confine ourselves to the sufferings of children. [...] If they, too, suffer terribly on earth, they do so, of course, for their fathers. They are punished for their fathers who have eaten the apple, but this is an argument from another world, an argument that is incomprehensible to the human heart here on earth."

--Fyodor Dostoycvsky, *The Brothers Karamazov*

新果，不知道是不是因為初為人父，對關於孩子的一切變得敏感。聽舒伯特以歌德的詩為底本所作的這首名為《死神》的歌曲，我無法不想像自己就是當中策馬狂奔的父親，而你就是在父親懷裏哀鳴的孩子。死神在漆黑中向孩子招手呼喚，先誘惑而後威逼，父親卻說那只是風吹草動。孩子面對死亡的狂暴，大人卻視而不見，或者無能為力。那是最教人傷感和戰慄的詩歌。

苦難降臨在孩子身上，加倍令人痛心。大人或多或少應該承受苦楚，無論是為了自己個人的罪過，還是集體犯下的錯誤。唯有孩子是完全清白的。絕對沒有理由讓孩子去補償大人的過失。也不能把一切責任推卸給死神，因為死神其實活在我們的心中，而我們不自覺地扮演了使者和同謀。我不得不感覺到，這首詩歌並不是描述死神的可怕，而是對父親的控訴。父親沒有適時給予孩子保護和安慰，而自以為明辨現實，掌握方向。我不禁得到這個令人震驚的結論：是父親害死了自己的兒子。

新果，我本來想給你說一個故事，以童話的方式，描述詩歌中那個父親如何闖進陰府，向幽冥之王討回兒子的生命。如果改編成美國式的通俗動畫電影，必然充滿驚險奇趣的情節，和溫馨感人的場面。可是，我越想下去就越覺得，這樣的故事最終無可避免會變成父親的懺悔錄。大人發出救救孩子的呼喚，誠然可貴，但是在扮演救助者之前，我們是不是必須先反省一下自己作為施害者的角色？無論是直接遺傳給孩子的痛苦，就像在愛滋病肆虐的地區患病嬰兒所遭的折磨與離棄，還是先天生存環境的局限，就像在貧困動盪的社會中孩子所受的威脅和奴役，大人也要負上全部責任。而我們又怎能推說，活在發達先進的社會裏，自以為善良正直，奉公守法的自己，跟這些對兒童的虐害沒有關係？而所謂發達先進的社會，又是否正在以另一種形式，去腐化和毒害自己的下一代？

可是，故事裏的父親沒有想到這些。他自問是個好父親，而他的確是。他本著自己的正直善良，一心要向死神討回公道。

1.　饕餮：活在飽足的世界

我認為子規所說的「同情」一詞的含義，是指以自身的主動的心態去積極地猜測對方內心的這樣一種力量。這樣一來，子規的

"同情"一詞，很接近像我這樣的在文學領域中工作的人最注重的"想像力"一詞，若將這"想像力"一詞重新與看護工作相對照的話，就會想起盧梭在《愛彌兒》中講述的有關教育的話："只有一個人的想像力才能使我們感受到他人的痛苦。"

——大江健三郎，《大江健三郎自選隨筆集》

新果，那天我帶你到一家連鎖快餐店吃熱香餅。店裏販賣的是無分國界的口味，和世界大同的美好形象，尤其為衣食無憂的孩子們喜愛。快餐店女經理阿喜，笑臉盈盈給孩子送氧氣球。你滿心歡喜，自此牢記快餐店的姨姨，和它的熱香餅。我卻有點自譴地想到，這是被控訴為時薪最低，剝削最甚，食物也最垃圾的一家全球性快餐店。

而我在苦惱著關於社會公義的題材。我對人世間的苦難了解得太少，也關心得太少。活在飽足的世界裏，我常常抱怨，做一個作家是多麼的艱難，生存空間是多麼的局限。像我這樣的人為藝術呼冤叫屈，花一年半載寫一本小說，編一支舞，畫一張畫，拼砌一件不知所云的裝置藝術品。給那幾個讀者和觀眾，所謂藝術愛好者，作為餘閒消費，生活調劑。而我們奢望藝術能改變人心。

作為父親，作為作家，和活在飽足的世界的一分子，我常常感到歉疚。我為我將要寫的題材苦思良久，無法下筆。我大可以搜集一些令人義憤填膺的故事，以文學技巧加以渲染，達到批判或者說教的效果。比如說，有這樣的一個故事：一個美國攝影記者，在一個飽經戰亂和種族仇殺的非洲國家拍下了一幀得獎照片。照片中有一個失去家人的瀕死女孩，她背後不遠處站著一隻禿鷹，等待著以女孩為一頓飽餐。記者按下快門，驅走禿鷹，然後離開。一位有心人受這幀照片所暗含的冷酷凝視所激發，嘗試代入女孩的角度，以故事的形式，想像她痛失家園的悲苦，和諷刺富足世界的虛偽。此舉意圖美好，也可能達到振聾發聵的效果，但我卻無論如何也沒法這樣做。

　　對於在世界各地受著各種諸如戰爭、饑荒、疾病、勞役等苦離的人，我必須承認，像我這樣的一個活在飽足的世界的人，永遠無法體會他們的心情。以至於，我無法容許自己輕率地動筆去寫它。小說家海明威說，他不能寫他不知道的事情。我卻想，我不能寫我想像不到的事情。雖然我願意相信大江健三郎所說，文學的高度想像力就是同情的能力，但對缺乏想像力的現實人生，也需要予以相當的同情。

　　為了帶你探喜姨姨，我們變成了快餐店常客。在這家店子工作，阿喜大概沒有罪惡感，也不應該有。阿喜每天工作十多小時，最早六點上班最遲十一點下班，唸小學五年級的女兒下課後四處流連，開始學壞。公司近年形象年輕化，服務員一律招請年輕貌美的女孩，從阿嬸時代捱過來的中年員工漸遭淘汰。阿喜深知經理一職得來不易，多次遷調，不哼一聲，繼續笑臉盈盈。阿喜不止一次收到環保人士的抗議傳單，關於基因改造食品，糧食分配不公，和侵害地方文化之類的控訴。阿喜只是說：我從來不吃店裏的漢堡包和薯條，我自己帶飯，買餸煮一次食三餐。每次臨走時阿喜總是和你說：弟弟下次再來探姨姨。這是我所知道，也所能想像的阿喜。而阿喜能想像到甚麼，我不知道。

2.　懶惰：Good Work / Bad Work

　　Most men, even in this comparatively free country, through mere ignorance and mistake, are so occupied with the factitious cares and superfluously coarse labors of life that its finer fruits cannot be plucked by them. Their fingers, from excessive toil, are too clumsy and tremble too much for that. Actually, the laboring man has not leisure for a true integrity day by day: he cannot afford to sustain the manliest relations to men; his labor would be depreciated in the market. He has no time to be any thing but a machine.

-- Henry David Thoreau, *Walden*

　　新果，今早八點半和你經過樓下的連鎖藥品店，看見恩恩姐姐已經站在梯子上，在門口張貼最新的美顏用品優惠海報。我說：這麼早啊，昨晚不是收十點嗎？恩恩打趣說：我們人才濟濟嘛。

　　都說我們年輕人懶惰，頹廢，生活得過且過。恩恩唸完中五就出來打工，除了因為家裏等錢，也是因為自己沒有興趣唸書。可是恩恩不懶。在學的時候每天一回家就先做功課，有空就幫媽媽做家務。她只是，不想唸書。此外，又沒有別的夢想。

　　當然世界上有無數兒童夢想著唸書而苦無機會。就是在中國內地貧困的地區，兒童失學的情況就一直嚴重。恩恩上班的時候經過火車站外的天橋，遇見兜售慈善獎券的攤子，籌款單位是甚麼捐助國內教育的基金。恩恩低頭避開售票的義工。她聽說過希望工程騙財，類似的組織也多不可靠。況且上個月剛出糧就大部分給了作家用，於是限定自己每天只能花三十元。而且她還打算在自己店裏買些折扣護膚品。

　　恩恩的弟弟在附近的超級市場搬貨，媽媽也出來工作，早上送牛奶下午做屋邨清潔。自從恩恩小三的時候爸爸離去，一家三口一直靠領綜援過活。我不知道，綜援家庭被政府和媒體標榜為懶人，恩恩有何感受。也許由於自小慣於節約消費，恩恩工餘很少吃喝玩樂。藥品店的工作幾乎就是一個十九歲少女生活的全部。

　　我自以為奉行梭羅的教誨，少為金錢工作，多作精神享受。但當我寫到恩恩的故事，我沒來由的感到內疚。我不知道，是甚麼讓我能多有暇餘舞文弄墨，而一個年輕女孩卻過早地勞碌謀生。我們這個所謂富裕社會的工作倫理極度扭曲。人們賣身給工作，為工作而活著，而不是為活著而工作。為此，過的已經不能算是人生。我們把這叫做拚搏精神。我們比落後社會優勝的地方，只是免於橫死。但因賣身給工作而剝奪了個人生活，終致"家破人亡"，也不是罕見的事情。可是，我斷斷不能像梭羅一樣，指責勞苦的人們自作自受，或者嘲笑他們的營役人生。也斷斷不能，誇稱自己務虛的生活更有意義。我還能鎮日在家不為實利地寫作，不是因為我比別人明智，或者優越，而是因為我對別人有所虧欠，而必須加倍努力去償還。我竭力防止自己變成一個懶惰的人。

然後我和你到恩恩弟弟工作的超級市場，買了幾件號稱至低價的特惠貨品。而我知道，在全球化的經貿體制下，富裕國家貨品的廉宜價格，建基於大型超市對供應商的壓榨，而後轉嫁到生產商身上，最後歸結為第三世界國家工人的長期勞累和可恥工資。

香蕉、鮮花、咖啡、棉質衣服。其價格與我們的道義虧欠成反比。

3. 忿怒：如果遠方有戰爭

憤怒和甚麼主義都一樣，不過一時一刻，主義是一種了解世界的方法，憤怒是一種嘗試理解世界而生的態度，都不是信仰。因此，都有她的生命，有開始，有終結。

我個人來到不惑與理智之年，我希望能夠留有可供反覆的餘地；不那麼熱血賁張，如果能夠引人一笑是我的榮譽。但有時失諸憤怒，那是我修養未精之故。

——黃碧雲，《後殖民誌》

And lastly, most important, humanism is the only, and, I would go as far as saying, the final, resistance we have against the inhuman practices and injustices that disfigure human history.

--Edward W. Said, "Preface (2003)", *Orientalism*

　　新果，卡卡姐姐來了電郵，問甚麼時候方便來探你。又順帶傳來了響應三二〇抗議美國入侵伊拉克一周年的附件。卡卡是互聯網公義的支持者，不平則鳴，熱心傳播各種信息，發動簽名、請願、表態，或者對不幸者施以援手。但卡卡絕不是政治運動家，她只是個在媒體裏工作過幾年又回到大學唸書的女孩。只是卡卡的個性容易感到憤慨。

　　今天看新聞報道，這邊廂台灣的總統大選造成群族分化和對立，調查和驗票的爭議懸而未決，那邊廂以色列用導彈擊殺巴勒斯坦激進組織哈馬斯的精神領袖，隨時引起更激烈的衝突。早前科索沃塞族和克族的爭端又有重燃的跡象，三一一又發生了針對西班牙火車站的恐怖自殺式炸彈襲擊。我想起，科索沃的戰爭不是黃碧雲寫過的題材嗎？而她現在正身處西班牙。而至於，七宗罪的意念，和對弱勢群族的關懷，不就已經在她筆下得到了深刻的表現嗎？她的新書《後殖民誌》本地版也剛剛出來了。而我，這時候卻來以未曾成熟的思考，和單薄的體驗，嘗試處理同樣的題材。

　　在鬥爭中開槍擲石，或他殺或自殺的人們，充滿仇恨和怒火。但關心公義者，也不能免於憤慨。此為憤怒之兩面，也是罪之兩面。若然憤慨無效，繼之而來的就算不是絕望和沮喪，也難免神傷。而所謂義憤，也難以保證不會發展成仇恨，或者無理的敵視和排他。這就是學院中的各種新潮主義，由各自追求的解放變成新的權勢和山頭的原因。

　　那次和卡卡吃飯，她就禁不住發了整晚的牢騷。卡卡在流行雜誌當過幾年編輯，了解媒體的虛假，和工作上人事的紛爭。回到大學唸比較文學，本來一心追求對人生更深刻的理解，但遇到的卻只是主義和理論的操作。卡卡激動地說：讀陀思妥耶夫斯基，明明講的是人性和罪惡，卻偏偏要當作精神分析的個案，又弗洛伊德又拉岡甚麼的！這算得上是理解嗎？還有某些故作姿態的同學，以及批判理論琅琅上口，處理系務時卻互相傾軋的教授。卡卡先是感到憤怒，繼而沮喪，甚至懷疑自己回到學院的決定。

也許我對學術還未絕望。2003年9月24日，薩依特因血癌辭世。身為巴勒斯坦人，在美國從事文學研究，通過文學的批判閱讀，堅持人道主義的立場，回饋中東家鄉的政治抗爭，和世界性的公義的關懷。薩依特所樹立的知識分子的至高標尺，難道不令我們望而生愧嗎？

我想我明白黃碧雲的憤怒。我和她的想法的相近，大抵不會為人所置信。大江健三郎，薩拉馬戈，還有，早前在報上讀到她所提及的，《卡拉馬佐夫兄弟》。

4. 妒忌：你比我白，我比你瘦

I learned this, at least, by my experiment; that if one advances confidently in the direction of his dreams, and endeavors to live the life which he has imagined, he will meet with a success unexpected in common hours. He will put some things behind, will pass an invisible boundary; new, universal, and more liberal laws will begin to establish themselves around and within him; or the old laws will be expanded, and interpreted in his favor in a more liberal sense, and he will live with the license of a higher order of beings.

--Henry David Thoreau, *Walden*

新果，我察覺到你十分著迷於電視廣告。特別是幼兒食品，超級市場減價，快餐店新生活態度。大型連鎖店商標是你最早懂得辨認的符號。還有的是，美顏護膚修身的廣告。這類廣告的策略，建基於對比自己優勝者的妒忌，和比自己不及者的羞辱。又因為渴望成為被妒忌者和害怕淪為被羞辱者，而不再顧全道德。而妒忌往往被包裝成夢想。

你的姨姨比比，年輕貌美，任職大型國際公關公司，戮力推廣品牌，為企業塑造形象。但比比最快樂的時候是跳舞。比比富有舞蹈天分，工餘參加舞蹈課程，在班裏表現突出，備受老師讚賞，多次選為周年演出的主角。比比十分羨慕老師，能以教舞和編舞為人生職志。她於是夢想著，是不是也可以成就相似的事。可是，比比已經二十八歲，事業剛剛進入軌道，以重新開始來說恐怕已經太遲。比比為此曾經非常苦。

那天我在郵箱同時收到訂閱的英文雜誌，某美容公司的宣傳單張，和某慈善機構助養兒童的信件。雜誌附帶時裝專輯，封面女郎身上掛以三點式泳衣，擺出誘人姿勢，驚人地柔滑而富光澤的肌膚，給人名種馬匹的感覺。美容公司單張聲稱為妳重拾完美，優惠價四千元讓你享用純氧深層活膚、水晶美肌換膚、光學深層療膚、全身淋巴排毒等多種護理服務。而慈善機構刊出一個黑瘦的非洲女童的照片，表示她盼望得到三餐溫飽和上學唸書的機會。究竟甚麼是盼望，甚麼是妒忌；甚麼是夢想，甚麼是幻象？

比比覺得自己處於人生關鍵時刻，她將要作出抉擇。在見客和出差最繁忙的日子，比比慎重地考慮辭職。至於辭職後做些甚麼卻未曾清楚。除了跳舞，比比也在學習專業化妝，她又喜歡時裝設計，對衣飾品味和搭配甚有心得。但無論是舞者、化妝師、還是時裝設計師，那也代表著全新人生的開始。那是為自己，為興趣的人生，而不是滿足客戶需要的人生。比比對這樣的人生充滿憧憬。結果比比卻去了一間著名的美白護膚用品公司面試，而且獲得錄用為主管級公關，專責開發大陸市場，直接等於升職加薪。

那天我又從收音機聽到這樣的一首流行曲，男歌手以沉鬱的

聲線唱出，漫長夜裏又餓又凍，只要知道明早會醒就夠。我還以
為是呼應饑饉三十的歌曲，但原來只是失戀情歌。然後又換上了
一位女歌手，高唱她比我醜。我不討厭通俗歌曲，只要我們不要
過於盲目。正如比比跳的也是通俗爵士舞，但如果追求的不是幻
象而是夢想，當中必有可取的地方。當我帶同你去看比比姨姨的
周年演出，看見同台的以女性為主的業餘舞者，雖多已年紀三十
有餘而且各有事業和家庭，卻仍忘我地讓身體融入節拍之中，和
純粹的作為舞者的喜悅，我心裏就油然生出羨慕。並且想到，藝
術給人開啟的可能性。

5. 貪婪：棄絕多餘的東西

But from the start I was determined to concentrate the feelings of the
audience on the behaviour, at first sight utterly senseless, of someone who
considers worthless — and therefore actually sinful — everything that is not a
necessity of life.

It seems to me that in the struggle for political liberties — important
as these are — modern man has lost sight of that freedom which has been
enjoyed in every previous epoch: that of being able to sacrifice oneself for
the sake of another.

-- Andrei Tarkovsky, "The Sacrifice", *Sculpting in Time*

新果，你擁有一個波波，而你又要另一個。結果你有很多波
波，而你還要更多。而寧一個波波也沒有，因為她的智力不足以理
解波波好玩之處。寧一出生就對外界事物沒有反應，甚至連自己的
父母也不認得。她一聲不響，完全沉湎在自我孤立的世界裏。

亞芝喜歡文學，但她唸的是理科。她的志願是唸植物學，但她

選了藥劑學。她說將來收入會好些，而且和植物學相距也不太遠。自從爸爸失業，亞芝就感到自己的前途已經不是她一個人的事。亞芝唸名女校，品學兼優，拿過全港傑出學生獎，會考後作為尖子提前被大學取錄。照亞芝的條件，如果經濟許可，到外國深造，有一天可以成為生物學家。亞芝只是笑笑，並不覺得委屈，或者犧牲了甚麼。

每次在大學碰見亞芝，她永遠是那樣子，穿鬆身T恤和運動長褲，兩肩上掛著背包，把長髮紮成馬尾，沒有化妝沒有打扮。但她依然是那麼美麗的一個女孩子，而她對自己的美麗毫不知曉。亞芝從來不搭校巴，上山下山也用走，出於一個不為甚麼的決定。亞芝又自己帶午餐，三文治和豆奶，說大學飯堂的東西不好吃，其實也是省點錢。可以說，亞芝生活中沒有一件多餘的東西。她父親失業前是廠長，家境不錯。但亞芝一直是個簡樸的女孩，唸中學的時候，午間也回家吃飯，錢包因此連二十元也沒有。

如果你問亞芝為甚麼不吃好一點，穿好一點，亞芝會說：不是已經很好嗎？亞芝在大學參加了環保學會，又抽空做義工，探望醫院裏的智障小朋友。當中有一個叫做寧的女孩，人如其名，寧定安閒，不言不語，亞芝就和寧說：為甚麼我擁有那麼多，而你甚麼也沒有？而你也不抱怨一聲？亞芝突然明白了很重要的事情。

亞芝大學畢業後，極有可能在連鎖藥品店當藥劑師，向顧客講解減肥食療方案，或者傷風感冒藥的副作用。如果亞芝非常幸運的話，會加入以生物科技開發藥品的行列，服務於國際性大藥廠。而同一家藥廠可能因為利潤問題，以專利權為手段，阻止非洲窮國自行生產較便宜的愛滋病藥物，或者派員以科研為名到落後地區掠奪民間智慧，把種種草藥成分的開發權納入專利。而這本來應該是一個救人的行業。

在俄國導演塔可夫斯基的《犧牲》的尾聲，有一段長達六分鐘的火燒屋場面。主角亞歷山大為了拯救家人和全世界免於核危機，禱告和承諾棄絕身邊的一切，然後從此閉口不言。在廣闊的海邊平地上，一座象徵著豐裕安逸生活的房子在火燄中塌下，被視為瘋子的亞歷山大四處逃竄，最終被醫護人員抓進救護車裏帶走。

而亞芝繼續走路。

6.　好慾：我，我，我……

不可否認，作者在個別的段落，表現了對於身體、官能、愛慾獨特的敏感與表現力，雖艷而不淫，卻也難掩頹廢。性別倒錯之世界，乍看是愛慾的焦慮與喘息，但也不乏觸及靈魂深部的苦難（suffering）和約伯式的被棄置者為救贖而掙扎的獨白。只寫前者不免猥小，能寫後者，其成功者可以通大文學之心靈矣。
　　　　——陳映真，〈一個人身上"住著"兩個人——短評《雙身》〉

新果，你之所以會來到世上，發始於相當物質的一個原因，加之以情感的緣由。至於靈魂方面的解釋，則未可知。可以想像，一個孩子帶來喜悅，但也同時帶來負擔。因為，從此以後，無論是對父親還是母親而言，也不能再只為自己而存活。另一個生命從那原本獨立自主的"我"裏衍生出來，而"我"必須對之負責。

所謂責任，似乎是個不合時宜的，甚或會被批判為落後保守的觀念。在文明而富有反思精神的社會，我們強調的是慾望的正當性、自主性、解放性、流動性。新時代作者、舞者、藝術家，也傾向於所謂"身體"探索。以至於，近年的藝術創作有點"肉體紛陳""人慾橫流"的意味。我得承認，我自己也不能免俗。如果加上女性主義，就更加不得以犯禁為指標了。而媚媚自認為是女性主義者。她雖然不是藝術創作者，但她之所以能做出那個震撼人心的"創作"，完全是出於女性主義的啟發。

媚媚自小在教會學校唸書，與清一色的女同學為伍，在修女的督導下無驚無險地度過貞潔的青春期。唸大學之後女性主義卻為之開竅，繼而身體力行，雖未至於輕率，但也著實增添了情慾經驗。媚媚也關心性工作者的命運。除了參加了解本地性工作者的學習班，也著手研究落後地區未成年性工作者飽受剝削的問題。由此而更堅定，女性身體自主於尊嚴的必要性。此外又曾經在學期終論文裏批判過，一位本地男作家代入女性角度所寫的一篇得獎小說，說它打著女性主義的旗幟反女性主義，嚴厲斥之為糖衣毒藥。

　　媚媚說的那個作家就是我。那篇論文拿到優等，媚媚就更有信心報讀碩士研究。在鑽研學術的同時，媚媚繼續那必不可少的身體探索。而媚媚也不是沒有投入感情，以至於，當媚媚發現自己不慎懷孕，而又已經和孩子的爸爸分手，更而又已經喜歡上另一個男子，她就不得不認為肚的生命是女性自主的障礙。媚媚決定去墮胎，但靈機一觸，在手術前的一晚，以赤裸無遮之軀，在錄像機前自拍跟即將絕命的胎兒的親情獨白，和有血有肉的內心掙扎。由是媚媚由斷送者變成創作者。

　　我的那個長篇小說，九年前在台灣一個文學競賽裏，拿了個安慰性質的特別獎。陳映真先生是唯一支持拙作的評審，建議應對作者加以鼓勵。九年過去了，我對映真先生語重心長的意見，未有認真思考，到了最近重讀，才恍若當頭棒喝。甚至於對自己忝稱作家，問心有愧。未料的是映真先生自己的孤寂感傷。據說先生認為台灣已經不需要他這樣的一個聲音。在文壇奮戰四十多年，曾經因政見身陷牢獄，卻始終堅持理想主義，以小說和行動關懷人間的映真先生，難道真的會為時代所離棄？早前報上說台灣讀者投票選出最喜愛的一百本文學作品，意外沒有入圍的竟是陳映真，和舊俄小說。

　　結果媚媚拿了錄像比賽大獎。

7. 驕傲：在孩子面前懺悔

Markel: "And let me tell you this, too, Mother: every one of us is responsible for everyone else in every way, and I most of all. [……] I don't know how to explain it to you, but I feel it so strongly that it hurts. And how could we have gone on living and getting angry without knowing anything about it?"

--Fyodor Dostoyevsky, "From the Life of the Elder Zosima",

The Brothers Karamazov

In the eyes of 'normal' people he [Domenico] simply appears mad, but Gorchakov responds to his idea—born of deep suffering—of individual responsibility for all that is going on in the world, of each being guilty before everyone for everything.

--Andrei Tarkovsky, "After Nostalgia" , *Sculpting in Time*

　　新果，讓我們回到那個童話故事去吧。那個父親，一個好父親，正直善良，奉公守法，愛惜孩子，為孩子準備一切最好的東西。而這些東西還未為孩子所好好享用，孩子就被死神無情奪去，這怎麼不叫父親憤恨難平？他一定要討回公道。孩子的生命是珍貴的，無可替代的。

　　這樣的好父親，在我們的社會，並不少見。就像貝貝的父親，早在女兒未出生之前，已經請了兩個菲傭，購備最上等的嬰兒用品。在女兒未入學之前，不惜蝕讓原來的居所，高價買下位於名校校網的高級住宅，又月花八九千元讓女兒報讀英語班、普通話班、繪畫班、芭蕾舞班、高爾夫球班、和聘請私人鋼琴老師。女兒就學後，父親每月除了過萬的學費，還不忘安排密密麻麻的課外活動，和假期外遊。此外，又開始為女兒購買往外國升學的教育基金。母親則悉心照料女兒的儀態和衣飾，挑揀千元一套的名牌童裝。因為，父母為了給兒女最好的，在所不惜。他們要貝貝成為世界上最幸福的女孩。

在我們的童話故事裏，死神很文明地接見了闖進地府的父親。會面的地方狀似商業大廈的會議室，坐在長桌子一端的死神穿著剪裁無可挑剔的高級西裝，樣子猶如公司總裁，態度務實而不失友善，並且著助手為父親送上咖啡。父親向死神陳辭，說明自己是如何地深愛孩子。死神沒等他說完，微笑著擺了擺手，隨即在大型投影屏幕上播出短片。首先出現的是一個類似人間樓盤或保險廣告的片段，裏面展現了一個叫做貝貝的女孩子的美好前途。然後，在第二條片子裏出現世界各地孩子際遇的剪輯，當中有些飢似骷髏挖食泥土，有些躺在設備簡陋的醫院裏奄奄一息，有些在頹垣敗瓦中哭呼被炸死的父母，有些擎槍走在激動揮拳的抗議人潮裏，有些沾著滿手毒物在工廠裏通宵苦幹，有些在垃圾山上爬來爬去，或者在田間覓食時踩中地雷。

看完片子，死神就問父親：先生，請你衡量一下，當中哪一個孩子的生命更值得討回？又或者，為甚麼你的孩子的生命比別的孩子更珍貴？如果你真的想討回孩子，我可以給你一個機會。你要直接接受孩子的審判。你要站在犯人欄，向著所有來到這裏的孩子，為自己的罪——也即是作為我的同謀——作出懺悔。

父親遲疑著，因為他不明白自己何罪之有。他不知道自己被死神戲弄了。世上唯有孩子不會審判別人，但大人卻必須以孩子為對象去作自我審判。

尾聲：樹的重生

現在，我已經到了在古巴漆黑的海上同大魚搏鬥的老漁夫的年紀。我已經說過，那個老人對"孩子"的呼喚很吸引我。我在自己一生中或許是最後一部長篇小說裏所說的對"新人"的期待，也正來自同樣的希求。

　　　　——大江健三郎，〈走向"新人"〉，《大江健三郎自選隨筆集》

Has man any hope of survival in the face of all the patent signs of impending apocalyptic silence? Perhaps an answer to that question is to be found in the legend of the endurance of the parched tree, deprived of the water of life, on which I based this film, and which has such a crucial place in my artistic biography. The monk, step by step and bucket by bucket, carried water up the hill to water the dry tree, believing implicitly that his act was necessary, and never for an instant wavering in his belief in the miraculous power of his own faith in God. He lived to see the Miracle: one morning the tree burst into life, its branches covered with young leaves. And that 'miracle' is surely no more than the truth.

　　　　--Andrei Tarkovsky, "The Sacrifice" , *Sculpting in Time*

　　新果，如果救贖真的可能的話，不是大人救了孩子，而是孩子救了大人。

　　塔可夫斯基的Little Man，在父親亞歷山大給救護車帶走之後，打破沉默，開始說話，拿著水桶，給父親植下的枯樹灌溉。

　　還有，陀思妥耶夫斯基的"孩子"，大江健三郎的"新人"。

　　作為父親，作為大人，作為必須對所有人所有事負責的一分子，我祈求原諒，及對將來的你們寄予期望。

後記

　　本文原為配合"動藝"於2004年5月之《生命速記》舞蹈劇場所作，十分感謝編舞者王廷琳給我這個難得的機會，反思自己作為作家、父親，以至於作為一個人與他人的關係。

原刊《香港文學》2004年11月號

2021

◎ 葉輝

1.1

　　這是2021 的最後一夜。這是一團鬆垂的肌肉。這是一個右邊留有一塊瘀青的屁股。這是十七年後的阿齋。他背著十一喘了一陣子氣。他翻過身來，撥開枕邊人纏繞在他臉上的髮絲，倦極入睡了。

　　阿齋和十一在2021的最後一夜躺在斗室的床上，兩個身軀像兩塊海綿，漂浮在浴缸，吸滿了餘溫未散的洗浴水。阿齋想伸手到床頭櫃拿香煙，也想起床去小便，但他的四肢乏力，不聽使喚。阿齋打了個長的呵欠，十一掩鼻，翻身起床。"嘴巴那麼臭，一天到晚閂著也不煲點涼茶。"

　　阿齋彷彿又回到那條暗黑而漫長的山洞甬道……男孩和女孩追隨閃爍不定的火光，緩緩前行，都喘著氣，都聽到前前後後的腳步聲，和心跳。火光轉弱，不一會便熄滅了，山洞迴響著男孩女孩的嘩叫，漆黑中感到一雙雙手掌在尋找洞壁。

　　有人在他身畔滑了一跤，他一揚手，剛好扶個正著，然後牽著一隻柔軟而冰涼的手。"謝謝。"那是女孩的聲音。不知道洞穴有多深，走了多長時間，只記得走著走著，腳下一片濡濕，牽著的手很柔軟，漸漸暖和了起來。也記不起了多久，前方隱約閃現了一丁點微芒，微芒正要在眼前擴散之際，柔軟的手一甩便甩開了。

　　阿齋一直都思凝那是十一的手，只是每次提起，十一都瞪眼說："說過多少遍了，你偏裝聾，要不要我起個毒誓？"十一就愛起毒誓。那一年，她才十歲，跟大伙兒一起上山看神功戲，阿齋記得上演的是《再世紅梅記》，兩個人並頭從大人頭頸的縫隙中看了一夜，十一的長髮黏在他汗濕的臉上，他一整夜沒搔半次癢，可是十一依舊瞪眼說：「說過多少遍了，你偏裝聾，要不要我起個毒誓？」

阿齋再次翻過身來，撫摸著床上未散的餘溫。微微睜開惺忪而沉重的雙目，看見十一在淡黃的燈影裏穿上胸衣。阿齋微微側過身來，取煙點了，看見窗前梳妝檯的鏡子裏，浮起一層霧靄，鏡子裏的十一用手掌在鼻孔前猛搧，霧靄散開了，阿齋看見一個臃腫而鬆垂的胴體。十一站起來，使勁地把臃腫而鬆垂的胴體擠進穿了至少十年的貼身黑裙裏。這一幕彷彿電視重播又重播的老影片，阿齋看了差不多二十年，那被擠壓而不斷變形的胴體也漸漸由熟悉變得陌生起來了。

十一挽起搭在椅背上的皮包，對著鏡子整理蓬亂的長髮。阿齋剛才緊緊摟抱著她的時候，騰出一隻手撥開黏在他臉上的髮絲，才發覺有幾根已呈灰白。十一打開門，也沒說再見，便頭也不回，離去了。

2.1

「有一些事情，在你前半生裏大概不可能發生的，但並不表示永遠不會發生，在悠悠一生的某刻某時，你被不知名的神明安排在一個無以名狀的場合，碰見的也許是一點也不特殊的人，可是，不特殊而且不可能發生的事，也許就在你不知不覺之間發生了。」這是阿爾酒後跟阿齋說的。

阿爾是十一的弟弟。阿齋十二歲那年搬家到新區，在街邊踢足球認識了阿爾，阿爾說他從前也是住在馬山村的，跟阿齋一樣，是因為政府要拆山上的木屋才被徙置到新區的。他帶阿齋回家，睜了睜在騎樓洗衣服的長髮女孩，說：「我姊姊。」十一是長姊，為甚麼叫十一，阿爾說是他母親到齋堂還神，把他姊姊給太上老君上契的籌號，或是別的甚麼，他也弄不大清楚。

阿爾跟阿齋在很多年後在酒吧再碰上，喝了幾杯，便談到十一剛結了婚，她丈夫名叫梁學濤，跟她是十多二十年的同事。阿齋說他有一個中學同學也叫梁學濤，在一家洋行當會計，阿爾說：「會不會是同一個人？」他說十一的丈夫也在洋行當會計……

2.2

「有一些事情，在你前半生裏大概不可能發生的，但並不表示永遠不會發生，在悠悠一生的某刻某時，你被不知名的神明安排在一個無以名狀的場合，碰見的也許是一點也不特殊的人，可是，不特殊而且不可能發生的事，也許就在你不知不覺之間發生了。」這是阿爾酒後跟阿齋說的。

梁學濤在某夜就遇上了這樣的一件不可思議的事情。他參加公司的職工聯歡會，地點是尖東的一家的士高。以前公司聯歡從不會在這種地方舉行，而且他也不愛熱鬧，極少到的士高玩，可是老東主年初辭世了，由少東主接掌公司的業務，他首先把公司遷冊到百慕達——很多機構早遷冊了，可是老東主一直不肯這樣做；然後把公司上上下下整頓了一番，能留下來的老臣子都像驚弓之鳥，都不敢在這非常時期缺席。坐在他旁邊的，是總務的呂小姐，三十多歲，還留著陳寶珠時代那種及腰長髮，這個老女人的臉皮經常繃緊，好像全世界都跟她作對——每一回跟同事吵架，總要起兩三個毒誓逼得人家無話可說。

少東主和他的女朋友帶領著一大群員工，在舞池搖擺著身軀，梁學濤坐在一隅喝酒抽煙，感到有點頭昏腦脹，旁邊的呂小姐一時低頭啜著冷飲，一時用手指按摩太陽穴。兩人的目光在鐳射燈光的閃動下偶然相遇，都好像極不自在地瞬即互相迴避了。音樂的節奏是強勁的，每個拍子都叫人心跳加速，聲浪不斷地淹來湧去，可是在的士高一角，一個四十出頭的失婚男子和一個三十多歲的未婚女子坐在同一張長沙發上，跳舞跳累了的男女同事回來一擠，兩人之間的距離幾近於零，即使轉換一下坐姿，翹動的腿也會摩擦到對方的膝蓋，伸手到桌面拿起飲品，手肘也會在不知不覺間互相碰觸。可是兩人一直沒有交談，就像十多年來在辦公室裏一樣，誰也沒跟誰說過半句話，即使在電梯碰上，也只是互相輕微點頭——輕微得近乎沒有，連自己也感覺不到有任何身體語言正在跟對方接觸。

　　兩人在洶湧澎湃的聲浪裏沉默著，好像永遠沒有可能開腔跟對方說話。這時，近乎永不可能的歷史時刻來臨了，的士高的幻彩光影突然靜止下來了，跟著全場燈光在瞬間一滅一明，少東主在擴音器前宣佈：「身體緊密接觸的時刻來臨了，請盡情享受浪漫時光。」

　　梁學濤跟呂小姐依然坐在一隅，忽然一道射燈落在他們身上，那是少東主的聲音：「你們還不起來跳舞？趕快起來，不要浪費那麼美麗的時刻！」射燈在他們面前晃動了幾下，於是，梁學濤站起來，呂小姐也站起來，一起走到舞池。

　　事情就這樣發生了。梁學濤和呂小姐的身軀愈貼愈緊，緊得幾乎取消了十多年來不相聞問的距離。呂小姐幾乎把整個身軀倚在梁學濤的身上，兩人在對方耳畔喁喁細語，談到一件事情。梁學濤暗自深呼吸，索性裝到底：「那麼你是甚麼時候開始有這樣的感覺？」呂小姐的腦袋在片刻間轉動了不知多少次，還是一片空白，可也溫柔地說：「你先說吧。」梁學濤心中暗嘆一口氣，然後狠起心來：「大概是第一天在公司碰見你就已經開始了。」

這對癡男怨女擁抱得緊緊的，好像要把前半生的失落都在這一刻從對方陌生的身軀擁抱回來。

3.1

"有一些事情過去了，我們以為可像沙漏那樣，從一端徹徹底底的流到另一端，幾乎不留半點痕跡，可是事情的底蘊卻一直潛埋在當事人的記憶裏，就像睡火山，過了很多年，忽然在最靜默的一刻爆發起來，一發不可收拾了。"這是梁學濤寄給雷蒙的一封信的其中一個段落。雷蒙是阿齋唸中學時的洋名。

梁學濤夫婦是雷蒙的老同學，從中學到大學，他們一直都是"三人行"，同學間還流傳著一個"三角戀愛"的故事。後來梁學濤跟沈依玲結婚了，雷蒙到加拿大工作了幾個月，旁人都說他是為了離開這塊傷心地——可他幾個月後便回來了，而且每個週末都到梁家作客，有時在兩夫婦的甜蜜生活中分享一份喜悅，有時在兩夫婦的爭吵或冷戰中擔當調停的角色，三個人在那段日子相處得還是挺融洽的。

當然，有一些事情是三個人都不願再提起的，在這方面，他們的默契比校隊的橋牌拍檔有過之而無不及。有一次，三個人在晚飯後喝了紅酒，梁學濤忽然半帶微笑半帶質疑地說："我其實很有興趣知道，你究竟有沒有單獨約會依玲？當然，我不是說現在，你該明白我說的是跟現在毫無關係的，從前那段時日。"

雷蒙點了一斗煙，輕描淡寫地說："我得表明，對這個問題，我沒有任何秘密需要申報，但我是介意的，即使依玲不介意。"依玲如常用手掌在鼻孔前搧走煙味，沒有答話，便收拾桌上的杯碟進廚房去了，留下兩個男人沉默地聽著或沒聽著舒伯特的小夜曲。

有一次，兩夫婦不知因為甚麼事情吵了一場，雷蒙接到梁學濤的電話便趕過去，學濤神情沮喪，沒半句話，只是用眼神示意依玲在房間裏，雷蒙去敲門，說：“是我。”門打開了，他進去了一夜，天亮才走出來，拍拍在沙發上睡著了的學濤，說了句“沒事了”便離去。

往後學濤三番四次追問當晚的事情，比如說：“依玲跟你說了些甚麼？”“你們真的一句話也沒說？”雷蒙於是對他說：“我可以肯定的是，你比我更愛依玲，更能照顧依玲，而你們永遠是我最好的朋友。”學濤便無話可說了——也許話還是有的，只是一時間找不著說法。

梁家濤的疑慮並不是毫無根據的，結婚多年，依玲沒有為他生兒育女——說得準確些，不是完全沒有，只是流產了，而他的最要好的朋友，也一直沒有成家，每個周末都在他們家作客，彷彿那是三人之家。這樣的事情不免教人覺得曖昧，但學濤也顯示出——如果不是裝出來的——適當的風度和耐性，除了偶然帶點酒意或心情極劣的時刻旁敲側擊幾句，他其實已表現出足夠的寬容和修養。

可是，只要人的記憶不曾死亡，無論沉睡了多長時間，積壓了多少歲月，也總有把秘密揭破的一天。

有一天晚上三個人吃過晚飯，興之所至又喝了紅酒，一起翻看相簿，學濤看到一幀依玲和雷蒙在新娘潭的合照，便問道：“你們甚麼時候拍的？怎麼我從沒見過？”雷蒙指了指照片上的電子日期說：“不就是1974年4月15日嗎？大概是你拍的吧？”學濤冷笑了兩聲：“你們忘了，我可忘不了，那時我跟父母回鄉去了。”雷蒙當然記得，學濤回來後不久，依玲便答應跟他結婚了。

三個人死寂了片刻，依玲突然打破了僵局，高聲叫喊：“我受夠了！我受夠了！梁學濤，你好卑鄙！你早就把這幀照片當作罪證！我再沒有能力隱瞞下去了，對不起，雷蒙，整整十年了，我快要瘋……”

梁學濤瞪著眼，期待著依玲把真相揭開，卻看見雷蒙擁抱著依玲，不停說 "對不起，對不起" ，為她抹掉睫上盈墜下的淚珠……

3.2

　　"有一些事情過去了，我們以為可以像沙漏那樣，從一端徹徹底底的流到另一端，幾乎不留半點痕跡，可是事情的底蘊卻一直潛埋在當事人的記憶裏，就像睡火山，過了很多年，忽然在最靜默的一刻爆發起來，一發不可收拾了。" 這是梁學濤寄給雷蒙的一封信的其中一個段落。雷蒙是阿齋唸中學時的洋名。

　　阿齋的回信寫得極簡短：

學濤：

　　有時知道真相比不知道更難受，要是能預計有此收場，我寧願你永遠誤會下去，我曾對你說： "我可以肯定的是，你比我更愛依玲，更能照顧依玲，而你們永遠是我最好的朋友。" 我的想法一直沒變，期望你像我待十一那樣待依玲，我會努力尋找十一，但願你也努力尋找依玲。

雷蒙

　　阿齋寫這封信的時候，當然不知道十一跟學濤是十多年的同事，更不可能知道學濤一年多之前再婚，第二任妻子就是十一，正如十一當年跟阿齋一起去新娘潭，也並不知道他還約了女同學依玲，更不可能知道自己的現身會導致奇異而荒謬的兩段婚姻──兩個本來並無任何關係的女子先後愛上一個男子，但卻先後下嫁另一個男子。

　　後來阿齋知道了，十一也知道了。阿齋忘了是誰（可能是一個同樣失意的江湖術士吧）這樣開解他：事情到了這個地步，誰也沒法子改變，命運像擲骰子那樣，由偶然的彈跳和落差所決定的必然結果。然而，不論生命有多少無可補償的缺陷，人總要生活下去，只有時間和想像才可以扭動這宿命人生。

1.2

這是2021的最後一夜。這是一團鬆垂的肌肉。這是一個右邊留有一塊瘀青的屁股。這是十七年後的阿齋。他背著十一喘了一陣子氣。他翻過身來，撥開枕邊人纏繞在他臉上的髮絲，倦極入睡了。

阿齋和十一在2021的最後一夜躺在斗室的床上，兩個身軀像兩塊海綿，漂浮在浴缸，吸滿了餘溫未散的洗浴水。阿齋想伸手到床頭櫃拿香煙，也想起床去小便，但他的四肢乏力，不聽使喚。阿齋打了個長的呵欠，十一掩鼻，翻身起床。"嘴巴那麼臭，一天到晚閉著也不煲點涼茶。"

阿齋彷彿又回到那條暗黑而漫長的山洞甬道……男孩和女孩追隨閃爍不定的火光，緩緩前行，都喘著氣，都聽到前前後後的腳步聲，和心跳。火光轉弱，不一會便熄滅了，山洞迴響著男孩女孩的嘩叫，漆黑中感到一雙雙手掌在尋找洞壁。

有人在他身畔滑了一跤，他一揚手，順好扶個正著，然後牽著一隻柔軟而冰涼的手。"謝謝。"那是女孩的聲音。不知道洞穴有多深，走了多長時間，只記得走著走著，腳下一片濡濕，牽著的手很柔軟，漸漸暖和了起來。也記不起走了多久，前方隱約閃現了一丁點微芒，微芒正要在眼前擴散之際，柔軟的手一甩便甩開了。

這是2021的最後一夜，阿齋想，至少是2021，一個足夠遙遠的年份才行，一個自己還有可能活到那一天的年份才行，已經是2004的歲暮了，那是十七年後的精神救贖——十七年後，只是當時已惘然。

十一每個月來一次，然後回到學濤的身邊。

十七年後，是2021了，學濤還在嗎？他和十一還在嗎？他必須假設自己和十一可以多活十七年，由山洞到新娘潭，剛好就是十七年，由學濤的第一任到第二任妻子，也剛好是十七年。

原刊《香港文學》2005年1月號

板間房

◎ 羅貴祥

以前沒有電視的日子，佩佩和我只會聽聽音樂、看看身邊的印刷品。我們兩口子的家總是很寧靜，又那樣地與外邊的世界隔開。我不能想像我們分開後，佩佩會立刻改變生活習慣，在她新的客廳裏放上一台平面的大電視，還會安裝有二百多條頻道的e-cable。我想我應該要說服自己，那年夏天我參加那個比賽，我不會傻得是為了讓佩佩在有線電視上看見我吧。

跟其他參賽者一樣，我也不過是為了獎金和短暫的名氣而來，我又何必拿佩佩作藉口呢。但《板間房》的編導卻不太願意我們每一個人都這樣說。

名與利當然很實際，三十剛出頭的編導如是說，但你們試想想，現實其實是很複雜的，動機也不可能太單純。我們是"真實電視"嘛，一定要呈現客觀複雜的真實給觀眾看，這樣才OK。請說出你們的心底話吧。

於是我便對他們說了我和佩佩的故事。每一次我要單獨對著鏡頭說話時，他們在場邊都會故意提起佩佩。你覺得，佩佩假如在收看，她會怎麼想呢？戴長方型新潮眼鏡的女助導最喜歡用這樣的說話撩我。有次我剛錯失了獲得額外獎金的機會，肚子又餓著，我真的被她搞得眼泛淚光。我見到她咪咪地笑了。

每一個《板間房》的參賽者都為了很獨特的理由而來。有人為了愛情。有人為了治病。有人為了歷練、見識、找故事題材或者尋親。我為了佩佩。但有參賽者真的只為了名利。可能他們樣子生得市儈，他們如是說，編導就再沒有追問下去，任由他們的說話播出。那個叫ET的說得最莫名其妙：我喜歡看野生紀錄片，那些獅子老虎好威風、好厲害，尤其在捕獵的時候。想不到我也可以在紀錄片裏！好勁啊！我的森林就在這個錄影廠裏！

紀錄片？這些參賽者連自己在甚麼節目裏也搞不清楚。我可以想像之後那一個月我是跟哪些人住在一起了。是的，我們是"九男女"——五男四女——困在一個由木板搭成的房子裏，連續日夕相對三十天。在製片廠臨時搭建的木房子只有一個客廳，兩間睡房，一個廁所，一個廚房，用具設施都十分簡陋。面容凌厲的女監製說，這全都是為了仿造板間房時代，一屋數伙人的擠逼特色。煮食器皿要用火水爐，廁所是蹲廁，沒有電熱水爐，廁紙也粗糙不堪。我們私底下都在說，其實電視台缺乏製作費，搭景也一切從簡。但沒有人敢公然投訴生活艱難，因為大家都知道，女監製必定發火，取消投訴者的參賽資格。

連這些也忍受不了——我想像著女監製扭曲的臉容、她尖聲的喝罵——怎可能回到板間房時代？怎樣再喚起這一代人奮發圖強的鬥心？你們哪裏有資格做別人的榜樣？

剛過三十的編導好聲好氣的安慰我們，這個真人Show製作嚴謹，仿真度極高，我們做了詳細的資料搜集，務求完整地重建當年板間房的所有特點。你們所睡的木板床與帆布床，我們花了許多時間才找得到哩。這些全是古董！你們應該為有幸參與這個製作而感到自豪！

男的參賽者還要穿上當年的唐裝衫褲，沒有拉鏈與皮帶，那些褲子十分濶大，要用繩子縛緊。不習慣穿著唐裝的年輕人就經常出洋相，蹲廁時往往把半條褲子掉進廁坑內弄髒了，非常狼狽，這也是攝影機最愛捕捉的鏡頭。

沒有錯，整間房子內有數十部攝錄機，廁所裏都有。有些公然放在我們面前，有些則是隱閉的。沒有人告訴我們攝錄機的正確數目，助導只說所有攝錄機都配有夜視裝置，即使我們關了燈，睡在床上，一樣看得一清二楚。還有"數量極多嘅"（引自助導說話）竊聽咪，可收錄任何一個角落的聲音。我們當然沒有任何異議。怎會有異議呢？還恨不得啦。而且大家早簽了合約，二十四小時，持續三十天，在網上直播。另外每天剪輯三十分鐘精華片段，包括採訪我們每日的感受，在e-cable娛樂台的黃金時段播出。

佩佩，你應該知道，我是很有把握勝出的。正正因為我是當中年紀最大的參賽者，即使我也未經歷過板間房年代，但我仍然記得童年時候祖母的憶述，亦有幸小時候看過現在已沒有人看的粵語長片DVD。我比他們任何一個，更明白甚麼是板間房，甚麼才是真正的板間房精神。我不介意他們叫我做"阿叔"，有些更惡劣地喚我作"阿伯"。這也沒所謂。這樣我看來毫無威脅，就沒有人要盡快把我淘汰出局。佩佩，如果你每天都在看網上直播，你應該明白，我跟那些女子的語言調情，只是為了拉票，為了建立同盟。當然，我也想你認識到我成熟的男性魅力，不是那班年青小伙子能企及的，也好讓你明白你的損失。

Janet 便是其中一個最喜歡找我聊天的女參賽者。我們日漸密切的關係，令我們一致地投票把那個最討厭的狂龍，最早淘汰出局。不瞞你，Janet是一個膚淺的女孩，根本不是閒聊的好對象。幾個月後我在最新出版的回憶集裏，我依然坦率地這樣描述Janet這女孩：儘管她體態撩人，經常把唐裝的衫鈕在胸口處解鬆，露出緊致的乳溝，但走近跟她說話，便覺得味同嚼蠟。是的，她不過是一個身材美好、衣著性感的蠟像人。

小時候看白燕的DVD，已經驚嘆往日板間房年代女人的豐盈身體，全不像今天女性的平坦瘦削。想不到《板間房》真的做了全面的調查，為了回塑過去，專挑身型較豐滿的女參賽者，讓她們包裹在細一個尺碼的唐裝衫褲下，為觀眾及我們男參賽者，帶來歷史的質感。

不要怪我，佩佩，我在回憶集裏這樣寫，不過是為了迎合那個庸俗編輯的口味。你知我是個超女性主義的信徒。大學時代，我們一起選修Dr. Chan的Post-Gender Studies，大家都拿了A，你就應該相信我內在的誠意。

沒辦法，後來成了我好友的卅過外編導私下跟我說，沒有綽頭不成娛樂電視，古已有云了。況且那是個弱肉強食，徹底剝削別人，甚至出賣自己的年代。

你是指拍攝《板間房》的年代，還是真正板間房的年代？我問。

編導，其實那時他已不再做編導了，愣了一下。有分別嗎？

起初時，我們確實是分房睡的。佩佩，你記得這是你的主意嗎？後來，大概一個星期後……你要明白，在板間房裏，日子對我們已沒有任何意義，我們沒有電視、沒有電話、沒有收音機，更沒有人派報，觀眾對我們的投票取向我們完全不知道，大概可能沒有七天那麼久吧，我們便混熟了，也在監製的鼓勵下，當然我們心知肚明這個比賽是關於男女慾孽的，便再沒有執著要男的同睡一個房間，所有女的一定要睡另一個房間。不過是板間房，只有一塊薄板之隔，睡這睡那、睡左睡右，或跟誰睡，會有分別嗎？眾多的攝錄機已是我們的道德監察，最急色的狂龍也只是隔著衣服摸過小青的屁股一下罷。

狂龍計算錯誤。觀眾當然喜歡看，但更愛站在道德高位。

他成了第一個被淘汰的人。

我後來寫回憶集，不純是為了賺錢，我更想幫自己理解那一個月我是如何生活的。我是怎樣在全城貪婪的眼睛下活過來的。我隱若覺得，但我沒有在書裏這樣寫，如果我能夠搞清楚那三十天的意義，我便可以弄得懂我整個人生的意義。不是因為那三十天我過得最璀璨光輝，成了萬人注視的大明星、大歌星，而是那一個月在一個象徵人慾橫流的封閉空間裏，我渡過了許多虛耗又沒用的時光、不知為了甚麼目的而存在的光陰，那，那才是真實，那，那才是人生。所以我要感謝曾經與我勾心鬥角的競爭者，也感謝曾投我一票或從沒投我一票的觀眾，甚至感謝在網上聊天室罵我 "死老鬼" 的網友。因為你們讓我知道甚麼是真實，甚麼是人生，無論是殘酷還是溫馨。我在序言中這樣寫。

玩擔水遊戲，雪碧跟我一組。雪碧先要喝破喉嚨地大叫 "樓下閂水喉"（板間房錄影室當然沒有樓下），讓站得很遠很遠的人聽見，我們的水喉才有水供應。我們要鬥快把水盛滿在木桶裏，然後拿著盛滿水的木桶飛奔往另一處，在限定時間內，哪一組能運水最多，便算勝出。這種運水遊戲必然令我們衣衫盡濕。男的，除了我，都是常常做gym鍛鍊的身型，個個肌肉暴脹。女的參賽者因為一律不准配戴胸圍，監製說那個時代的女人哪有錢買洋化胸圍，所以只穿薄薄的汗衫，濕身後，基本上與裸體已沒有分別。佩佩，請你不要胡思亂想。我那時候一點偷看她們的心情也沒有。我相信所有男參賽者也是這樣，專心一志地想著如何勝出而已，哪有空看她們的玲瓏浮突呢？

不知怎樣，當我那一組已完成計時賽，等待其他組別回來時，我忽然感到背後有一個冷冷的身體貼近我。我側過頭看，原來是雪碧。她冷得面色發白，在盡濕衣衫下瑟縮著的裸體，教人憐憫。她低著頭，目光卻又看著我。我完全明白她的意思。我於是用我肥胖的身體遮蓋著她的身體。沒有攝影機可以再看得到她的全身了。那個時候，佩佩，我只想著你。我做的一切都是為了要保護弱小的你。在這個水花飛濺、風雨飄搖的冷酷世界，你的身體依偎著我的身體，我們開始慢慢感覺到對方的體溫。我用自己的身體將你包裹著，你成了我身體的一部分，最中心的一部分。我感受到那該是三十天裏最溫暖的一刻。那一刻，我後來明白，亦是板間房精神的具體呈現。

在之後的遊戲競賽裏，如做醬油、擲飛機欖、用長竹晾衣服等，我和雪碧彷彿有了某種默契，只要她跟我同組，我們都可以順利勝出，獲得額外的美食與獎金。我在兩個月後推出的《板間房》

DVD上看到雪碧這樣對著鏡頭，描述我們的關係：他成熟啦、穩重啦、又懂得照顧別人啦，我與他相處，覺得好有安全感哩！對啊！有他在身旁，就像慈愛的父親看守著我一樣。你知啦，在這個敵友不清不楚的世界裏，你會感到好孤單、好可憐唷。你不知道有甚麼人可以信賴啊。但有他在，情況就很不一樣。我們可以結成盟友，對抗其他人。不過呢，我也非常明白，即使最後只剩下我和這個慈祥的父親在板間房裏，沒法子，我還是會狠心地把他淘汰出局的。這是遊戲規則嘛！最終，只有一個勝利者，奪得一百萬元。

甚麼是真情甚麼是假意呢？佩佩，我和你之間是不是所有東西都是千真萬確的？參加了《板間房》後，我竟然對我們共同經歷過、實實在在存在過的日子也產生了懷疑。那時候我完全陶醉在只有我們兩口子的世界裏，根本沒有問過你是否也一樣快樂。我看見你怔怔望著窗外出神，回想起來，你的注意力可能並不在窗內我們兩個人的小天地裏。

我在想，如果一段經歷有兩種截然不同的記憶，它會不會變得不再真實？

真實電視《板間房》，你應該明白我參加的理由。

在數十部攝錄機與竊聽咪，以及萬千觀眾的見證下，這裏的一切都會變成事實。狂龍對小青的慾念是真的，儘管他的過火行為可能只為了搏出位、引起注意。小青與鍾珍的仇怨是真的，兩個女人的鬥爭與對立，把整個房子的空氣也改變了，那是裝不出來的。Janet的大喊十、ET的魯莽衝動，都不是這些頭腦簡單的參賽者可以作假的。我只是對佐治仔的不動聲色，不太肯定他的虛實。對於偉明呢，常常拉著人聊天，說是為了尋找寫作題材，我是不會相信的。

我的回憶集快出第二版了，他的小說呢？怎麼還沒有寫出來？小說家都是大話王嗎？我一早洞悉了偉明的意圖，不過是與所有人拉關係、找聯盟，借機淘汰別人出局，每次他問我可否用我的過去作為他的小說材料，我都加油添醬，跟他說了很多很多我和佩佩二人世界的故事。

對不起，佩佩，你不要以為我出賣了你。我對偉明說了我和你如何用七天時間橫越了撒哈拉大沙漠、如何模仿奧迪西斯的航程在地中海揚帆尋寶、又如何在南太平洋潛入深海追尋藍鯨的遷徙路徑。我跟他描述，你戴上潛水面罩的樣貌是如何趣致。不要責怪我，佩佩，那個偉明實在虛假，我必須用真實去粉碎他以小說為偽裝的謊言，於是我不得不把關於我們的秘密也告訴了他。

那一年我和你去了亞瑪遜雨林，目的其實不是表面上的搜集稀有蝴蝶，只不過因為我們沒有甚麼朋友，根本就沒有朋友，於是就決定去亞瑪遜逃避寂寞，即使我們那時富足地擁有著對方。旅途疲憊，我們不斷向密林前進，差點忘記了蚊子，忘記了可怕的溫差，忘記了以往的寂寞。那是個我不怎樣記起的一次旅程，我也因此沒有太多細節向偉明述說，這是你可以放心的。

當然我還對他提到我們遍訪歐洲圖書館對證羅馬法典不同版本的那次經歷。佩佩，你知道，面對謊言，我寧願坦白。

我照直對偉明說了，校證羅馬法典的不同版本只是掩飾。我們已經很久不看書了，甚至連報紙也不看，遍訪圖書館，純粹為了古代書籍散發著的氣味。每到一個圖書館，我們連書也不翻，只坐在那裏閉目養神，聞著那種獨特的味道。我還跟偉明說了，那次你在布拉格的圖書館，坐在窗前，應該就是人說卡夫卡坐過的位置。五點鐘的陽光照進來，外邊白濛濛的一片，但你還是怔怔的望著窗外出神，彷彿完全忘記了來這裏是為了書香的目的。

佩佩，我可能錯誤地詮釋了整件事。一開始，我們一起旅行，你就不是為了圖書館的古籍氣味的。

我不厭其煩地向偉明、向《板間房》裏的人，甚至所有收看節目的觀眾複述我們曾經發生過的故事，也不過想證明，這些故事真的曾發生過，在你我之間。佩佩，如果你也在看這個節目，我也想你引證我的記憶，明白我的想法。只有我們共同的記憶，才有魔力令我們渡過的日子變成真實。我眼泛淚光的對著鏡頭說。有三十了的編導舉起拇指，滿意地笑了。

我在我的回憶集裏寫道：看著一個一個人的離開，板間房這個大家庭由熱鬧變得冷清。我作為這個家庭的"長者"，有點像父親看著兒女們遠走高飛，不期然湧現出一點點不捨的感覺。

讀者們不要以為我虛假偽善，即使大家過去的關係不盡融洽和諧，但又有多少個有血親關係的家庭真的會和諧融洽，毫無爭議呢？《板間房》確實給了我家的感覺。

有時候過分真實，反而令感覺變得有點虛幻。特別當參賽者一個一個地被淘汰，我不用再疲於奔命去對付他們，多了時間靜下來，面對著無數個攝錄機的鏡頭反射，我竟然開始懷疑，板間房內究竟從來有沒有其他人住過？他們會不會只存在於我想像世界裏？

如果不是想像而是記憶，我的記憶是否準確？我是最後離開的一個？抑或是最先抵達的一個呢？

假如這裏只有我一個人，誰又會與我建立共同的記憶，確定這裏的一切都是真實的？

佩佩，我不知你在哪裏，但我希望你正在收看。我開始懼怕找不到你存在過的痕跡。如果你也不存在，我又怎樣證實過去曾經發生呢？

不是這樣的，絕不是由始至終都只有我一個在板間房內，說著我自己編導的故事。

不是。

因為不能隔音的房間讓我的話被你聽到，那便成了真實，是我和你也沒法子改變的真實。

111

原刊《香港文學》2005年1月號

黑熊

◎ 韓麗珠

事件發生前十三天，並沒有任何能讓人想起的時刻。下午三時，半龍的視線從佈滿魚鱗和血肉的砧板，投向擠得滿滿的黑壓壓的頭顱和蒼白無神的人面，彷彿嗅到一種帶甜的腥香，這種氣味常常使他產生嘔吐的衝動。

藥店的老闆曾經斷定他的鼻子已經無從辨別魚腥的氣味，他也從來不曾順利地嘔吐。

魚的身體濕滑而富有彈性，他握著牠，但避免弄痛牠。魚在掙扎，他用刀準確地把魚從中央割開，魚便分成勻稱的兩半。他感到很滿意。魚以橫切面的姿態展示於人前，牠的血、肉、腮、細小的血管，和微微起伏的內臟，也赤條條地顯露，其中一半的身體神經質地躍起。

圍觀的人非常沉默，半龍確定，這些遙遠而熟悉的人，跟他一樣，失去了分辨腥氣的能力。他再次專注地切割那魚，挖空牠的腮子，把沒用的器官切掉，徹底地清除鱗片，再把剩下的軀體切成一塊一塊。那魚的知覺終於完全失去。他鬆了一口氣。觀看的群眾也鬆了一口氣。像以往一樣，他們陸續散去。

天色還有一點點的亮，地上殘餘的陽光還沒有消失，他看著那些不完整的光線發呆。

那些不完整的光線曾經投射在陌生人的裙子上、腳趾上、手臂上，那時他還是個瘦小的孩子，他母親比他胖一點點。他們擠在汗氣四溢的陌生人身體之間，觀看販子剝鵪鶉的毛皮。褐色的毛飄散空氣中，落在他們的鼻腔裏。破碎的陽光落在囚禁鵪鶉的木條箱子上，那空間過分擠迫，某些鵪鶉把頭從木條的縫隙擠到外面，很靜，不叫囂。被剝去毛皮的鵪鶉掛在木箱外的勾子上。他看不出牠死了沒有。當天色暗下來，人們便逐一離去。半龍蹲在地上注視著一撮光。黃站在他身後看他，勉強抑壓著笑的衝動。半龍發現她的時候，看見她身上黃色的雨衣，卻隨即想起她說過那是一件風衣，他們曾經為了這個問題爭吵不休。

他把洗淨後灰紅的魚塊塞進膠袋時，她說她丟了相機。難道你沒有留意嗎？這幾天我都沒有拍照。她問他。他確實看不到。當他抬起頭，掃視圍觀的人，那些人的臉孔模糊不清。

他留意黃只是因為她穿著一件黃色的雨衣，像他屋內掛著的那一件，還有她高舉照相機的姿態，很艱辛，像墮進懸崖中的人奮力往上爬。黃不斷走到偏遠的地方，假裝自己是一個旅人，寫下吃喝和玩樂的地方，拍下照片，刊登在雜誌上，賺取生活所需。

黃到達這個島上的第一天，就看見酒吧被人群擠得密不透風，人們像蜜蜂般緩緩蠕動。酒吧內的大熒幕正播映新聞報道。關於一場暴動，那似乎是一場持續過久的暴動，他們朝房屋和警察扔汽油彈，在馬路上把車內的人拉下來，用腳踢他們。黃看了很久，才發現那地方是她的出生地。新聞報道員不耐煩地說出死亡數字。四周很靜，人們各自喝不同的酒。

過多的旅客在日漸擠迫的島上住下來，像躺在自己的家，曬太陽，呆坐。下午三時，聚攏在燠熱的菜市場內，圍觀某種家禽被剖開的過程，成了生活中不可缺少的部分。

他們把魚帶進一所旅館。最初，半龍住在東翼的一個房間，黃的房間在西翼。黃決定逗留在島上之後，為了節省旅費，她要求住進半龍的房間，理由是她要以半龍的生活和工作為遊記的主要部分。半龍問她，這裏是不是很腥？黃卻告訴他，那遊記將會刊登在一本世界性的旅遊雜誌上。半龍卻對旅遊雜誌一無所知。

晚間新聞報道之前，半龍要把日間宰割的魚吃掉。黃每天用不同的方法烹調那尾已死去多時的魚，當她吃得津津有味的時候，他總是說，那魚使他的舌頭發苦。

關上燈之後，他們往往不肯合上眼睛，為了延緩一天的流逝，他們通過交談探知彼此的過去，以暫時忘記對另一天的恐懼。

"那時候，日子也是這樣短促嗎？"

"我覺得現在的時間很漫長。以前，日子總是一閃而過，快得我無法看清。"

"以前，你在哪裏？"

"來往在不同的地方，好像總是在途中。"

"那是有趣的體驗。"

"不。每個地方都是一樣的。在熟悉的軌跡裏，每個地區都能找到相同的路標。"

"那麼這裏呢？"

"這裏只有黑沙海灘、菜市場、酒吧和旅館。下雨那天，我一直向前走，發現了另一個黑沙海灘，也有菜市場、酒吧和旅館。"

"我一直都不知道。"

"你沒有離開過這裏？"

"沒有比菜市場更適合我的地方。"

"你應該到處走走。"

"你還會回家嗎？"

"新聞報道提及那裏，瘋狂的群眾發動暴亂，他們隨意在街上攔截車子，俘虜車內的人，砍掉他們的頭。"

"沒事，那地方不在你家附近。"

"不，很近。"

"我以為很遙遠。"

在黃的構想中，遊記的第一部分，關於島上所有建築物的木窗子。黃早上從雜亂的夢中醒來，木窗子令她確定自己身處的地方。她推開那窗子，陽光射進陰暗的房間，窗外是黑沙海灘。黑沙上不規則地排列著許多頭顱。偶爾，她不厭其煩地點算頭顱的數目，數字代表不同程度的吉凶。旅客喜歡把身體埋在黑沙裏，只露出頭部，這時候他們閉上眼睛，享受陽光或紫外光。黃一直認為黑沙是老鼠的世界。

接近中午時分，大部分的木窗子倘開，露出不同顏色的窗簾，在飛揚。黃的窗簾是白色的。半龍告訴她，把木窗子關上，世界便暫時封閉。黃認為這種想法過於天真。不過，在她未完成的遊記中，她建議讀者，到達當地的旅館後，把木窗子關上，"世界可能得以暫時封閉。" 她這樣寫。

每天中午，一天內唯一的一艘船會駛近碼頭，新的遊客從船上走進陌生的地方，他們看見一個骯髒狹小的島，島上的人臉部黝黑，身子蒼白。

黃在島上待上一段不短的日子後，開始嫉妒每個初次踏足這個島的人，他們以無知的目光探看這個島上的一切。

黃每次抵達酒吧時，牆上的電子時計也顯示出一時三十分。最初，黃為這冥冥中神秘的巧合而暗喜，隨著停留在島上的日子多得無法數算，時間便失去了獨特的意義。一時三十分，電視新聞報道開始。新聞報道員用十五分鐘敘述A區的屠殺事件。 A區是一個遙遠的地方。對黃來說，A區只是地圖上的一個不規則形狀。她聽不懂A區居民的語言，也無從辨別每個A區居民輪廓的差異。新聞報道員說，住在A區的撒爾巴族人經營的商店遍佈A區，大部分撒爾巴人卻長期處於失業或就業不足的狀況。凌晨時分，哈拉哈族人居住的區域被蓄意縱火，許多哈拉哈人在睡夢中活活被燒死，無法逃出火海，屍體捲成一團。消防員在大火焚燒三小時後到場，新聞報道員說出死傷者的數目。黃在吃一件雞塊，幻想雞被殺時的感受。牠無法理解肢解是怎樣的事情。黃自多年前開始，已明白她無法成為一位素食者。撒爾巴人在馬路上截停哈拉哈人的車子，把子彈打進他們的頭部，或把他們拉出來，砍下他們的手或腳。攝影機對著一群哈拉哈孩童的屍體，一個哈拉哈老婦在一旁大叫：真神會殺死他們。她的聲音沙啞而刺耳，酒吧內的人便忍不住笑了起來。黃看見坐在另一張桌子的旅客在搖頭嘆息，就知道他們是剛到達這個島上的外來者，其中一個戴眼鏡的女孩甚至流下眼淚。

　　一時四十五分，新聞報道員描述伊拉克激進分子處死人質的過程。蒙臉的人亮出小刀，人質低頭跪在鏡頭前。新聞報道員說，他們用小刀割下他的頭。黃總是感到刀子太小，切割硬物並不容易。密集的新聞報道是島上旅客的主要娛樂，他們打賭下一個人質的下場，釋放或處死。

　　酒吧的侍應關掉電視機時，電子時計顯示出二時零五分，黃發現兩旁都擠滿陌生的人，他們愈挨愈近，都想霸佔她的位置。出於自衛的本能，她拚盡能耐，以敵意的目光掃視他們。

　　半龍對於升降機的記憶，分裂成許多碎片，丟失在不同的角落裏。島上的孩子長大後，迫不及待地遷進擠擁的城市，餘下的人愈長愈老，像一堆風乾的樹枝。樓房的外牆剝落，居民從沒萌起過維修的念頭，為了逃生或互相照應，他們聚居在大廈最接近地面的數層。升降機長期處於關閉的狀態。

　　他看見黃身上的雨衣，那雨衣跟掛在他家牆上的那一件一模一樣，牆上的雨衣佈滿蜘蛛網和塵埃，使他感到黃是個不整潔的人。黃高舉照相機，越過人群的頭頂，拍攝半龍宰魚的情況。以後的日子，他想到這一幕，就肯定將來的某一天，他會被不知名的物體追趕。他以異乎尋常的速度逃跑，心裏卻莫名地興奮，快要到達大廈時，他看見人們魚貫走進升降機。那物體將要抓到他，他推開阻礙他的人，但那不是升降機的內部，約二十層樓之下的位置，技工正修理一部破舊的升降機，他們在漆黑的洞穴裏亮了燈，頭戴黃色的安全帽。他掉進那洞穴裏。他知道會有這樣的一天。

半龍由此斷定，黃是個不祥的人，可是他無法避開她夾纏不清的問題，而且在對話中，滋長了前所未有的樂趣。

黃住進他房間的晚上，黑熊不請自來。那時候，黃睡得很熟，黑熊推開雜物櫃的門，走出來，在房間裏踱步。他已經有許多年，沒有見過黑熊，他以為牠已被消滅，但牠一直在某個地方。黑熊臉上沒有任何表情。他閉上眼，以免直視牠的眼睛，然後把身體縮成最小的一團，不呼吸也不發出任何聲息。他樂觀地想，也許黑熊不會發現他的存在。黑熊走到他們兩人之間，沒有更接近，但也不離開，只是伏下來。半龍嗅到黑熊濃烈的體味。他始終不知道，黑熊的目標，是黃，還是他。

黃丟失了照相機之後，再也沒有拍照，擱置了未完成的遊記，雜誌社給她打電話，她任由電話一直響，直至電話處於一種完全靜止的狀態。

但黃一直不竭止地構想遊記的內容。除了木窗子，還有菜市場的屠宰表演，她要告訴那些從未踏足這個島的讀者，每天下午的屠宰表演，是島上的遊客不得不看的節目。下午三時，群眾聚集在菜市場的入口，販子每天安排不同的人公開屠宰家禽。黃曾經看過一隻母雞，被販子從雞群中揪出來，母雞一直在叫，但黃不理解雞的話語。販子把雞的頭部往後拗，鋒利的刀在雞頸上一抹，雞的尖叫便非常絕望。販子把雞扔到一鍋子沸水之中，黃甚至聽見負傷的雞在鍋子裏胡亂碰撞的聲音，她便遠離人群，往黑沙海灘的方向走，弄潮有節奏的聲響愈來愈大，淹沒了雞叫。

黃會在遊記中提醒她的讀者，觀看屠宰表演，需要堅忍和耐性。她後來看見一尾魚被剖開一半後，內臟微微跳動。販子飼養一群魚，然後親手宰殺牠們；她又觀賞過販子把青蛙放進一鍋水中，把水慢慢加熱，直至熱得沸騰起來，青蛙在毫無準備之下，便進入了死的狀態。黃便慢慢領悟，表演中隱藏的意義，她愈發沉迷地觀看菜市場的屠宰表演。

可是黃也不得不承認，此後她每次進食肉類，那再不是一團食物，而是從某個生命扯下來的一塊肉，她要咬碎它。她一邊進食，身體各處便產生不知名的疼痛。她要寫下這一點，但又認為不應該讓其他人洞悉，無論寫或不寫，都使她生出同等的罪惡感。遊記的第二部分便在這裏戛然而止。

一時四十分，島上所有旅客都在酒吧內，黃擠在他們的身體之間，呼吸著渾濁的空氣，看不到電視機的熒幕，新聞報道員轉述伊拉克激進分子要求，還有三十八小時，得不到答覆，他們便會砍下人質的頭。

黃在吃魚的時候，感到頭痛欲裂。一時五十分，黃推開陌生人的肩膊，走出那酒吧。半龍在菜市場的入口等待她。黃看見他從水中撈出一尾魚，魚張開嘴鼓動腮子在掙扎，他放下牠，又撈出另一尾魚，那魚掉到地上扭動身體，他拾起牠，拋進水中。黃始終不敢把手探進魚的世界。屠宰表演開始前一小時，半龍帶她參觀腥冷無人的菜市場，讓她得到更多遊記的資料，她沒有說出，撰寫遊記的計劃，遙遙無期地擱置。

菜市場的燈全被關掉，幾隻老鼠不情願地閃避他們。黃看見賣水果的攤子蓋上木板。蔬菜的攤子鋪著帆布，販魚的攤子，沒有人，不同種類的魚在狹窄的水族箱內艱辛地游，牠們每次轉身也發現剩下的空間愈來愈少。有一尾魚突然躍出，半龍拾起牠。黃嗅到一種味道，忍不住多吸幾口。雞把頭伸出籠子的欄柵之間，半龍和黃在雞籠與雞籠之間經過，雞隻此起彼落地尖叫，都爭相啄食他們的頭臉和耳朵。肉檔只有發鏽的刀擱在砧板上，垂掛的內臟和肉塊都被收起來。

地上躺著半頭豬，牠被人從中央剖開一半。他們看見牠被拔光了毛的身體，內臟被掏光了，骨骼清晰可見。牠半掩著眼睛，臉和鼻子都帶著死的灰白，腿部有一個紫藍色的蓋印。

黃聽見半龍說，他從小就常常到菜市場。〝我曾經看過跟這一頭一樣的豬，那時我的體積很小，豬的體積也很小。牠只剩下一半的身體，被人任意放在地上。我以跟牠相同姿態躺在地上，菜市場的地面冰冷而黏濕，有肉碎和血塊。等了很久，牠也沒有對我說任何話。〞

半龍無法坦白對黃說出，他的母親常常揹著他上菜市場，給他穿過大的拖鞋，他懸空搖晃的腳無法抓緊下墜的鞋子，以致他的母親放下他時，他沒穿鞋子的雙腳被迫踏在濕滑的地面上。他便嫉妒那些穿上鞋子的人。跟他同齡的孩子長大後紛紛逃出這小島，他始終無法找回他的鞋子。

黃看見菜市場的電子時計顯示二時五十分。那天，半龍會進行一場屠宰表演，她不知道他要宰殺甚麼，是一尾魚，還是其他。

他們回到菜市場的入口，水池中的魚很久才扭動一下身體。觀眾已在等待他。他們撐著傘子，坐在矮凳上，靜默地，瞪著眼睛。半龍發現他們的臉都沒有差異，就像複製出來的臉孔，而他們的身體發白，即使在猛烈的陽光下，也是一種令人看後感到寒冷的顏色。

圍觀的群眾愈來愈多，他們第一次聽見半龍開口說話。半龍沒有抓起水池中的魚，他告訴他們關於黑熊的事。沒有人知道黑熊的存在。

〝當這個島還沒有發展成旅遊區，黑熊就開始出沒。見過黑熊的人不多，島上的原居民愈來愈少。當我還是個孩子，黑熊就在不遠處，牠喜歡用鼻子嗅孩子，而孩子不以為然。我年紀漸長，就知道黑熊是危險的動物。〞 他們其實不喜歡他過分乾澀的聲音，因此毫不掩飾不耐煩的神態。

「黑熊有牠自己的生活空間，但牠對人類的居所卻漸漸表現出不合理的好奇，例如，牠常常仰望樓房的窗子。我不知道牠進入民居有甚麼企圖。曾經有一次，黑熊在深夜潛入我家的屋子。我家有五人，分別睡在三張床上。黑熊走進來，湊近我們的臉，像探看我們還有沒有鼻息，接近得可以輕易吃掉我們的頭。除了我看見牠闖進來，別的人都在睡夢之中，我不能喚醒他們，也不敢驅趕牠，黑熊便留在我們的屋子，久久不動，直至天亮。」

旅客提出他們可以捕捉那隻黑熊，然後屠宰牠。有一些人質疑黑熊出沒是一個荒謬的說法；另一些人阻止半龍繼續說下去，他們建議他抓起一尾魚，立即開始屠宰表演。有幾個人再等不下去，走到半龍身旁，捏著受驚的魚，用不純熟的刀法，在魚身劃破一道縫。

黃迫切地感到必得記下些甚麼，不然，她會被捲進島上巨大的漩渦裏。她要記錄小島和外界唯一的連繫。每天午間一時三十分，她坐在酒吧裏，熒幕顯示出她習慣面對的世界。伊拉克的激進分子綁架一個土耳其人質，A區再次發生暴亂，一輛載著三百多人的客機在阿坎巴山脈上墜毀。黃在吃肉，當她收看新聞報道，再也不感到自己身處在一個不知名的島嶼上，熒幕上的世界如此真實，她日常生活卻無比虛空。

她曾經繪製關於小島的地圖，地圖以黑沙海灘為中心點，然後是旅館、菜市場和酒吧。為了更準確地標示每個地點的正確位置，她徒步環繞小島一遍。黑沙海灘的盡頭是她所能到達最遠的地方，那裏沒有一個人。她看見另一幢旅館、酒吧和海灘，她便停下腳步，返回她熟悉的酒吧裏，電子時計顯示一時三十分，她懷疑那是錯誤的時間，無論她故意延誤或提早，抵達酒吧時也看見同樣的時間。幾乎所有旅客都聚集在酒吧裏，觀看當天的新聞。

電視播出人質被綑綁，蒙面的黑衣人把刀架在他的頸部，揪著他的頭髮，另外兩個女人質在尖叫。他說了一句話，黃看見字幕上顯示那是一句求救的話。片段完結。新聞報道員說另一個英國女人質被槍殺。片段播出女人質生前的生活照。坐在另一張桌子上，戴眼鏡的女孩跟她的同伴一起喝倒采，酒吧內一部分的人卻高興得歡呼起來。黃看見戴眼鏡的女孩不再流著淚看新聞報道，對她的妒恨便一下子消失了影蹤。

"觀看新聞報道是旅客的主要觀光活動之一。只要在島上待上一段較長的時間，旅人便會認為島上頻仍的新聞消息，是捏造的謊言，或虛構的世界。事實上，旅人不得不抱持這個想法。" 黃打算在遊記的任何一部分寫下以上的句子。她無法停止構想遊記的念頭，甚至在一張廢紙上記下：旅人之間會互相渲染這樣的想法：消息是假的。為了促進該地的旅遊業，島上的人不惜編造各種殘酷的消息，使旅客一再延遲回到原居地的日子。但旅客並沒有跌進這個陷阱裏，他們以消息的內容為賭博遊戲，賭注的大小隨心意而押下，有些人因而賠上回程的旅費，一直停留在島上。

黃打算完成遊記後，便立即離開這個島，可是她只能記下零碎的句子，無法湊合完整的篇章。每天早上九時、一時三十分、三時和七時，她也處身在特定的地點，做著相同的事，就像一連串沒有意識的活動，她發現電子時計顯示出一樣的時間，很久很久，才覺悟自己陷在島上牢固的習慣裏。黃每次看過新聞報道後，便急欲回到島上平靜的規律之中，她為了無法遠離這狀況而懊惱不已。

黑熊走遠後，半龍便起來，推開木窗子，發現深藍的天空，還沒有變白的跡象。他慶幸黃在熟睡之中，絲毫沒有察覺黑熊的到來。在微弱的光線下，他看見五、六隻黑熊在黑沙上走過，留下深陷的腳印。天空愈來愈亮，他聽見烏鴉和孩子的哭叫，第一批泳客到達黑沙海灘，他們坐在黑沙上，專注地把沙子推在對方身上，直至整個身體埋藏在沙堆之下，只露出頭部。大部分的木窗子緊緊地關閉著，使樓房像完美無缺的木盒子。

下午一時三十分，島上所有的人擠在酒吧收看新聞報道。一批黑熊在沙灘上走過，半龍看了牠們一眼，牠們沒有發現他。他擠進人群中央，在大量軀體的掩護下，瞥見長長的黑熊隊伍往海的方向走去，人們陌生的身體又阻擋了他的視線。

後來他發現黑熊在屠宰表演前，潛進濕冷的菜市場。十多頭黑熊分佈在菜市場不同的位置，有些嗅著地上的半頭豬屍，有的漫無目的地踱步，另外的幾頭圍著雞籠，卻遲遲沒有行動，有的啣起了水池中的魚。其中一頭看見半龍，朝著他走過去，露出銳利的牙齒。

他竭力擠進圍觀的人叢裏，販子正表演如何屠宰一頭豬。那是一頭幼豬，販子把滾燙的水淋在牠身上。黑熊站在販子身後，凝視幼豬。幼豬躺在地上，頸部有致命的傷口。他看見眾多黑熊逐漸走近，包圍著人群，牠們在嗅旅客的衣服和孩子的頭髮。半龍不明白為甚麼人們對黑熊視而不見。他拚命擠人群裏，不作聲。沒有人發現黑熊。

人群散去時，黑熊混在人潮中，他竭力保持鎮定。當他看見別人臉上自若的神情，便告訴自己，這不過是一種幻覺。黑熊尾隨著他，將要碰到他的身體時，他加快腳步。

他走進旅館，趁黑熊還沒有追上來，立即關上門。黃在房間裏，烹調一尾魚，由於空氣不流通，油煙和腥氣久久不散。他打開木窗子，看見黑熊佈滿黑沙海灘，其中一部分朝著旅館的入口進發。他坐在沙發上，打開一張報紙，卻無法閱讀上面的內容，那只是一堆沒有意義的字。黃一邊燒魚，一邊哼著歌，他感到時間過得非常緩慢。

新聞報道的前奏樂響起時，黑熊從壁櫥中跳出來。他扔下報紙，走進睡房，打開衣櫥的門，躲進去。黑熊在他坐過的沙發嗅了嗅，看了熒光幕一眼。電子時計顯示七時零五分。黑熊跑進房間，輕易地在衣櫥的縫隙發現他。牠用鼻子探索那道縫，他第一次直視牠的眼睛，牠並不憤怒，只是以一種非生物的目光看他。他坐著不動，牠停留了一陣子，便轉身離去。他感到牠已離去，並朝著黃走去。他聽見自己的呼吸聲和黃斷續而遙遠的歌聲。黑熊走遠，但沒發出任何聲音。他把身子縮進衣櫥的角落，幾乎能看見黃的下場。在黃還沒有發出第一下尖銳的叫聲之前，他默默祈求牠別要咬掉她的眼睛。他憑著那雙眼睛辨認黃。

原刊《香港文學》2005年1月號

床

◎ 謝曉虹

但，這是怎麼發生的呢？

我只是記得那些床的形狀，它們有的寬闊如廣場，彷彿可以在上面跳舞，有的像鋼絲一樣瘦窄，一不小心便會從上面掉下來，而我只是渴望燈很快便會熄滅，那麼床便會沉澱成像焦油一般稠黑的漩渦，我可以就這樣，墮入睡眠的最深處。

於是他們不再發問。雖然，射燈照樣刺痛了女孩的雙眼，她看到那些戴上了面罩的人，紛紛露出陌生的眼睛，但那個護士開始為她注射麻醉藥，女孩知道睡眠已經不遙遠了，便閉上眼睛，任由他們拿著各種冷冰冰的器具走近來，以不脫色的墨水筆，在她的肚皮上劃上記號，把她的皮膚像柚子皮一樣剝開，再從她的身體裏，取出那個蜷曲如豆的死胎。

那時她感到異常平靜，知道沒有人會把她從床上推下去。藥物開始產生作用，她感到肌肉連同骨骼，一下子像解開了繩索束縛的柴枝一樣散開，落在水面上，漸漸的，就像半透明的水母，她感到自己已經失去形狀，連記憶都開始軟化。她想，是那時候開始，她愛上了慘白虛浮的病床，以及醫院裏令人昏昏欲睡的氣味。

醫院裏，米白色的窗簾都非常厚重，風偶爾吹動它們，躲躲閃閃的光便從窗外溜進來，在那些不知是熟睡了還是已經死去的人面上一晃而過。

護士們在病房進行例行的巡視時，在最末一張病床上發現了女孩。"沒有有關她的記錄。""看來既不是病人也不是家屬。""但她是怎麼進來的呢?"醫院的圍牆那麼高,而且都撒了玻璃碎片,像這種事從來沒有發生過。那些護士議論紛紛後,也沒有得出甚麼結論。"不過,她不能總是這樣躺在病床上。"醫生點點頭:"那我們試著喚醒她吧。"於是他們都彎著腰,像一群俯身趨食的鴨子,把嘴唇貼上女孩柔軟的耳窩,呼喚她,以越來越嘹亮的聲線。病房裏沉睡已久的病人受到驚嚇,都紛紛蘇醒了,像是從地球另一端遠行後歸來,帶著異域的目光。他們好奇地看著女孩,然後蹣跚地走下床,漸漸把女孩包圍起來。他們同樣高聲地叫喚她,好像怕女孩仍流連在她的夢裏,而且像陷進泥淖一樣,越墮越深。

在女孩居住的地方,原來便只有一張床,蟄伏在房子的核心。

每天夜裏,女孩、姐姐和父親共同躺在床上,共同入眠,偶爾,他們會在夢中相遇,像高速公路上的車擦身而過,但卻沉默不語。他們已經習慣這樣,像是習慣在同一所房子裏,忘記彼此的存在。這對他們來說,並不是甚麼值得驚訝的事。

最初的時候,女孩認為那是一張巨大的床,直至她和姐姐的身體開始無法抑止地變大,床便變得越來越小。晚上,他們的大腿和手臂重疊勾纏,像屠宰場裏脫了毛的、被隨處丟棄的豬,他們的夢便變得黑稠稠的,而且漸漸沉重如鐵。驚醒過來後,他們嗅到彼此身體發出酸臭的汗味,便彼此抱怨,用力撕扯觸手可及的頭髮,直至極為疲倦。當他們再次入眠,窗外常常是無星的夜,城市的燈光異常嘈吵,他們的臉上露出時而憂傷,時而兇狠的表情,嘴裏不住冒出一串串猶如泡沫般容易破滅的囈語。他們知道,過於深沉的睡眠是必須提防的,因為不小心熟睡過去的人,總是會被狠狠的踢下床,第二天醒來時,才發現自己蜷縮在地上,渾身的骨骼疼痛不已。

床那麼脆弱,好像已退縮成一根浮木,但那時候,他們誰也沒有放棄，仍然想要把它緊緊的抓住。因為，他們那麼渴望睡眠，像世界過去後，仍渴望另一個國度一樣。

　　女孩在一個令人猝不及防的時刻醒來，那時她已經在醫生的應診室裏，躺在用來替病人檢查身體的床上。她的衣服被脫光，因為連一片遮蔽身體的布塊也沒有，所以渾身佈滿如米粒般精緻的疙瘩。

　　醫生的脖子上掛著聽筒，手裏拿著幾張X光片，正抬頭在看。女孩不知道X光片上那副慘白的骨架是否屬於她的，但她感到醫生根本不必瞟她的身體一眼，就已看進她的骨子裏去。此刻她是透明的，誰也知道她的心臟在疲乏地在跳動。

　　醫生對女孩展示了一個優雅的笑，他的牙齒非常潔白，近乎虛假。女孩睜著眼睛看他，卻仍躺在床上。

　　"你住在哪裏？"醫生問："離這裏遠嗎？"

　　女孩搖了搖頭："即使那個地方仍然存在，我也已經忘記了回去的路。"

　　"你可以在這裏留下來。"醫生想了一下說。

　　"但，我會擁有屬於我自己的床嗎？"

　　"只有病人才那麼需要一張床。"醫生好像有一點生氣，"依我看來，你的身體沒有一點毛病。"

　　"難道，你從不需要床嗎？醫生。"女孩不相信地問，並且注意到，醫院如此靜默，似乎所有的人都已經沉睡，而醫生竟沒有呈現一點疲態。

　　醫生沒有回答女孩的話，他想起，自從許久以前開始，他便一直遠離睡眠，在灰濛濛的清晨裏，醫院外彎彎曲曲的石路，一直延綿至那片深綠的草坪以外。鴿子受驚起飛，隱沒在陽光中——那經已離他非常、非常遙遠。

女孩走了非常遙遠的路。從夜半開始，她推開住所的門，步下骯髒的長梯，一面哭泣一面訴說自己的父親如何死去：「他倒在地板上，頭歪向左面，血自他的嘴角一直流淌⋯⋯」她已經穿過了廣場，來到一列關閉了的食店前，那些鐵閘沉沉下垂，一個清掃街道的人給了她一巴掌，並告訴她：「你的父親並未死去。」女孩才從夢中驚醒過來。

　　當女孩一面擦著莫名其妙的眼淚，一面沿著熟悉的路回到家裏的時候，一切已經來不及了。房子非常暗，床上像是有埋伏的巨獸。她掀起那隆起來的被褥，發現父親和姐姐已經佔據了睡床。但他們似乎不再需要顏色明亮的睡衣，都脫光了衣服，緊緊擁抱，指甲深深的掐進對方背上的皮肉。他們看來都已熟睡，像兩個緊緊相連的胚胎。無論女孩如何用力，也無法把他們分開。他們那樣沉重，要想把他們推下床去，已是沒有可能的事。

　　女孩只得坐在地上，整夜聽父親與姐姐發出低低的哀吟，像是昆蟲變形前，最後的叫聲，延綿著，不願意停絕。空氣裏似乎充滿了快將沉澱的奶油，令人悶熱難耐。

127

　　這樣的事情延續了許多個晚上，父親與姐姐不厭其煩地一再演示單調無味的動作，直至女孩相信再也沒有重新獲得睡床的機會。「如果能夠好好地抵禦夢遊症的突襲，現在失去睡床的，也許並不是我。」女孩已經許久沒有合上眼睛，她低著頭，憂傷地捏弄著自己的腳趾，她知道，如今，她必須離開這裏，才可以找到延續睡眠的地方。

　　那些護士認為，女孩如果要在醫院裏留下來，便必須要像她們一樣，每天把動彈不得的人送上床，在他們渾身上下都插滿喉管，直至他們只能發出急促的喘氣聲。

　　「事情非常簡單。你還可以學習為他們進行注射，只要褪去煩人的褲子，讓他們翹起屁股，然後把針狠狠扎進去，很快，他們便會沉睡過去，像布偶一樣安靜。事實，過了不多久，你只消拔去一切，把彷彿洩了氣，已經萎縮，並變成青紫色的他們包裹起來，送到停屍間裏去便可以了。」

女孩於是換上和她們一樣素白的衣服，像接過嬰兒一樣，從她們手裏接過一個剛剛死去的人。那個人非常輕，簡直就像是被人挖去了內臟，只剩下外殼一樣。而他的臉孔已經縮成又乾又皺的一團，像一顆瘀青色的葡萄乾，再也無法分辨性別。

護士帶著女孩，找到一扇過分狹小、容易被遺忘的門。那扇門後，有一道像蛇一樣盤結而成的梯階，沿著它一直盤旋下行，經過其他別的、緊閉起來的房間，便可來到醫院地庫的最底層。

推開那一扇沉重的金屬的門，女孩的眼前是兩排隱藏在牆上的抽屜，都編了號碼。女孩隨意打開其中一個，發現裏面是一具半開著眼的屍體，嘴唇微微張著，像是在剛剛想要開始唱歌的時候死去。女孩接著逐一把其他的抽屜都打開，但發現沒有一個是空的。

「這些都是沒有家人認領的屍體。我們把信寄出，撥了電話，告訴他們親人已經死去的消息，但他們一再假裝忘記了這樣的事，我們也沒有一點法子。」護士這時告訴女孩，並把其中一個抽屜裏的死人，像鬆軟的海綿一樣壓下去，然後接過女孩手上那具屍體，把它疊在上面。那些抽屜那樣細小，而且都已經是滿滿的了，如是女孩知道，這裏並沒有供她睡眠的空間，與此同時，她注意到一扇通往外面的玻璃門。

「那是埋葬屍體的地方——但其實我們只是把腐爛了的屍體就這樣丟出去。」然後護士故作神秘地告訴女孩：「醫生每天晚上都會到這裏來。有人說他整夜與屍體交談，當然他也在這裏栽種有毒的玫瑰。你想想，從不睡眠的人，夜裏一定非常，非常寂寞。」

女孩便把門推開，成群色彩斑斕的蝴蝶就這樣撲進來，空氣裏有腐屍和玫瑰的香氣。

那是睡眠混和微菌的氣味。女孩經過一列躺在路旁的人，他們的臉孔都被長長的頭髮所遮蓋，各自擁著自己的被鋪、疊起來的紙箱和成串的塑膠瓶。那些人一動不動的，似乎已經入眠，但有人突然支起身體，大聲驅趕女孩離去。女孩退縮在一角，打開僅有的記事本。密密麻麻的名字，以及陌生的街道名稱便展現在她眼前。她很快便選定了一個朋友，並從地圖上確了認她住所的位置。

她之所以選擇了這個朋友，並不因為她們特別友好，而是因為她到她家裏玩耍時，曾經發現那裏有一張巨大的粉紅色的床。像那樣的床，最少可以躺五六個人，她想。

女孩按響了門鈴。來應門的是一個半張臉抽搐的男人，他左邊的嘴角一跳一跳的，看上去像是無端的歪著嘴在笑。女孩記得那次到朋友家裏時，當她們正無聊地擺弄著那些塑膠娃娃，男人便一直坐在那張巨大的床上，不耐煩地抽煙，腳邊散落好些萎靡的煙蒂，看上去像是剛死去，還帶有餘溫的蟲。男人偶爾瞟她們一眼，好像便要把她們轟出家門似的。

女孩重新看了一遍那個本子，確保自己準確說出了朋友的名字。

"死了！"這是男人的回答，然後他便頭也不回地往回走。

"那沒有關係……"女孩仍站在門前。

"我只是需要一點點……"

男人停在那裏，似乎是在等待女孩說下去。

"你的床，我只要一點點的位置。"

男人這時略略回過頭去，從那張幼嫩的臉至那雙跐著拖鞋的腳，認真地打量了一下女孩。這時他的嘴角跳動得更厲害，像是隨時要狠狠揍人一頓，但他卻走近來，伊呀的打開了鐵閘，讓女孩走進去。

在碩大而幽暗的房子裏，只有一個房間亮了燈。那裏放著那張女孩曾經見過的床，女孩欣喜地發現，它仍然像過去一樣巨大。這時她也清楚看到，床是以雕花的木製成，床墊軟軟的，女孩一摸，還有著餘溫。男人的影子這時沉默地向女孩趨近，女孩便看到他抽搐著的半明半暗的臉，而她已經倒在那張床上，像整個人投進溫熱的海水裏一樣，她感到呼吸開始困難。這也許是，無可避免的事吧，那是女孩在失去知覺前所能想及的事。

死去的人被送走後，病床沒丟空多久，一個老頭很快便被搖搖晃晃的擔架抬進來。老人的面貌已經被大小不一的斑點及像蝴蝶翅膀那樣張揚開來的皺紋模糊了，但女孩還是很快從那張臉上，辨認出父親的輪廓。父親的頭勾著，脖子垂下來，皮肉疲乏地一圈接著一圈溢出，暗黃的臉上卻出奇地泛著兩片紅霞，像是睡得很熟。

女孩為父親脫去了原來的衣服，換上病人穿的那種很容易便能除下來的白色寬身大袍及褲子。父親的身體已經開始縮小了，女孩注意到，而且輕飄飄的，手腳像一截截空洞洞的藕，任由她隨意擺弄。女孩便把父親放在床上，覺得他像一個過早老去的兒童。她就這樣守在父親身旁，期待在他在半夜裏第一次醒來時，把他吵醒。但過了不久，她的頭枕在父親柔軟的肚腹上，頭髮像扇一樣散開，在毫無預兆下，便已經進入夢鄉。

夜色漸漸如湛藍的綿密的網，自醫院的高牆擴展，然後把整座醫院大樓以及草坪罩住。黃昏時分，醫生在牆角開始修剪玫瑰的枝葉，沿著玫瑰的蔓藤一直攀緣向上，現在來到大樓的腰腹。醫院的範圍內，一片寂靜的背後，潛伏著綿長的呼嚕聲。未完全腐化的屍體與夢裏的人低聲交談。這些聲音，醫生已經非常熟悉，但他驚訝的發現，自己竟然就在這時，向著天空打了一個長長的呵欠。月亮像一隻孤獨的眼睛，狠狠地盯著他。

他們搬來特大的螢幕，每天從早上至中午，反覆播放血淋淋的畫面，並且指著熒幕上各式各樣的死胎、流瀉的血水，鉅細無遺地描述流產的過程，直至一些學生扶著牆、彎著腰開始在嘔吐，而地上很快便滿佈一灘灘如荷葉般張揚開來的穢物，引得活潑的綠頭蒼蠅迅速聚攏。

"她們把昨夜的飯菜都吐出來了。" 一個教員檢查了嘔吐物後，向站在台上的訓導主任報告說。然後，她們便一起朗讀聖經。"不可姦淫！" 他們引領她們說。在雨天操場上，女生們彼此緊貼地站著，渾身是淋漓的汗水。女孩在其中，瞥見訓導主任拿著一把長尺，在她們的身邊經過。訓導主任非常嚴厲，但這些夜裏，他的床卻一再寬大地接納了女孩。在陽光逼近的時候，訓導主任甚至仍然抱著她的腳，哀求她再次留下來。

女孩漸漸明白，事情一直是這樣，當有些門關上的時候，另一些門卻向她敞開。夜往往過早地降臨，女孩穿梭於城市的街道，走進不同的門，然後，她才發現自己來到了一片荒野上，四周是吐著舌的孤瘦的狗。風沙擦過女孩的臉，她感到異常疼痛。血沿著大腿往下滴時，在地上綻開如初升的太陽。女孩開始懷疑自己其實從未入睡。

131

父親常常在半夜裏驚醒過來，發現病房裏所有的人都像屍體一樣安靜。感到異常害怕的父親抓著被褥的一角，小聲地叫喚，希望有人注意到他。當瞳孔適應了黑暗後，父親漸漸看到甚麼在晃動，像是病人的靈魂，在病房裏不辨方向地行走，他便悄悄地、艱難地爬出房門，盡量避開他們的身影，向著走廊大聲地叫嚷，直至一大批護士前來，亮起了走廊的燈，發現病房不過仍是平平常常的房間。

發生甚麼事呢？父親還沒來得及爬上床，把自己蒙在被窩裏，護士們便把他包圍起來。父親沒有做聲，嘴唇微微顫抖，似乎想要為自己辯解，卻搜尋不出話語。委委屈屈的他雙腳微微向外彎曲，一直顫抖著，沿著那一雙腿往下瞟，護士們都看到，黃色的液體正在熱乎乎地流瀉，然後像遲來的黃昏一樣在地上漫開。

你知道嗎？這裏有無數的床……女孩把父親放進一個大木桶裏，為他洗擦身體時，告訴他說。然而，這卻不代表睡眠是一件容易的事。就像你一樣，我開始在夢裏遇上各種各樣的病人。這證明他們只是假裝入睡，他們在夢裏就像失眠的幽靈一樣四處遊走，有的在我的身旁徬徨地經過，有的向我打探離開醫院的路。他們並不知道，玫瑰的枝藤已經快要把這裏包圍了。

然而，離開這裏有甚麼好處呢？聽說，所有地方的床位已經被佔滿了，仍未尋到床位的人大概很快便會蔓延到這裏來。"為此，病人最好還是盡快死去吧。"女孩記得醫生告訴她說。"否則，就必須練就不必睡眠的能力。"然而，醫生那時蹲坐在病床邊，連連打著呵欠，他那副渴睡的樣子，使女孩幾乎以為，他不過是其中一個病人。

父親的眼皮那麼沉重，根本沒有聽見女孩所說的話。不知何時，他已經光著身體，在木桶裏沉睡過去，水爬上他的唇，父親鼻底呼出的熱氣在水面上形成氣泡，一個個飄遠。女孩想要把父親吵醒，然而卻感到非常渴睡。當她不由自主地墮入睡眠的時候，手裏仍拿著一塊用過的肥皂，濕漉漉的毛巾搭在木桶的邊緣，悄悄的淌著水。

隨著身體變得越來越沉重，女孩深深的陷進床裏，好像已經與它連成一體，再也沒法分割。

女孩告訴他們，她感到自己的腹部漸漸變大，即使捶打或是連續喝下多杯冰水，也絲毫沒有萎縮的跡象，她預計，不久以後，腹部的皮層便會被拉扯變薄，變得半透明的，或許可以窺見裏面密佈的血管和正在蠕動的胃。

他們起初並不相信，直至女孩感到暈眩和胃脹，並開始拚命地嘔吐。"明天便會好起來的。""走到街上去吧。""面向著陽光用力吸一口氣。"他們說。第二天裏,當女孩離去以後,他們便迅速把門關上,再也沒有開啟的餘地。女孩獨自站在冷清清的街心,仍然感到非常渴睡,她似乎就是這樣,一直在大街上行走,直至不知何時終於突然倒下,然後沉睡過去。在夢裏,女孩以為自己躺在一張巨大的床上,因此,雖然肚腹已脹大至她無法辨認的地步,她還是感到非常、非常的幸福。

女孩感到身體異常沉重,醒來的時候,發現父親就伏在自己的背上。醫院的病床那麼多,女孩不知道父親如何找到她的睡處,爬上床,並以雙手纏住她的脖子。父親那麼虛弱,女孩以為輕輕一甩,便會把他甩跌在地上。然而現在,父親睡得很沉,手把她纏得緊緊的,女孩只得就這樣站起來,像背著一個嬰兒,來到在窗前。自醫院的窗口俯身向下望,女孩看到盛放的玫瑰,像是從醫生的夢生長出來,它們生長得那樣迅速,很快便要爬到窗前。

"買一張雙人床吧。"醫生在一個黃昏裏終於提出這樣的要求。其實,他早就發現,自己那無可救藥的,想要與女孩共同入睡的慾望在不斷擴張。那天,女孩感到異常疲倦,在協助父親艱難的排出了一小瓶子尿液後,女孩腦裏就殘留著一片鮮黃色的印象,刺鼻的氣味怎麼也驅之不去。父親的陽具就像他的身體一樣,已經萎縮得不能再小了。女孩想,也許很快便小得可以放進停屍間的抽屜裏去。而醫生的身體怎麼仍然高大像樹,仍在催促女孩:

就這一張吧?

許久以來,醫生第一次驅車離開醫院。他把女孩帶來到第一間出現的傢具店內,匆匆選定了一張雙人床,誰也不在意,床的款式與醫院的病床那麼相似。忽然覺得世界有點不可思議的醫生,從褲袋裏掏出缺乏真實感的鈔票,走到在收銀機前付款。仍穿著白袍的女孩再也禁不住,倒在那張標示著"陳列品"床上。她如腰豆蜷起

133

自己的身體，開始感到自己是一顆種子，漸漸的，便陷進睡眠那令人無法自拔的柔軟的土壤。

在櫥窗前經過的人，發現女孩睡得像已經掉落在地上的蘋果那麼爛熟，都停住了腳步，像一群蒼蠅，撲在玻璃上，想要嗅到她夢裏甜甜的，水果的氣味。醫生堅決地向她走來的時候，女孩仍然拒絕醒來，彷彿知道，這是她最後一次熟睡的機會，因為在以後每天的晚上，醫生將一再爬上這張睡床，一再把她吵醒。

原刊《文學世紀》2005年1月號

發條橙之後

◎ 杜文諾

　　這是我見過最多血的一次，一串接一串的從鼻孔流下來，但卻是我最不感到害怕的一次，可能是我已經看不到它們那嚇人的鮮紅色。

　　一切也是自我看完《發條橙》這部電影後發生的。原因是甚麼我也搞不清楚，總之就是看完這套戲後，我看到的一切只剩下黑白，沒有了色彩。

　　我在第二天去了看醫生："究竟是甚麼原因，使我看到的只有黑白？"

　　"若你沒遇到任何傷害，突然變成這樣，實屬罕見。可否說說你變成這樣之前，發生過甚麼事？"

　　"我不過在看電影罷了。"對於這難以相信的事，我也有點難於啟齒。

　　"是否這套電影有些很刺激的視覺效果？"

　　"它並沒有甚麼刺激的效果。"

　　"這樣嘛……最好找個專科看看。"他遞了張眼科醫生的咭片給我："你的鼻最近還有流鼻血嗎？"

　　"當然，這是不治之症。昨天就流了一次厲害的。"

　　"那麼你不是很害怕？"醫生說。

　　"奇怪的是，我現在看不到那紅色，竟然沒了那恐懼。"

　　醫生好像不太相信似的，望了我一眼便垂下頭去寫病歷表。

　　離開醫務所後，我沒有立刻到眼科醫生去作檢查，因我之前已約好了亞六。

"為何那麼遲？"當我到達餐廳時他說。這是他每次的開場白，的確我是沒有一次比他早，但並不是我遲到，只是他不知為何有早到的習慣，總在約定時間的半小時前出現。

　　"你昨日看完《發條橙》後，有沒有……"我不知該怎樣正確地提問。

　　"有沒有甚麼？"

　　"有沒有甚麼變化？"我說。

　　"你不是說看完後，領略到甚麼人生道理吧？"他邊喝著奶茶邊說。

　　我沒有打算將我變了眼睛出現的問題告訴他，雖然我跟他是要好的，但我堅信不要對任何人坦白所有，雖然這樣做未必正確，但我卻從沒因這樣而損失過甚麼。

　　"你那遺書寫成怎樣？"為了不致於尷尬，我轉了個話題。

　　"也是不太合心意，要修改的地方有很多。"

　　亞六有一個令人咋舌的願望，就是要寫一封令所有人都感動的遺書，他並不是有尋死的念頭，只是覺得只要有一封感動人的遺書，就算自己生前做錯過任何事，死後也沒有人會再怪自己。雖然他一直也沒有得罪過甚麼人，不過卻總有點點罪惡感，這是來自他身體上的奇異特徵。他右手的食指上，是有四個關節的，常人只有三個，為了可容下這四個關節，他這隻手指是較一般人長。正常人手掌上最長的是中指，而他就是這食指。所以他的右手看上去，是有點不真實的感覺。我初次認識他，也為此感到很錯愕。因為朋友上的信任，他讓我仔細的研究過他這隻手指。當然不是甚麼醫學上的歷史性研究，我只是好奇一隻有四個關節的食指，是怎樣過著跟我一樣的生活。這樣說好像食指這東西，在生活上佔了一個很重要的位置，的確任何一項天賦肢體出現了變化，那種不便是可以想像到的。但亞六的情況有點不同，我見過無數缺了某隻手指，甚至更多手指的人，他們的不便，只要我縮起手指來扮，是可以感受到的，雖然只是一個膚淺的程度。可是我就沒法做任何事，去感受一個食指上有四個關節的人的不便。

他告訴我不論是寫東西也好，吃東西也好，也沒有任何問題，所以不明白我所指的不便是甚麼。但我總是覺得他只是裝著沒有問題，來迴避我罷了，不過我沒有怪他，因為即使他確實地告訴我怎樣不便，我都是沒可能真正明白的。就好像看那些說可使自己變得聰明的書一樣，它分析了很多名人的聰明事跡，但我不是他們，根本永遠也沒可能變得像他們一樣。

"如果臨死前吃一樣食物，你會吃甚麼？" 亞六忽然問我。

"沒有想過。"

"我一定要喝一碗忌廉雞湯。" 他說。

"為甚麼？"

"相信不會是臨死前想試試，一直也覺得難吃的東西吧。" 他冷笑著說。

他再喝了一口奶茶："你覺不覺很悶？"

"感覺到悶，是最真實的知道自己活著。" 我套用一句不記得在哪兒看過的話。

"但也需要解決的。想些甚麼出來玩玩吧。" 他這句話令我想起《發條橙》主角的口頭禪。

我們討論過幾個玩意，不過都得不到最終的決定。亞六說給他一晚時間，明天就告訴我一個有趣的玩意。

137

*　　　　　　　*　　　　　　　*

有些人看書時喜歡大聲唸出。有些人喜歡用手指引著視線去看。有些人看了數遍也不知當中是說甚麼的。而我是屬於看得很慢的那類，一本常人只用兩三個小時看完的書，我至少要花上八個小時。比別人用多四倍時間去做同一件事，感覺是很沮喪的。而且以這樣的速度，到我死的那天，是絕對沒可能看完所有的"衛斯理"，所以我上了一個速讀班，它的宣傳單張是這樣說的："一本要用十個小時來看的書，你有否想過可用十分鐘去完成？"

第一堂並不是教授怎樣可以速讀，而是做了整整一小時的眼球運動，那個看上去應該不超過八十磅的女導師說，一般人的視線範圍是很窄的，這會使閱讀的速度大大減慢，速讀法先要的條件是，令視線擴闊。我這些初學者的目標，是要一眼盡覽一整行A4紙那麼闊的文字。起先練了數次，疲倦得不停流出眼水，但不到一星期，我閱讀的速度確實快了很多，也是因為這樣，我多出了很多時間。

*　　　　　　　*　　　　　　　*

與亞六在餐廳分開後，我到了附近的一間書店去，感覺很怪異，因為在我面前的書，全都是沒有顏色的，像置身一套黑白老戲當中。我完全沒衝動去看那個眼科醫生，因覺得自己一直也正常得有點平凡，所以不想修正這個突如其來的缺憾。一個人要在別人心中留個印象，必須有著甚麼特別才行，如果我能有這樣一項的特別，我不介意它是缺憾。

在陳列著新書的桌面上，我看到一本《發條橙》的原著小說，毫不考慮就買了下來。我對"原著"這件事，是病態地喜歡的，每看完一套改編過來的電影或電視劇，我都希望可看看原著的內容，究竟有多少被改動。這種心態有點像傳統宗教，對一些異端的反感。

究竟這本《發條橙》的封面是甚麼顏色？相信也離不開橙色或是紅色。因為速讀的關係，我很快就看完了這本書。那段主角接受改造治療的情節，比改編電影刻畫得更動魄驚心，而且原著結局是讓人舒服的，這令我覺得那套電影有點欺騙觀眾，因為這兩個結果，會使人有兩種截然不同的影響。

第二天一早，電話不斷地響，最終我也敵不過它，爬了起來接聽，是亞六打來的：「我想到一件很有趣的玩意。」

　　我們約了在昨日的餐廳見面，他當然也是比我早到。叫了兩客早餐後，他便告訴我想了一整晚的玩意：「尋找失物。」

　　「已不是小學生了，還玩這個？」我有點失望。

　　「你先聽我說清楚。我們丟一樣甚麼在街上，之後周圍的貼通告，說我們要尋失物，看看是否有人真的找到。」

　　「之後呢？」我提不起勁的問。

　　「你不覺得有趣嗎？」

　　或者是因為學懂了速讀，時間多了出來，我才有這股閒情跟亞六做這件事。

　　我和亞六先到他的家選擇將甚麼，作為這個玩意的道具。我們把一個鬧鐘，一部相機，一對波鞋放在桌上檢視著。

　　「這幾件東西……」我覺得它們各自在某方面都是不太適合。

　　「有甚麼問題？」

　　「換了是我在街上看到這些，應該不會太留意到。」

　　「說起來也是，而且它們沒甚麼特別的地方，也很難寫那尋找失物的單張。」

　　「你的家還有其他東西嗎？」我問。

　　他鬆了鬆肩，表示沒有頭緒。我們只好到街外去找，也不記得是誰建議到垃圾站去的。我們閉著氣在裏面搜尋著，雖然閉著氣，但那股惡臭像是看得到一般，仍然使我不自在。垃圾站內的物件真是想得出的都有，而且很多更是好端端的，不明白為何它會被放在這兒。我見到一條一直想擁有的牛仔褲，完整無缺地躺在一堆垃圾袋的上面。

　　「這個可以了吧。」亞六從垃圾站的另一邊叫過來。

　　他找到的是一部摺疊式單車，也是新得不明白為何被放逐到垃圾站來。

亞六托著腮思量著說：“如果就這樣把它放到街上，應該會被人就此拿去。”“那弄破它的車輪怎樣？”我說。

“換上新車輪，用不了那些人多少錢。”亞六說：“徹底一點，把它拆成兩件。”

看著他在拆散單車時我說：“究竟劊子手的心理狀態是怎樣的？”

“一份職業罷了。”亞六不太熟手地拆著。

“會有陰影嗎？”

“能夠繼續的，應該沒有。”

“那麼放棄了這職業後，會否被那些死人纏繞呢？”

亞六像是不想我再囉嗦，厲了我一眼。

“相信我不能夠跟一個劊子手相處。”我仍不罷休地說。

他向我作了個粗口手勢。

*　　　　　　*　　　　　　*

我曾經見過食人花，就在我的睡房內，那時我五歲，過後很多人告訴我，那不過是個夢境罷了。不過我見到它的時候，它正在細嚼著一隻腳，第二天醒來，我更發現地板上有數滴相信是血跡的東西，因此我肯定那不是夢境。就在那天開始，我不時都流鼻血，是毫無預兆的，這令我很煩惱。

我試過與女生約會時，不停的流鼻血，雖然大家也接受過相當的教育，但都只會相信是好色的人才會流鼻血，相信我臉部經常地抽搐，也是她當時的一巴掌所致的。我也試過在泳池游水時，不可收拾的流出鼻血來，整個泳池都被染成淺淺的紅色，泳客們因為掃興而臭罵著我。

流鼻血不但影響我的日常生活，而且更令我步入恐怖的境地，因我是一個極度怕血的人，每當見到流血，即使不是自己的，全身的神經也會抽搐起來，頭會像被甚麼抓著似的很痛。曾妄想自己若是女生，可能就不會怕血怕得那麼悽慘，因為她們每個月總要面對血這回事，應該會習慣起來。

＊　　　　　　　　＊　　　　　　　　＊

將單車拆開後，亞六便拿出即影即有相機，為單車的後半部拍照，用來放在尋物的單張上。

"為何不把兩部分都拿去當失物？"我問："這樣會多個機會使人找到。"

"但把兩件都拿出去，好像會有點……失落。"他說。

"可以理解的。"

我們在寫尋物通告時，遇到一個大疑難。

"應該用甚麼作報酬？這是令發現它的人找我們的最大關鍵。"

"要是用錢……又不知該用多少才對。"我用手摸著單車，想約略估計它的價值。

"太少又沒有吸引力，太多我們根本拿不出。"

"會不會有人不計報酬，而把它拿回給我們？"

"你認為呢？"亞六有點嘲笑的意味。他從袋中拿出一隻唱片來："若果以這隻Brothers的限量唱片作報酬，應該沒問題吧。"

"如果是這隻唱片，何只是這半邊的單車，他們連命都願意給你。"

Brothers是一隊來自北歐的一人樂隊，近年他在全球也掀起熱潮，他的音樂是很特別的，但很難用言語來解釋，只有聽過的人才會明白，這也是所有樂評人對他的評價。另一個使人們瘋狂迷上他的原因，是他說自己來自，離地球十四萬光年的M13系星球，起初當然大部分人都認為他是胡說，但他為了證明自己沒說謊，在推出第一張唱片前，在全球超過四百個電視頻道，作了一個歷史性的廣播，邀請了世界各地超過廿個著名的科學家，即場講解了一些高科技的技術，例如一個只需用兩天時間，便可由十四萬光年以外的星球來到地球的飛行器。在場所有的科學家分析過這些理論及設計後，都認為這是可行的，不過以地球現有的技術是沒可能做到。當主持人訪問科學家們，是否相信他是來自外星時，大半的科學家都說，他們不相信地球上會有人懂得這些技術。這回答令所有地球人都瘋狂起來。

被問到為何要來地球時，Brothers說是要幫助地球人解決問題，而音樂是能夠接觸到最多人類的工具，所以他選擇出唱片。就這樣他的唱片大賣起來。但同時有很多媒體，都刊出否定他是來自外星的報道。其中一篇最重要的，是一個在法律上是他母親身份的女人，高調地向所有人道歉，說Brothers自少已有妄想症，估不到現在嚴重到這個地步。這女人更展示了多張醫生證明，證明他是有妄想症的。地球上總有些事，我們窮一生也想不明白的，這當然是其中一件。究竟當中是否有甚麼陰謀？這只有局內人才清楚，而且很多人都只會選擇相信較實際的一面。Brothers第三張唱片，以限量推出，說是他最後的一張唱片，有些人認為這是一個鬧劇最好的結尾手段。不管這張以限量推出的唱片背後有著甚麼原因，很多人也想得到它。警方報道說，唱片店是近兩個月來最大的偷竊目標。

這晚我和亞六行動了，我們把單車放置在一個公園的草叢內，之後便在附近貼起那些尋物啟事。"你真會把那張唱片給那個找到單車的人嗎？"我問。

"當然。"

"但它是我跟你排了數晚通宵隊才買到的。你捨得嗎？"

"首先這個玩意是我想出來的，為了使它能實行，我是沒計的。而且我拿出的那張，不是我們排隊買的那張。"他連泊在路上的車也貼上。

"你偷來的？"

"我怎會這樣做。只是在巴士上拾到的。"

"怎會有人這樣不小心？這唱片現在炒賣到過萬元。"我說。

"總是會有這樣的人。"

"不知是個甚麼人？"

"沒有人會在意這個的。"他冷冷的說。

回家後我的鼻血又再流出來，在色盲的我看來，這些灰色的血液，就像是腦漿似的。記得在一些紀錄片中看過，埃及人製造木乃伊時，就是在死者的鼻孔內用力插進一支管，整個腦就會從鼻孔中流出。不知腦袋經過鼻孔時，是否同樣也有陣血腥味？

坊間有超過一百種的止鼻血方法，可是全對我無效，唯一可以做的就是找個地方，讓我可安心地流，等它自然停下來。我把頭擱在洗手盆上，讓血沿著向下的弧度，流進水洞去。差不多兩分鐘，血就停了。鼻孔內充滿著凝固了的血塊，很不舒服。躺在床上，希望能快點入睡，便可忘卻那鼻孔的不適。我心血來潮爬了起來，把Brothers那張限量版唱片放進唱機去，重複地聽著第三首歌曲"Truth？"

143

這個問號使我想到很多事。他是用法文演唱的，所以我不知道內容是唱甚麼，不過這是我對音樂的選擇，喜歡一些非母語的歌曲，這樣順著音樂及聲帶的引領，進入到一個幻想更大的空間。因所有聽不明的語言，也是比母語較有幻想性的。這樣的音樂選擇，是我跟亞六成為朋友的其中一個原因。

身邊佔了百分之九十九點九的人，都是聽本地流行曲的，在這層面上我是沒朋友的。我覺得要在本地流行曲得到的娛樂，在我十歲之前已經拿夠了，再聽下去只是沒趣。所以便改聽其他地方不同類型的音樂，但這個改變使所有人，都認為我是信了邪教，因我很愛迷幻的音樂。我最、最、最、最喜歡的樂隊，並不是Brothers，而是一隊叫"銀色奶油"的樂隊，它們的音樂所帶來的興奮，可使你省下買毒品的錢。

亞六是我身邊唯一聽這些音樂的人。他說其實並不是真的喜歡這些音樂，只是因自己那怪異的手指，不少人都視他為怪人，他便賭氣起來，要徹底的從各方面怪起來，便聽起這些音樂來。

過了兩天，亞六致電給我：「有很多人說找到了那單車。」

「哪你打算怎樣？」

「這麼快玩完很沒趣，我已打發了他。」

「怎打發？」我問。

「告訴他們這兒沒人尋甚麼單車。」他說：「我聽那些人的語氣，就知他們只是想得到那唱片，而白撞打來的。」

電話另一頭的我，沒有回答他，好讓腦細胞可專心地思考，究竟怎樣才可成為一個其他人為了得到他的東西，而願意打一個白撞電話的人。

*　　　　　　　*　　　　　　　*

為了使身體看上去不那麼瘦弱，我會到健身室去。那是一個廉價的健身室，所以任何時段也充斥著人。在入口處放了一排大約廿部的跑步機，全都有人在使用著，這是件很壯觀的事。不過感覺又像是進了一個人體再造的實驗室，都是不要這樣想比較好，因我不想把自己想成是一件實驗品。只要行到健身室較深的地方，就不難發現周圍的空氣也用清新劑，去掩蓋那股反胃的臭汗味。

亞六知道我去健身室，曾問過我：「有沒有美女的？」

「健身室內與健身室外是兩個不同的世界，有兩個不同的標準。在裏面即使擁有壓倒性的美貌，若沒有一個健美的身段，也只屬於平庸。」

「那我都是不去好了，我接受不了自己愛上的是肌肉。」他說。

我正專心地在跑步機上時，有人在後面叫我，她曾經是我同班的同學，她的名字我想了好一會才想到，不是不記得她的名字，而是那個字很難記得怎讀，她叫"鷁"。在公眾場所遇上一個沒想到會遇到的人，是我一直也覺得會發生的，所以我想好了幾個在這情況用得上的開場白。

一："很久沒見了。"

二："在這兒幹甚麼？"

三："最近在做甚麼？"

但我一個也沒有用到，因她已搶先說出開場白："你健身後有甚麼做？"

我作了一個未有打算的表情。跑完廿分鐘的步後，我跟她在一旁的椅上坐著。因為我看到的只有黑白，她額上那堆嚇人的暗瘡，看上去也順眼多了。我的眼睛改變了這個世界。喝著健怡可樂的她，邊翻著雜誌邊說："你滿意自己的名字嗎？"

"若可能的話，我寧願沒有名字，也不要這個一百萬個人共用的名字。"

"我只想改個簡單一點的。"鷁說。

"為甚麼？"我訝異地說："妳的名字改得很好，別人一聽便已有深刻印象。"

"可能吧。但有一個這麼難寫難讀的名字，其實感覺不是太好受。"她說："這名字太突出了，多數時候的我，只是想躲在人群中而已。"

我說："不會吧。人最想的都應該是別人記得自己。"

她歪了一下頭，以示在這話題上再沒意見。她把剩餘的可樂喝盡後說："你有沒有留意最近街上，有一張尋找後半部單車的單張，說以Brothers那張限量唱片作報酬的。"

我輕點了頭，而我沒打算向她說，這是我和亞六弄出來的，因為我堅信不要對任何人坦白所有，雖然這樣做未必正確，但我卻從沒因這樣而損失過甚麼。

她接著說：“怎麼會有人用這東西來作報酬？太假了，惡作劇罷了。”

我在想為何之前有人會為了那唱片而白撞，鷀卻認為這是不屑一顧的惡作劇？我說：“妳喜歡Brothers嗎？”

“我喜歡‘銀色奶油’多一點。”

“那麼我明白了。”我說。

“你明白甚麼？”

“沒甚麼。”

看出她神色尷尬的找出另一個話題：“最近你有幹些甚麼嗎？”

我想了一想：“我看畢了所有Agatha Christie的小說，最喜歡的一本是*Sleeping Murder*。”

我從她的眼神，知道她完全相信我這番話。只要說上其中一本說是自己最喜愛的，人們就會相信你真是看畢了Agatha Christie的所有小說。為了在別人心中留下印象，這種心理我是很能掌握的。

146

*　　　　　　*　　　　　　*

亞六說要到擺放那後半部單車的公園看一看，因沒有甚麼好做，我才跟他去了。我們把那半部單車由草叢中拉出來，它上面有著幾片乾了的鳥糞。我下意識的向樹上望去，陽光很猛烈，只是這半秒不到的一望，已令我的雙眼刺痛起來，我趕緊把眼睛合上。一陣紅一陣黃的殘影，在我合上的眼後出現。可能我真的把眼合上了很長的時間，亞六拍了拍我說：“你沒事吧？”

這時我才把眼睛張開，我感到很不妥，怎麼四圍的事物不再是黑白。

亞六再說：“你沒事吧？”

因看到的一切不再是黑白，沒有了這與別不同的特點，我很是失落。但為了收藏起這失落，我隨意地找句話出來，跟亞六說："你打算怎樣處置它？"

"找另一個地方藏起來。"

"究竟有沒有人看到那尋物單張後，會真的尋找它？"

這時有個剃了光頭，穿著Brothers第二張唱片封套圖案t-shirt的人經過，停了下來看著我們："你們這部單車，是否就是這一部？"他手上拿著我們製作的那張單張。

我跟亞六對望了一眼。就在這半秒鐘的遲疑，這人在亞六手上搶了那單車，直奔開去。我們沒有追趕他的意思，我只問了亞六一句："這人致電給你時，你將怎樣應付？"

"那時候才算。"

就在亞六將那張唱片，交給那光頭青年的一天。全球的報紙頭條，都是Brothers失蹤的消息。不知他是否回到了自己的星球呢？不過這世界再發生任何事，也不再重要，我在意的是要令自己變回之前一樣，再看不到色彩。因此我現在一次接一次地看《發條橙》這電影，直至我看到的只剩下黑白為止。

147

原刊《文學世紀》2005年1月號

煮一碟意大利粉的時間　　◎ 余非

　　"半秒也不能想，問你，即時回答，"關玲鬼馬地說，"六月有沒有三十一。——你、華興，猶豫了，不行，不行，立即回答。"她指著他，樂不可支。

　　華興撥開她的手指，"幼稚呀你"，關玲還是逼他，華興沒好氣地說，"沒有呀美女"，他頭腦相當清醒，"五月大六月小，六月只有三十天，之後是七一，回歸假期"。

　　"不好玩的，忘記你是大懶鬼，有假期你就有印象。"扮完兇惡，關玲裝甜，"假期來我家，"關玲彷彿要重新認識般，深情地細視這個已換了不少於四個女友的男子，"我下廚，煮意大利粉，你最愛吃的。那天，就屬於我的嘍。"華興如山的粗眉毛、筆挺的鼻樑叫她很有安全感。

　　七一那天華興起得晏，幾乎是過了中午才到關玲家。難得悠閒，關玲把會計報表、股票行程分析表全都拋諸腦後，騰出半點空間來享受似個正常人的生活。與華興懶懶散散、浪浪漫漫地親近了大半天，她洗澡洗頭，用薰衣草洗髮液按摩長髮，揉出一堆軟綿綿的白泡泡。華興雙腳亂擘半攤在沙發上用遙控不斷轉台。

　　大家看看我手上的這個溫度計——是攝氏三十六度。雖然天文台現時報道的氣溫是三十四度，但市區肯定比較熱，而且在人群當中。（鏡頭對準神情堅定的女記者）今天，在酷熱警告之下，市民，用他們的汗水踏出一條民主之路……

給浪漫浸鬆泡軟的華興忽然有觸電的感覺,那已經不是報道,他被觸動。

他是向女友提出過今年參加遊行的,"去年已經錯過了,去吧,起碼去兜個圈,看一看,不辛苦的。"他知道在銀行任職投資經理的女友怕曬怕熱。證之於事後,2004年的遊行的確比之前一年輕鬆,有嘉年華氣氛。有一對新人還烈日當空,穿起清裝結婚禮服,男的長袍馬褂瓜皮帽,女的大紅珠片裙褂,描了個濃妝遊行,華興覺得好玩極了。

華興不斷轉台,看不同的現場直播。直播新聞的確神奇,把一群人在一定空間的活動,擴而廣之成為只要你有收看電視,就等同臨場參與起哄,卻其實沒有真正付出。華興做廣告,他對媒體特別敏感。"裏面有一股深不可測的力量。"他心想,因而華興迷戀他投身的行業,每次由他策劃的廣告一以電視、街頭海報發放,他就有吃興奮劑的感覺,世界彷彿都被你設計的訊息包攏合圍,有一種控於指掌之中的滿足感——我就要你買我推的貨,直如君臨天下。

大家看看這幾款自製的標語,都相當搞笑,這位老伯為大班封咪抱不平……(轉台)

站在我身邊的是大會發言人,你可以向我們說說現時的遊行人數嗎?(鏡頭轉到另一名女子身上)據我們工作人員統計,以現時4:45計算,遊行人數應該超過三十萬。

"關玲,你看,是三十多萬呀,"從電視台俯拍鏡頭所見,隊伍除了部分路段,整體鬆鬆散散,"倒看不出來有三十萬啊?"華興若有所失,大聲向房中的關玲喊話,"你看,都說過去湊湊熱鬧的,就差我們兩個"。

關玲的頭髮已洗乾淨,一邊擦乾一邊坐下來。"哪兒也不准去,你不要吃我的意大利粉了。"她突然想起了甚麼,"來,替我修理電腦，看有沒有中毒，一關機便當機，今晚還要加班。」

電腦就在起居廳，華興一邊修電腦一邊看電視。大鐘指示，5:15。

關玲替華興煮咖啡，也燒開一鍋水準備煮意大利粉。

5:30，遊行人數已超過四十萬。

意大利粉不好用明火煮軟，是把水燒開之後，在水裏灑點鹽，放入意粉煮三四分鐘，然後把鍋蓋闔上，焗浸放軟約八分鐘。測試麵身是否可用，方法是以筷子夾斷，中間要有硬點，這種軟度的意粉加醬料稍炒，上碟時麵身才不會過軟甚或變糊。

5:45，遊行人數已超過四十五萬。

焗浸意大利粉的同時，洋葱、番茄、火腿絲、白菌切絲切片備用。對了，關玲還打算炒一盤蒜蓉西蘭花。

6:00正，遊行發言人在鏡頭前宣佈，人數已超過五十萬。

畫面所見，遊行發言人面向鏡頭報數，灣仔消防局附近的超大視像屏、銅鑼灣時代廣場佔去半棟大廈牆身的超闊大螢幕把報數的片段播放出來。附近遊行的、圍觀的頓時歡呼拍掌，喝采之聲四起：聲音畫面又經每家人的電視散入廣廈千萬家，是全城在遊行。採訪、發言、再播放採訪發言，三步一組的工序，某種事實就如此建構。在彷彿脈搏相通的觸動下，華興心癢不寧。

「關玲，五十萬啦，五十萬啦。」華興被要破紀錄這種感覺挑戰折磨。

廚房中的關玲用筷子蘸了點配料醬汁試味，酸度適中，她非常滿意。這時，她才搭腔，「才不過是煮麵用的時間，會升得那麼快嗎？哪來的人群？」她漫不經心地應著，把平底煎鍋內的配料倒在盤子上備用，洗乾淨煎鍋，是最後一道工序了，炒意大利粉。

6:15，大家從鏡頭中可見，有市民加入，也有市民離隊，大家都期待著最終的遊行人數，看是否會比去年還要多。讓我們問一問這位剛加入的市民，先生你……

"華興，收拾檯面，十分鐘後用餐。"關玲一邊洗刷刀叉一邊向起居廳喊話。一轉過頭來，誰知華興就板板地立在廚房門口，嚇她一跳。

"我出去一下，一陣，很快就回來。"華興向關玲搖一搖手上的數碼照相機，關玲來不及消化這句話的意思，華興已風也似地竄走，只剩下嘭的一下關門聲。

第二天上班，關玲的投資部要注意國際投資環境對七一遊行的評論，同事間很自然地也談遊行。

"哪來五十三萬人呢？真奇怪。"

"對啊，當天我就在銅鑼灣，去年隊伍八時左右才有機會出發離開維多利亞公園，今年六時未到，我在附近，已看見龍尾了。"

"而且隊伍中段打後疏疏落落的，我看這個數字啊，有點麻煩……怎樣算出來的呢？"

關玲這位精算師同事又犯職業病。關玲也翻看報紙、聽同事談論，卻冷冷的從不插嘴。她會注意往後幾天外國傳媒對遊行的評估，譬如會不會借勢調高銀行信貸評級、以及投資風險等等。關玲同時已做好決定。她知道自己需要甚麼類型的男人，她需要為自己的情感生活評估風險。不守承諾、沒有誠信的男人，風險超標。

當晚關玲獨自吃意大利粉的時候已做了決定，"斬倉"止蝕。不會，這不是文藝片，女主角不會憤而把一碟醬汁酸度適中的美食倒垃圾桶，又或者苦楚難當地和淚嚥下一碟蒜蓉西蘭花。不是這樣的。

那夜，關玲盤腿抱著筆記簿型電腦——因為另一部電腦未被修好便給撒手不理——坐在地毯上，關掉起居廳主燈，在矮矮的罩燈下、柔和的暖光中，關玲一邊吃意大利粉，一邊加班工作。七一，對國際市場來說不是假期，地球另一邊的股票市場就在關玲盤腿燈下的此刻開市。九時多前後，門鐘、家中電話、手提電話都響過，聽而不聞。七一割席，她換掉了一個分心走神、沒有誠信的男友。

原刊《香港文學》2005年2月號

破地獄

◎ 王良和

　　啟泰坐在靈堂第一排的椅子上，和妻子、小姨一同摺著銀色的紙錠。剛才妻子又走到冷冰冰的後室，出來的時候，眼圈紅紅的。她噱了噱鼻子，坐到他的身旁，抓起一疊雪箔，靜靜地摺著。一隻一隻銀色的紙錠，在空氣中只一輕飄，就落在一個張著口，大大的白紙袋裏。

　　家珍的臉有點蒼白，靈堂天花板上的白燈，好像要把不是白的東西都照得白一點似的。啟泰瞥了瞥家珍，她正彎身，把一隻啟泰沒有拋中，碰到袋口掉在地上的紙錠撿起來，放在大白袋裏。這時，啟泰看見家珍白帽的尖頂晃了一晃，像一把柔軟的刀子。

　　"滿了，換一隻新的。"小姨說著，找來一個新的大白紙袋，打開了袋口。

153

　　家珍小心翼翼把袋口合上、翻摺，生怕一用力，就會把脹鼓鼓的紙錠壓扁。卡勒卡勒，釘書機就像縫紉機，把袋口縫好了。她把滿滿的一袋銀錠，捧到焚化爐前，檢視了一遍上面寫著的字：劉玉蓮母親大人收。右上方，是兩行生卒日期，字密而小，到不了底。左下方，是她們兄弟姊妹的名字。郵件寄出了，火舌一吐，寄件者，收件者，充實而空虛的禮物，熊熊地燃燒起來。

　　啟泰走到後室，手肘抵著玻璃，望著躺在玻璃門後的小室中的岳母。他很平靜，他眼中有兩個睡著的女人，一個是自己的母親，三年前也是這樣，頭髮銀白，雙目深陷，顴骨突出，整個人乾乾瘦瘦的像要窩進壽被裏。

　　岳母的壽衣壽被有點華麗，壽被是橙金色的，中央覆著一個很大的金色"壽"字。壽被覆蓋著的壽衣是艷艷的紫紅，看不見；那紫紅一直流到腳上的花鞋，露出壽被外，卻是看得見的。鞋面繡著彎彎的枝葉，不知名的小白花，開在冷硬的石頭上。

這套壽衣，算是家珍對母親最後的心意了。

陳先生把一扇巨大的木門推到一邊，家珍、啟泰和家興就看到內室停著十多副棺木。陳先生為他們一一介紹，從一萬元到二十萬元，柚木、桃花心木、銅棺，整個內室瀰漫著奇怪的誘人的氣息。家珍他們在幾副三萬五千元的棺木前停住，問三萬五的和二萬五的有甚麼分別。陳先生把一副棺木的蓋推開，請他們往裏瞧，然後推開另一副棺木的蓋，再請他們往裏瞧。看見吧，三萬五的裏面寬敞些，躺著也舒服些，可多放些陪葬衣服，在下面也不怕冷。你們嗅嗅，多香，一分錢一分貨。家珍他們一個一個把頭探近棺材，嗅了嗅，都說果然很香。啟泰說，難怪有"棺材香"的說法。他想，當年怎麼沒嗅過母親的棺木？要三萬五的，家珍說。

哪一副好些？陳先生繞著幾副三萬五的棺木看了一會。我覺得這一副好些。怎樣分好與不好？你們看，這一副裏面比那一副更空闊。家珍對比著檢視，點了點頭。還有，你們看，前面的木紋，這一副的紋理也較均勻，圈紋接近正中。陳先生立在棺前，豎掌在自己的眉心推拉比劃。棺木四正，先人躺著也會覺得舒服，下葬的時候不會左搖右擺。家興說，就這一副吧。

陳先生用黑筆在棺首拱起的圈紋上寫著：浙江紹興葉門劉氏。然後領他們出去，把大木門拉上，轉到售賣廳。

家珍和家興，不約而同走到賣壽衣的玻璃櫃前。壽衣從數百到數千，有布的，有混合絲的，也有真絲。家興看了看一千多元的，就不再看了，雙眼盯著三千多元的絲織品。家珍湊過臉來，說這些壽衣比較高貴，啟泰也湊近來，看了看，點了點頭，然後別過臉，轉過身，注視著一千多元的壽衣。

黑色那一套好像老一點。媽不會喜歡的。九十歲穿就差不多了。金色那一套怎樣？不錯。好像太金。有點俗氣。紫色那一套又高貴又華麗。會不會年輕了一點？平日都是你給媽買衣服的，你最清楚她的眼光，媽會喜歡嗎？媽一定喜歡紫色這一套，我自己也喜歡。我也喜歡。

啟泰，紫色的這一套好不好？啟泰轉過來，看見紫色的壽衣，價目上標著：＄3699。人都走了，穿得多好也是白穿，實惠一些可以了，也是一份心意，那邊的也不錯。家珍聽後皺了皺眉，心想，死老坑孤寒至此，就寒著臉說，不關你的事。

壽衣的錢，我來付。家興說。

不行。家珍說。

為甚麼？

媽養我這麼大，這套壽衣是我的一點心意。

我可是媽的兒子。

媽平日的衣服都是我挑的，你不要跟我爭了。

這樣吧，一人一半。

不行，媽養我這麼大了，這套壽衣我要一個人送給她。

家興臉色一沉。他知道姐姐的脾性，拗不過的，就讓了她。

有折嗎？啟泰問陳先生。

九折。

很光，很白，殯儀館怎麼總是這樣白的？啟泰不喜歡這種白燈。

很光，很白，有點冷。岳母雙腳異常僵硬，紫色的繡花鞋沒能套進腳裏，只能套住腳趾，鬆鬆的掛著。他看見花鞋上的葉子，彎彎曲曲的，十分柔軟，葉間白色的小花，像蠕動著的蠶蟲，源源不絕從葉底鑽出來，一邊往上爬，一邊吐絲。千千萬萬的白胖蠶蟲在她的身上靜靜地吐絲，嘴角和足爪無聲顫動，銀絲越吐越長，蠶蟲越來越瘦。無數蠶蟲絲盡咯血，動也不動，織成了她身上紫斑斑的絲衣。店員從玻璃櫃中把紫色的壽衣拿出來，攤開。很光，很白，殯儀館怎麼總是這樣白的？啟泰不喜歡這種白燈，照得連壽衣都亮堂堂的。家珍捏了捏衣袖，柔若無骨，稱讚道，又軟又滑，回過頭來，笑著，眼睛卻是紅的。

有客到。

一鞠躬，二鞠躬，三鞠躬。

家屬謝禮。

整個晚上，冬生都像在做夢，耳邊不斷迴響著有客到、鞠躬、家屬謝禮的聲音，然後是有人走近，輕拍他的肩。節哀順變。他點頭，眼眶濕濕。

他坐在右排第一行的椅子上，望著兒媳、女婿、孫子一身素白，披麻戴孝跪在靈堂的左側，向弔唁的親友躬身致謝。

冬生望著妻子的遺照，她正望著自己，微笑著。他和家興從一大疊生活照中，挑了幾張，交給了陳先生。來到靈堂，他才知道，竟是喜照中的妻子，變成了遺照裏的妻子。彩色的生命，離了塵世，就變成黑白了。堂姪穿著黑色的西服跪在跟前。堂姪媳穿著大紅彩鳳金絲銀珠裙褂跪在跟前。玉蓮頭髮新燙，穿著紫藍的長衫，坐在冬生的右邊，笑著放下手上的茶杯，欣喜地注視著一對新人。咔嚓一聲，四個人的動態和神情就凝住了。可是，玉蓮已經從那個空間中抽出，被甚麼力量框住，變成一幀半身照，顏色褪盡，只餘黑白。

那天清早，房子從幽暗漸轉明亮，冬生像往常一樣，躺在大廳的雙層床上，輕喚房中熟睡的妻子：娘子，起床囉。房子靜靜的，好像還在夢中。冬生掀開棉被，邊喚娘子起床囉邊坐著穿拖鞋，然後塌塌塌走進睡房，叫妻子起床到公園晨運。睡房的雙人床卻是空的。冬生笑了笑，妻子今天起得比他還要早，準在廚房煮泡飯。閃念間他卻皺了皺眉，慌張地摸進廚房。廚房碗碟明亮。冬生身子都冷了，醒了醒，慢慢走回睡房，望著偌大的空床，人卻恍惚了。他對著那張床邊哭邊罵：你以為自己很棒，走這麼快，你棒！你棒！

然後倒在床上曲著腳嗚嗚哭起來。哭了一會，他感到有點累，好像聽到自己和妻子仍舊躺在這張床上說著往事。

玉蓮說，走難的時候，我背著弟弟，弟弟睡著了，不做聲。後來有個路人說，這孩子死了，你還背著！我說，沒有呢，好好的還在睡。死了！我將信將疑，把弟弟放下來，搖他，喊他，一點反應都沒有，真的死了，我就悄悄把他放到田壟上。走到長沙，找到我爹，他問，弟弟呢？我就哭了起來，說他在路上死了，我悄悄把他放在田壟上。那天我才知道我爹討了個姨娘。她對我不錯，沒嫌我髒，倒了盆水，幫我洗頭，捉蚤，還給我吃藥，我很快就把肚子裏的蟲痾出來。那時我的肚子真是皮球一樣大。

玉蓮說，我爹和我住在叔叔家裏。叔叔會做生意，省吃儉用，人人都讚他出息。我爹不是嫖就是煙，害我們吃苦。嬸嬸呀，她多屬害，嘴尖尖的一副凶巴巴的罵人相，欺我沒娘，天亮就罵我、打我。有一天，我爹氣透了，恨透了，抓著鐵棍當著嬸嬸一棍一棍的敲過來，一邊敲一邊罵：你還不走！你還不走！他恨死自己了，他是不要我留在那裏受苦，要我逃。我偏生不逃，讓他劈劈的敲個夠。

玉蓮說，在長沙的時候，真是苦到阿彌陀佛，嬸嬸這樣刻薄我，我想過找人把訂婚指環還你，跳到井裏死掉算了。

冬生心頭一驚，玉蓮的烈性子，真會做出這種事來的。他翻身安慰她，一摸，空落落，床單涼涼的。玉蓮真的死了。

家珍跪在蒲團上，望著滿堂的花圈，靈堂左右寫著"劬勞未報""昊天罔極"。她想起啟泰的娘守夜那天，靈堂上也是這八個字，花圈卻只有兩個，一個是她父母送的，一個是啟泰的同事送的，來弔唁的親友不多，記憶中是一排一排的空凳。那天真冷清，靈堂靜靜的，三個老尼姑輕聲誦經，氣若游絲，聲息都沒有。那時家裏只餘數千塊，沒有親友的帛金，幾乎連殯葬的錢都不夠。母親當時給了五千元帛金，連同兄弟姊妹的帛金，加起來有一萬塊，總算不用向親友借。

想起母親，家珍又泫然下淚。若非母親把她背到香港來，自己早成枯骨，埋在故鄉的黃土中了。

小時候，你胖胖的多可愛。三姊妹當中，你的樣子最像我。七歲那年，一天早上你死豬似的躺在床上，遲遲不起床。我以為你又想賴學了，罵你沒反應，我就火冒起來，劈劈的打你、捏你，你不作聲，眼定定地望著我，流著淚。我覺得不對勁，摸摸你的額，竟是燙手的，才知道你發熱，馬上請鄰家的大叔登登的背著你找大夫。那天之後你就不會動了，整個人木塌了。我哭呀哭的，你還是木塌了。後來你爸申請我們到香港去，有個人說你沒得救的了，帶去也沒用，放到地上爛掉算了。我當然不肯，自己兒女呀，生好死好也要在一起，就背著你，和你的姐姐到香港找你爸。

家珍望著坐在前排的父親，只見他的頭髮亂蓬蓬的全白了。從母親離世那天到守夜，才一個多月，父親的頭髮全白了。沒了母親，他一個人能照顧自己嗎？他今後可慘了。家珍望著父親蒼白的臉，忽然感到愧疚，臉熱刺刺的。

父親笑著說：你呀，在律敦治醫院住了三年。我到醫院來看你，你別過臉不睬我，總是生我的氣，恨我把你送到醫院來。後來你的手腳會動了，你還打我、踢我呢。幸好來了香港，那個洋醫生真好，為你做了好多次手術，腿上開了一刀又一刀。你受了許多苦，總算醫好了。出院的時候，醫生送了許多玩具給你，你記得嗎？父親笑著說。

然後，家珍好像要補回那幾年臥床的日子似的，愛上了游泳、騎自行車，走路越發像平常人一般，沒甚麼異樣。然後，家珍暗地裏在談戀愛了。在深水灣認識的小伙子。她穿著花裙、戴著新型的草帽，笑盈盈的游泳回來，父母卻和她說起自己的婚事。一個老鄉，開南貨店的，家境當然比我們好得多了，他兒子比你大四歲，人品很不錯。你嫁了他，衣食無憂，我們都放心。我們都喜歡。我們都答應了。然後，開南貨店的老鄉說，她不肯行禮，我們可要用生雞拜堂了。那天午後，大廳陰陰沉沉的，門關上了，陽光在很遠很遠的地方。家珍死貼著大廳一角的椅子，對著面紅耳赤的父母，右手握著啤酒瓶，發了狠朝自己的左手腕擊去，砰的一聲，圍著她的人都嚇呆了。家珍左手腕滿是鮮血，右手仍緊握稜角崢嶸的半截破酒瓶。她自己也嚇呆了，姐夫馬上抓著她的手，放下，不要亂來！她放下酒瓶，恍恍惚惚的，任由姐夫幫她止血，包紮傷口。然後，她帶著左手腕三條永遠無法消除的傷痕，穿上了婚紗。新婚之夜，啟泰吻她的時候，她清楚聽到潮水輕拍岸沙的聲音。

看相的說，你是蛇精，你先生可是隻牛，你勉強吞了他，他卻把你的肚子撐破了，這叫相剋，所以那南貨店就倒了。家珍想，關我甚麼事，他老爸把錢泡在股票中，一場大股災，唯有賣店還債。我兒子出生的時候，家裏已是窮得連買奶粉的錢都不夠，母親好像甚麼都知道似的，過一段日子就買一箱奶粉來。

家珍，你怨娘嗎？

好好的怨甚麼？

啟泰對你算是好的。

好。

由得你罵。

像你罵爹。

都是命。

我不信。

現在，兩個孩子都大了，可都並未嫁娶。命好的，我已做了婆婆。人問，兒子多大了？三十三。要娶媳婦了。沒有錢，叫母夜叉嫁他！她這樣嘲笑兒子，為自己解嘲。

家珍對兒子和女兒說，到裏面去，看看外婆，外婆最疼你們。兒子和女兒就跟著家珍，靜靜地走到後室。母親離世前，總是睡不著，現在睡得好沉好沉了。隔著冰冷的玻璃，家珍看到她送給母親的花鞋，紫色的紫色的花鞋，大顆大顆的淚又掉下來了。家珍好像仍聽到母親和她絮絮叨叨說話的聲音。

啟泰對你算是好的。

好。

都是命。

我信了。

家珍，你怨娘嗎？

怨，怎麼不怨？你這樣丟下我們。

陳先生說，喃嘸來了。啟泰別過臉，看見一個穿灰色唐裝的男人，四十來歲，和家興說著話。啟泰想，哦，竟然還有喃嘸。

靈堂右邊的長方桌兩側，坐著七個和尚，有一個戴著黑邊眼鏡。（冬生說：九個和尚。）和尚都穿著黃衣，手捏念珠，一邊數，一邊喃喃誦唸。（陳先生說：和尚最貴，其次是喃嘸，尼姑便宜些。）長桌鋪著金黃的布，亮堂堂的，邊和角下垂的布幅中央，一行粉紅色的蓮花繞四方，好像在人世的天涯海角，開滿慈悲。（陳先生說：倉卒了一點，找九個和尚有點困難，七個可以嗎？）桌上是一個一個粉紅色的圓柱燭台，還有零星對稱置放的粉紅色蓮花燈，蓮燈的光暈一圈圈散放。（冬生說：九個和尚好一點，如果可以找到。）和尚的頭油亮亮的，有的頭上有一個一個小圓點，有的沒有。他們的嘴唇密密顫動，聽不清楚唸的是甚麼，但聲音好像充滿四周。（家興說：有和尚，就不用喃嘸了。）我娘守夜那天，真是靜得冷清，像我們的環境，哪有資格在寶福山出殯？來的時候，只見大堂就像酒店，牆上地上全是綠色的雲石。火車站有專車接送。（家珍說：聽說喃嘸做法事，有破地獄儀式，對媽好。）怎麼說，我娘已變成灰了。

也不能怪家珍，自從她嫁了給我，就要對著兩個傻人，我娘和我弟。我弟發作起來是會打人的，有一次他捲起了一疊報紙，朝家珍的頭敲下去，家珍舉手擋格，卻不夠我弟快，啪的一聲，還是給打中；要是他拿的是菜刀或斧頭，家珍肯定一命嗚呼了。家珍說，你爹去了，你又跑到德國的餐館工作，我一個人在家帶兩個孩子，管兩個傻人，你想想我是怎麼過日子的。

所以，家珍打長途電話來，說我弟後半夜突然死去了，我並不傷心，反而鬆了半口氣。驗屍後，他們說我弟喉嚨發大，頂著氣管窒息死了。他的喪事，是家珍一手包辦的。然後是我娘又闖禍了。家珍打長途電話來，說我娘晚上，竟然在家中的走廊焚燒我弟的衣服，一邊燒一邊喃喃自語，天氣冷，多穿衣。火光熊熊，我娘的臉忽明忽暗，像撞了邪似的，好怕人。家珍說，你娘差點把我燒死了。誰報的警？鄰居囉。然後？然後消防來了，警察也來了，救熄了火，我們卻要到差館問話。自從我嫁了給你，不是經常要到青山，就是經常要到差館。我說呢，都是你爹作的孽。

唉，我爹，我也埋怨過他。我娘出生就是呆的，我爹因為她家有錢、開店子，就娶了她，生了一個女娃娃。我娘不會帶孩子，冷天給她蓋棉被，蓋到頭上，竟把她悶死了，才幾個月。然後，我娘生了我，生了我弟。我弟出生是呆的，只有我不是。家珍跟我吵架的時候，總是說：呆子！呆子！你害了我，不要害了下一代全變了呆子！所以，家珍第三度懷孕的時候，她堅決要打掉，我說：你倒狠心，上天有好生之德！家珍說：菩薩保佑，我生的兩個孩子都正常，誰保第三個不是呆的？我的苦還沒受夠？她打掉孩子回來，我忍不住說：你是殺人兇手。

我娘死之前，我已從德國回港幾年了。家珍打長途電話來，說我娘又失蹤了，在報上登了尋人廣告、照片，接著就收到許多電話，男人、女人、小女孩，甚麼人都有，亂說一通，最後總是說要賞多少錢。家珍在電話那頭哭了，說活得太辛苦了！我想，這樣分開也不是辦法，就辭掉在德國餐館的工作。我還沒回到香港，我娘就懵懵懂懂的找到家門了，又髒又臭，這一次她失蹤了十三天。

家珍摟著我的脖子說，你早該回來了。

我抱著她說，我想你想得太辛苦了。

可是，我回港八個月都沒找到工作，家珍後來哭著罵道：你死回來幹甚麼？好端端的有工不做！你這死屍！

我娘去世前一個月，已經瘦得皮包骨了。我的家無論怎麼洗擦，總有一陣隱隱約約的臭氣。家珍總會為很小的事情發大火，罵我娘害了她，害了我們一家子。我娘那時失禁了，吃甚麼就拉甚麼，屎特別臭，一褲子都是。

家珍說，我不會為你娘洗屎抹屁股的。

我娘一失禁，家珍就咆哮，好臭，好臭，快給你的臭老娘洗屎去！

我就很不情願地寒著臉，把我娘拉進廁所，脫了她的褲子，刷刷刷的洗屎去了。

有一天，家珍對著我岳母笑著說：前天，他老娘又拉屎啦，我叫他幫他的老娘洗屎，他洗完屎出來，走到大廳，腿卻"碰"的撞到一張椅子，這老坑痛得找他的老娘出氣，兇巴巴的罵道：你怎麼不趁早死！累人累物！然後像個孩子在房間裏嗚哇嗚哇的哭起來。不關我事呀，是他自己咒他的臭老娘。

不久，我娘真的死去了。我娘是給我咒死的。

來弔唁的親友越來越多，靈堂的椅子差不多坐滿了，剛來弔唁的，是家興的同事。家興跪在蒲團上，向他的同事躬身致意，等了一會，見沒有來賓，就站起來，走到他同事的身邊坐下，和他們聊天。節哀順變。家興點點頭，心想，哪有這麼容易？

談了一會，陳先生領著個道士走前來說，要做儀式了。家興認得是先前穿灰色唐裝的張師傅，現在卻穿了一身黃色的道袍，戴著高高的黃帽，手上還拿著一柄鐵劍。

張師傅在靈堂中央的空地上，放了幾塊瓦片，在瓦片上放了一個淺淺的砵子，倒了很多生油。接著，他在瓦片的外圍擺放白色的磁磚，大約每隔一尺放一塊，圍成一個大圓。家興數了數，一共十八塊。然後，他點燃了圓圈中央的生油，一叢火花就這樣盛開了，而且越開越燦亮。靈堂上坐著的人都注視著張師傅和圓圈中的火光。

張師傅開始作法了。他搖動著左手的銅鈴，叮鈴叮鈴，揮舞著右手的鐵劍，叮鈴叮鈴。黃色道袍的手袖，在虛空中飄著，下襬的黑邊拂過火堆，像黑色的蛟龍在地獄的烈火中騰飛。張師傅道袍的背面，繡著五個藍邊黃底太極陰陽魚圖，像五個飛輪，在黑風和火焰中旋轉。目連。家興恍惚聽到甚麼聲音，以為有親友來弔唁，回過頭望了望門口，只見一排一排的親友靜靜地坐著。他回轉頭，看見張師傅輕輕一躍，跳過了火堆，喃喃誦唸：

> 茫茫酆都中，重重金剛山，
> 靈寶無量光，洞照炎池煩。
> 九幽諸罪魂，身隨香雲旛，
> 定慧青蓮花，上生神永安。

家興記起小時候，第一次到靈堂，是出席乾祖母的喪禮。那時他唸小學三年級，不明白為甚麼到了靈堂，額頭和腰間要纏上白色的布。母親和一些年老的女人，每隔一段時間，就會走到後室，隔著玻璃對著死者大哭大唱，彼此好像要鬥大聲似的，非常吵耳。守夜那天，家興在沙發上睡著了，第二天清早被母親的哭聲吵醒："我個翁姑呀，……"回家之前，大人說，要把吉儀中的糖吃掉，把那個一元硬幣花掉，在街上轉幾個圈，還要跳過火堆才能進家門，生怕孤魂野鬼附身，跟進家來。

從那天開始，家興就不喜歡到靈堂去，幾乎是甚麼喪禮都不出席。只是他一直懼怕有一天……那天，陳醫生請他們到病房旁的小室談談，家興一聽到要進小室談談，淚水就奪眶而出，知道母親危在旦夕。母親昏迷了一個星期，家興每天躲在辦公室中，哭得眼都腫了。每天下班，他都要找戚醫生。第一天，戚醫生說，人總有這一天的，看開點。第二天，戚醫生說，真有這一天，你也要節哀順變。第三天，戚醫生說，我能夠做甚麼呢，只有你可以幫自己。第四天，戚醫生說，給你一些藥吧。第五天早上，家興上班的時候，眼睛是紅腫的，卻是笑著走路，步履異常輕盈，胸口從沒試過這樣暢快。

後來，家興的母親繞過鬼門關，回到陽間，而且可以回家了。母親出院那天，家興扶著母親，在陽光下走著，邊走邊說笑。

第二天，家興探望母親，卻見母親一個人呆呆地坐在椅子上，汪汪的掉著淚。母親瘦了，喉嚨貼了膠布，雙目淒然。家興忙問，怎麼了？哪裏不舒服？母親說：昏迷的時候，甚麼都不知道；原來那時我這樣危險，要是我醒不來，現在已變成灰了，變了灰也不知道是為了甚麼。說著說著，兩行淚又流下來了。家興說：現在好了，不要再說這些話了。

可是，母親還是失眠。她病癒仍是每天打電話給小兒子，今天做了多少生意？然後是一聲嘆息。小兒子又問她討錢了，要給餐廳的伙計支薪，要支付肉數和菜數，要交水費電費，要付勞工保險。而他，通宵達旦的做，一毛錢薪金都沒有，老闆唄，滋味好不好？

為了弟弟不理反對，胡亂跟“朋友”合夥做生意；為了母親不聽勸告，把“棺材本”交了給小兒子，讓整個家陷入災難，家興恨死了。那天，母親又在電話中唉聲嘆氣，計算著小兒子虧了多少錢，埋怨沒有人肯救他。家興火冒起來，兇巴巴地罵道：誰叫你當初不聽我們勸？說過多少次了？不要信他！不要信他！（你不要說這麼大聲）你還是抬了棺材本給他生火！（你嚇死我了）誰害你來？（你不要說這麼大聲）

過了幾天，母親打電話來，說自己頭腦不靈清，常常頭痛，甚麼都記不住，心咚咚咚的猛跳，慌絲絲的。過了幾天，姐姐打電話來，說母親常常頭痛，一點記性都沒有，竟拿洗潔精當油炒菜，看樣子患了精神病了。過了幾天，弟弟打電話來，說母親突然在家中暈倒，送進醫院了，不行了，快來！

家興永遠不會忘記這一天，他站在彌留的母親身旁，淚眼模糊不勝惶恐與悲痛。鄰床的女病人見他哭得這樣悲傷，說他是個孝子。家興心裏痛斥：我不孝！我不孝！是我害死阿媽。家珍說，母親的指甲焦黃了，她拉起母親的褲管，一看，怎麼腿上起了一點一點的紅斑？家興頓覺不祥，心跳加速。一直望著心跳儀器的大姐突然嗚咽著呼叫，媽！媽！──心跳儀沒有反應了。家珍低聲啜泣。冬生面如死灰，頹然坐下，抖著手在褲袋裏掏出血壓丸，馬上吞了兩顆。家興忽然解脫了似的，變得異常平靜，俯身輕輕吻在母親猶溫的額頭。他記著母親的遺容：她穿著紫色的病人袍，咽喉插著管子，嘴唇微腫，仍有血色，兩眼閉上，濕漓漓的滿溢淚水，頭髮灰白疏散。母親床邊的風扇吹著涼風，母親的額頭卻是溫暖的，永恆的溫暖。

母親走後的第一個夜晚，家興忽然記起些甚麼，問妻子記不記得幾天前，連續幾個晚上，大約是凌晨兩三點，電話總會突然轟鳴。家興拿起聽筒，喂喂的叫了兩聲，沒人回答。不久，他聽到電話那頭，傳來輕輕的、細細的，好像是飲泣，又好像是印刷機開動的聲音。家興起初以為是弟弟的債主騷擾他們，聽了幾夜的飲泣來電，就在睡前把電話擱起。現在，他覺得那是母親走前，預感自己大限將至，為了聽他的聲音，魂魄離形搖電話給他。

妻子說，你不要胡思亂想了。

連續許多個夜晚，家興都睡不著，他疑心母親會打電話給他，瞪著眼睛在黑暗的房子裏靜心諦聽。一晚、兩晚、三晚、四晚。他的黑眼圈越來越明顯。終於等到一次午夜的催魂鈴，他抓起聽筒，果然是那輕輕的、細細的，好像是飲泣，又好像是印刷機開動的聲音。他喊了一聲媽，淚就流下來了。然後，他搖醒妻子說：我媽打電話給我了。妻子接過聽筒，甚麼聲音都沒有。

妻子說，你不要胡思亂想了。

妻子說，你再胡思亂想，就要出亂子了。

有一夜，家興聽見門鈴響，他忽然驚覺自己身在老屋，和爸爸呆坐在沙發上。他打開門，看見母親一臉風霜，站在鐵閘外。他喜不自勝，馬上拉開鐵閘，熱情地說：你回來啦！母親說：遠行回來了。家興一把摟著母親，母親沒有死，身體是實實在在的、溫暖的。他高興得哭了，哭著哭著，發覺自己躺在床上，房子黑沉沉的。

沒多久，家興常常喊頭痛，差不多每天早上都在大廳、房間、浴室中進進出出找眼鏡，喃喃自語：我的眼鏡呢？我的眼鏡又不見了。

有一天，他對妻子說：我覺得媽想把我帶到下面去，我又頭痛了，腦子不靈清，連昨天做過甚麼都記不起。但我捨不得你們。

妻子說，你不要胡思亂想了，看看醫生吧。

妻子說，看醫生、吃藥也幫不上甚麼的，最終要靠你自己。

"破地獄！"

家興一驚，只見張師傅大喝一聲後，跳過火堆，車輪似的翻了個身，手腕一彈，鐵劍的尖鋒就啄在一塊磁磚上，磁磚蹦的碎了。劍起劍落，蹦蹦蹦的幾響，地上十八塊磁磚，已經碎了八、九塊。張師傅在火堆間繞圈蹤跳，身影越來越快，下襬的黑邊拂過火堆，像黑色的蛟龍在地獄的烈火中騰飛，那火熊熊的燒得更旺，金燦燦有如一朵蓮花。家興看得目眩頭暈，好像正隨那道袍飄然在火焰間騰飛，腳下生風。又是蹦蹦蹦的幾聲，張師傅雙腳一蹬，凌空飄起，黑布鞋一縮一伸，已跳過苦海烈焰，在彼岸下降。

"呼！"

滿堂屏息凝視的人吃了一驚，許多人禁不住站了起來，望著滑倒在地上的張師傅。

坐在前排的人馬上走過去，把張師傅拉起來，扶到一旁。家興皺了皺眉，上前問，怎樣了？有沒有受傷？

張師傅說，沒事沒事，生油倒得太多；阿金，快點接上。張師傅的徒弟阿金，馬上脫了師傅的道袍，穿上，戴上帽子，手握鐵劍跳到場中，繞了兩個圈，蹦蹦蹦的把剩下的白磁磚統統擊碎，然後跳回來，扶著張師傅離去。陳先生和冬生說，快到醫院去！快到醫院去！張師傅右手鉤搭著徒弟的肩膊，拖著腿邊走邊對冬生說：對不起，對不起。張師傅的左腳燙傷了。

怎麼搞的？竟會發生這樣的事！

靈堂上的人議論紛紛，但沸水似的聲音還是慢慢消散了。走的走，靈堂終於回復清冷，只餘一排一排黑色的空椅子。玉蓮在靈堂的正中微笑著，看著最後一個人離去。那是回過頭來，雙目淒然的冬生。

第二天清早，來送玉蓮上山的人，比昨晚少多了，只有二三十個至親，和相識幾十年的老朋友。椅子換了排列方式，昨夜是正向靈堂的，現在卻是側向，冬生、家興、家珍、啟泰等都坐在左邊第一排。

玉蓮出來了。棺木緩緩推出，停在正中。

陳先生說：現在瞻仰遺容，請親友對先人作最後的敬意。

有經驗的長輩首先站起來，慢慢走近玉蓮的棺木，其他人一個接一個跟進，大家繞著玉蓮的身體，緩緩移動、旋轉。

玉蓮蓋著金色的壽被，好像發著光。冬生望著妻子，他從沒見她化這樣的濃妝，臉上塗了厚厚的脂粉，嘴唇紅艷艷的，閃著亮光。我想過找人把訂婚指環還你，跳到井裏死掉算了。但玉蓮還是作了我的新娘。新婚之樂恍如昨夜，明天醒來玉蓮卻老去了，很快就會在黃土裏爛掉。家興望著母親，她的樣子變了，雙目深陷，臉龐硬繃繃的，右耳塗了脂粉，仍遮不住那一片瘀紅。母親在冷房裏凍壞了，他不忍心再在墓址上左挑右選、等待可以續期的永久墓地。長輩說，不要哭，淚水滴到先人的身上，她捨不得人世，難以安心上路。家興雙眼充滿淚水，沒有流下來。家珍瞥見昨天幫母親梳頭用的淺藍色梳子，平放在母親的首側，她為母親挑的陪葬衣服，疏疏的放在身體的兩邊。原來還有空位，早知請他們把滿滿的一袋衣服統統放進去吧。家珍有點懊悔，嗦了嗦鼻子，眼睛紅紅的。她來到母親的面前，停了腳步，我會好好照顧么弟。啟泰想起自己的母親，也是這樣躺著，也是滿頭白髮，卻是個貼著人皮的骷髏，窩在彷彿要下陷的藍色壽被裏。他看見母親坐在餐桌前，桌上只有一杯水，一片白麵包。好臭，好臭，快給你的臭老娘洗屎去！你怎麼不趁早死！累人累物！啟泰大顆大顆的淚珠，熱熱的滾下來，滿臉都是。

"落釘！"

鐵鎚敲著棺材釘，敲得咚咚響。冬生看著聽著，心痛欲裂，禁不住站了起來，娘子呀娘子嗚嗚的哭著叫著。家珍、家興望著父親，不禁淚如雨下。

起程了。

靈堂響起嗩吶的喧聲樂韻，好像新娘子要出嫁。親友隨棺木緩緩移動、前行。急管繁弦，繁弦急管，冬生悠悠忽忽的望著窗外久候的天空和白雲，陽光和青山。

靈車駛到將軍澳，左轉，盤山而上。下車後，大伙兒沿階登上了玉蓮的墓地，轉過身來，只見天藍如洗，兩邊的青山映著清湛湛的碧藍海灣，涼風吹著，眾人身上的衣衫獵獵抖動。玉蓮的墓址是八號，正對海灣與兩山間的出口，朝東南。青山與大海就這樣把滿山的死者抱住。

八號，多好意頭。這裏風水真好。有點像豪宅。我也想葬在這裏呢。

冬生和家興聽著親友嘰嘰喳喳的說，一時間忘了死亡的傷感，都為玉蓮高興起來。

原刊《香港文學》2005年3月號

炭燒夫妻

◎ 陳汗

　　以後的日子我注定要躺下來了，總之離開了床便軟弱無力。自從跟了他之後，搬了幾次家，只試過一次他願意下來陪我。我容忍慣了，一個又一個女人係咁換，最初我堅決不肯，你在外面怎樣也好，還帶回來，睡我的床！顛呀浪呀□□我身上哩！你當我是甚麼當我是甚麼呀！

　　有個女人曾經為他墮過胎，手術之後她又來了，倦了睡了半夜醒來，聽到他做夢叫另一個女人的名字，她傷透了心，伏在他身邊哭，哭也不敢大聲。同樣是女人我明白的，我同情她可憐她但我不能饒恕她，她趁你年紀也差不多了，想結婚了便乘虛而入……是的，是我搞她的，她可以不來啊可以不上你的床，幹嗎？是她自作自受活該的！她給單車撞，眼睛要做手術，給人騙了錢跟了另一個男人都和我有關，你不信？對，一個又一個都是我，三姐，你要主持公道！……我和他是注定了的，他愛自己他最愛的是自己，其實也就是愛我，誰也分不開我們的！我怎麼對他不好？他當甚麼導演，搞甚麼網站……這些都累壞他了讓他精神透支又虛榮又多引誘……我錫佢我痛心呀我唔捨得呀三姐！……你不知道一個女人每天每夜等她的男人回家那心情你懂個屁！我不怕誰我甚麼都不怕！我有甚麼錯你說？這麼多年我甚麼也　容忍了，可是他現在真的結婚了……是他　無情無義在先，不，他還是　最愛我的，你們看著吧，他離不開我的只要他　躺下，他累了很累了，我會　哄他的　這些你別管你別管好不好！

這怵惕驚心的一幕是在廣東石龍鎮郊外的雞公廟裏發生的。神壇下三姐請了她上身，整晚跟我對質。原來我跟她睡了好多年了我從來不知道，只是一次偶然、巧合、離奇地遇上了以後她老跟著我。甚麼合體緣？甚麼注定要在一起？甚麼愛自己便等於愛你？唉，我承認我過去曾經糊塗過、頹廢過、傷過騙過別人的感情，可是，這次是最最最最荒謬無稽的。神明在上，這場愛的審判我是原告。

"你是不是在一個木屋區……一間木屋裏睡過？"

"我沒有哇！朋友家？我家不在那，你是說酒店之類嗎？沒有。"

"你想清楚。"

"歇一歇，打打瞌睡是有的，在公園的椅子上，車上，啊，是車上嗎？可能車停在木屋區附近。"

"不，你躺下來，是躺下來蓋被子睡的，還不只一天，四、五天了，一間木屋，是你親手蓋的。"

"我親手蓋的？啊，這真怎麼可能呀？"

"還下了蚊帳，快年尾了，你沒刮鬍子還喝酒，送了幾個生雞蛋吃，記得嗎？"

"……啊！有的，我拍戲，對，我為有線電視拍的一部電影，我第一部35mm長片，不會吧？唉，我只是……怎麼可能？"

那年有線電視批出了八十萬一部電視電影的計劃，我入選拍了一部，在橫頭磡參差擠逼的木屋區找到一塊空地，徵得了村長同意在那裏重新建搭了一間木屋。的確，這木屋也可以說是我親手蓋的，找美術指導畫了圖樣，豎起了支架，為了省錢，我去觀塘一個剛遷拆的木屋區買鋅皮，五塊錢一張，又舊又生銹，也就是說又便宜又有質感，我和弟弟用手推車推回來的，也幫忙釘上去。空闊的水泥地上轉眼便立起了幾間像模像樣的木屋。當然，為了拍攝方便間格特別大，主角是個老頭，以前是故宮的陶藝大國手，可憐文革後期從大陸移民來港只能住木屋，屋旁樹下還造了個仿古的龍窯，有棚架爬滿了稀稀落落的攀藤。對，當時我真的沒懷疑過為甚麼擠逼的木屋區裏竟然有這麼一塊空地，水泥剛鋪好不久，好像是為我而預設的。

我刻意模仿侯孝賢的長鏡頭舞台化風格，還為了拒絕用廣角鏡，寧願拆掉一面牆，拍陶藝家兒子教女主角拉胚。我事事堅持完美，未開拍已超支了，以後能省則省，鑑於村路狹窄，搬運器材不易，我決定把器材留在木屋裏，晚上我留下看守，這樣便免了去器材公司交收，運送，包卸……每天可節省至少三個小時。

記得是新年前幾天我開始睡那木屋，床是木板擱在兩張條凳上搭成的，罩了蚊帳也倒自成天地。開鏡以來我失眠失食，蓬頭垢面，收工後獨自在塞滿箱子、器材、道具、電線、推拉軌的間隙中進出，憑著一支低電壓的par燈，蚊帳給照得透亮，我窩在床上為明天的拍攝分鏡頭，稍稍一動床板便嘎吱叫。夜靜淒清我在自虐式的堅忍中體悟出一種可憐且虛榮的偉大感，“勞其筋骨，餓其體膚，空乏其身”。我鐵了心要成為一個導演，就好像李維・史陀在《憂鬱的熱帶》裏所描述的土著成人禮，青年們各自肩拖著大木頭入深山，不吃不眠往上爬，直至飢餓困乏已到了極限，才於恍惚虛盈中看到：天打開了……

我用拔蘭地送了幾隻生雞蛋吞下，終於能睡了，還酣酣入夢，半夜迷糊中聽到好像是風聲還是雨聲呢？擔心還有器材在外面淋雨壞了要賠，摸黑起床，踢絆了甚麼？不管了，四周樹影魆魆，啊，沒雨啊，可是明明有雨聲，手上又沒有電筒，聽人說有電筒也不要亂照。我繞到木屋挨山的另一邊看，原來只是窗口貼上減光用的牛油紙給風吹響了，沙沙瑣瑣的真的很像細雨，一場虛驚。

第二晚因為拍戲拆了牆，沒釘回去便匆匆收工，沒遮沒掩的又離床不遠彷彿露天而睡，這更沒安全感了。深夜在蚊帳內乍醒，赫然見牆洞外有幾點青光在眨，隔著薄紗我不敢妄動，是眼睛！是野狗的眼睛，約莫有三、四隻在來回遊嗅著，其中一隻試探地踏爪，見我沒動靜，進屋子了！我坐起來，牠們嗖的退出，之後再又睡不著了。

第三晚一切順利，過年停機幾天，以為起碼可以倒頭昏睡一天，打點好一切，跟村長預早安排新年後復工需要消防喉拍下雨戲。他在家喝白酒，邀我也喝一杯，東扯西諞一番，他突然問：

"你睡木屋呀？你不怕？"

"怕甚麼？……怕甚麼？"

"沒有，你一個人也真夠膽。沒事就好。"

"有甚麼問題嗎？"

"唉，你們來拍戲找地方，為甚麼到處這麼擠，卻剛好有一塊空地？"

"……為甚麼？"

"是因為剛好那邊有幾間木屋火警燒掉了。"

"唉，……那是我們好運氣吧。"

"好運氣？你睡的那木屋呀，正好燒死了兩個人！"

"？"

"是一對夫妻，為了甚麼緣故燒炭就不知道了，做夫妻總有不如意的了對不對？他們自己尋死就由他們了，可這是木屋區嘛，累街坊呀，果然就引起火警，好幾間木屋都燒了，還好他們幾戶人家和村子隔離，就燒了幾個門牌，其他人逃了沒事，只他們兩夫妻，男的好像起來求救過，在門邊燒死的，燒得像炭一樣認不得了，女的就在床上……就在你睡的那位置！"

我在那裏睡了三晚，正好也是她被燒死的同一"位置"。聽到這，我居然不害怕，當時也許我不相信，就是信了又能怎麼樣？我還要把電影拍下去，那床我還是要繼續睡，那怕是患了絕症，中了槍傷總之我當導演戲還在拍我就絕不能倒下！這是我的成人禮，肩扛多少苦難不足畏，我只盼望看見天為我打開，可是相反，為我打開的是一個黑暗迷離、絞痛深邃的空間。

三姐的表情扭曲地忸嚅忽笑，手拿著絹帕，一哭一揚，"她"活靈活現的又如泣如訴。

"我算甚麼？跟你又能怎麼樣？我要結婚了，真的，請你……算了吧，你走吧，你需要些甚麼我燒給你，好麼？"

是不捨？是恨？是癡迷頑愚無奈執著……"她"不說話了，簌簌掉淚，不斷搖頭、搖頭。而仰首滿眼仙佛列位，案上一尊紙人，香煙渺渺，我不知身在何處。

那晚我回來，原來的房子沒了已經蓋了另一間木屋，有個大鬍子拉二胡，很多人坐著，一張一張圓檯，掛滿了燈籠，牆邊也有人蹲著哭！我不知道是在拍戲，嚇得我躲在一旁，直至人散去了，強光燈熄了，乒乒砵砵的收拾一通，檯椅統統搬走了，他沒有走，一個人坐在佈景中，他在想甚麼呢？他胃痛、頭痛，身子很虛，從櫃裏取出酒，嘻，連杯碗也沒有，就仰起頭張開嘴，敲破了蛋殼，一剎便倒進口裏，喝口酒沖下，一連吞了五隻。然後亮了一盞燈，拍戲用的那種呢，有四塊黑板摺合起來，射往那裏便只照亮那裏。他拿出一些紙寫寫劃劃的，噯，躺下來了，在我的床上！世界這麼大怎麼偏偏要躺到我這裏來？

最後一天他拍戲，自己抱著消防喉向上澆，哈，原來下雨是這樣子的。天快亮了，他們又乒乒砵砵的收拾，可是，這次啊，甚麼都抬走了，箱子、燈……啊，他們拍完了要走了！他和弟弟捲水喉，村長收了一封大利是……他快倦死了，回去一定病的，一定病的，天快亮了，他眼睛也睜不開了，只留他一個等甚麼呢？天快亮了，我不要，不要！一個女人來接他走，她是誰？是太太？是女朋友？是甚麼人？

我跟他回家了，是的，我氣力全沒了，最後一口氣是在床上沒的，我是先窒息的……那場火好大好熱啊，啊三姐你唔好咁對我，我冤呀我冤呀我冤呀！我只有躺著才有精神，他搬了五次家我都跟去了，只要他躺下□□□□睡也好，□也好，看書，打電話□□和女人□□甚麼也好，只要在床上便是我的，我知道他的秘密，瞞著女朋友帶其他不三不四的回家跟別人的老婆在電話裏□□□□□對不起三姐我……呀！呀！呀！我……是我……是我搞她的，我要她丟了工作，跟朋友鬧翻，樓也賣不出去……只要她　來和你好，你甚麼都會倒楣的，她屬蛇跟你沒好　結果的，我這　都是為你好你知道麼！你　知道麼你！

　　我想怎麼樣？我沒　想怎麼樣，　我不　　要離　　開，這　世　　還有甚麼　可留戀的，下面，那裏都一樣，一切　為　咗你，好的！你為甚麼呀？你為甚麼不看看我？我　曾　經　現身了，你見過的，　算啦，　　我　不會　　喇，我　不　會喇　　，呀呀呀　為　甚麼　　呀！我　　留在　你身上　了，我留在　你身　上　　了，我　留在　你　　　身上　　　了，沒發　覺？哼，我還　　對你笑　　呢　呀　　　　呀

　　"甚麼留在我身上了？甚麼意思？"

　　"沒事了，她走了，其他的都走了你別問太多。"

　　三姐撒一把米，猛搖著身體，含糊不清地哀聲吟唱……

　　道士們敲經長嘆……

　　天井那水泥地上，瓦竈給砸破，烈焰驟升，渡引過關的白馬出發了，年去年來啊多少亡魂戀棧塵世的顛倒情癡而徘徊不去，卻留下這道場一角遍地焦黑油膩的濺痕……

　　廟後黑水依傍，岸邊火化的元寶樓台中，紙人的僵訥表情白熱得透明發亮，煙灰上沖時有灼面的悸怖……

　　那晚上我回來躺在床上覺得心裏清寧了，好了，"她"走了，不再纏我迷我了，突然間我反而感到體內一股強大的空虛在膨脹，

我不再分裂成另一個或幾個我，這樣做人太正常，好像已倦於夢想厭棄了自言自語我又再孤獨一個人了。洗過澡刷了牙，我躺下來，床太大了，兩個枕頭我想哭。我的神又出現了，祂叫寂寞，祂坐在床頭憐恤而沉默地看我，不需要我祈禱或下跪，無論我貧或富成敗或榮辱喧嘩或平靜，祂慈祥又討厭地毫無意外地絕不會離棄我，只有"寂寞"和我做伴我就不寂寞了天呀這是不是很吊詭？

我考慮放棄拍電影，這行業這圈子這世界太無常多變，而我也開始老了，和命運對抗我並不畏縮，可是我開始懷疑自己的才華，筋肉衰弛了精神散渙了都在警告我，像一部機器開始出毛病時，才發覺丟失了保養書。我的確是有病的，但其實，習慣了病，病下去才是健康的。妄想症竟然曾經成為我的天賦，不斷失戀或令人失戀是自憐與報復的情慾體操，也同時是肉身保持精旺最強大的內驅力，不斷歡快地成、住、壞、空，不斷在女人身上輪迴。

西班牙驚世驚世導演Louis Brunel在自傳中說他七十多歲時才鬆口氣，因為性慾離他而去了，他不再夜夜被它折磨而痛苦難眠。我的解脫還未到，在網絡公司當經理提供了不少桃色機會，原來不只是娛樂圈，辦公室的淫亂同樣令人咋舌，且關係更曖昧更遮掩更複雜，工作愈繁忙愈緊張在壓力下誰都產生分泌變異。在大城市，在香港。混濁的空氣。花粉漫飛。

你真的以為我走了？你不回家以為就能甩了我嗎？我等，我想見你也想讓你見到我，也許某一晚你半夜起來到書房寫東西，一個披長髮的女人坐在椅子上……可是我還不夠勇氣，我是燒傷了全身□□□□□，看見我你一定嚇怕的，但我忍不住了，你近來上班也放棄寫作了，那天深夜你不是聽到電話響嗎？座機明明壞了，你奇怪電話怎會響，是手機。你住得僻，手機接收差，但你找到了全屋唯一一個位置，只有那裏才收到訊號，在電視櫃左邊你把手機放在喇叭上角那位置。你惺惺忪忪的接了，對方沒人說話，你生氣了，之後兩三晚再接到電話，同樣沒有聲音，你去投訴了，哈……是我，我在下面⋯⋯你以為是誰？

是誰坐在你床頭，是我。

你又開始自己□自己了，你幻想和好多女人做，比真的和女人做更興奮為甚麼你知道嗎？那些女人全都是我！哈哈哈！你控制不了的別裝了，一躺到床上，你就忍唔住胡思亂想，初戀的情人在大學圖書館的後樓梯給你□□□，在巴士上，在男廁，在女生宿舍，在她和丈夫新婚的床上⋯⋯甚至幻想抱她一起飛，你會做彩色的夢，會飛，從童年徙置區的窗口飛出去，或者被人追斬逃跑，走到絕路了，遇上風你張開雙臂便升起來了在空中往左擺便轉左往右擺便轉右，多自由呀！但升得太高，摸到了宇宙的屋頂，那裏垂下了很多很多尖尖的水晶鐘乳甚麼的，你害怕了，掉下來了⋯⋯在雲霧裏，下面是大海，有船帆⋯⋯如果你繼續抱著她便承受不了，你往下沉了，放手吧！但你不肯，快碰到電線桿了，你沒力氣了，可是你始終不放開她。

你帶過一個女同事回來，一進門便要人家跪在地上，拉脫了褲子要她□□，□□□□□她的時候還一邊說你怎麼搞其他女人，你習慣了□這個女人時說別的女人也不理她委屈。你上癮了快虛脫了，想成世就躺在床上嗎？甚麼生老病死？甚麼《易經》有個"剝"卦？你們躺下來壓著我了□□□你一個人每天甚至一天兩次三次你真的病了，一滴精一滴血啊你也不想想。

你習慣了要征服、要統治女人，要怎麼樣便怎麼樣，興到了，一定翻身趴著睡的，把被子疊起來墊得厚厚的，便拉下自己的□□□□狠狠的□□，甚麼Sucubi，bas甚麼？Succubus？甚麼意思？色相一切空一切甚麼的？你躺到我床上了，你以為自己□自己，最自由最甚麼佛性？你想女人嗎？你要誰？是我變出來的嘻⋯⋯被單都髒了乾了，你軟了你不知道你愛趴著是因為我在下面，你總是抱著我的。你別想結婚了，結婚對你有甚麼好？你這種人不適合的，你哭甚麼？一個大男人這麼愛哭的你有病了你？

我在家裏旅行，我等你回來。離開了床開始習慣赤腳走你的地毯，你的書房，一團一團皺了的稿紙，你寫詩？哈，我可真的一句也看不懂，寫給誰的？寫給誰的我看不懂但我知是甚麼意思。廚房。我以前愛煮東西給丈夫吃，一個家，女人最重要的是廚房，都沒了，沒了。你居然跑到北京去了，你發覺我回來了，所以你逃避是不是？你幹嗎一定要結婚？這對你絕對是沒好處的，是　毀滅！我敢說真的　你相信我，你問三姐也　沒用了她　管不到這是我的命你的命！

　　我以為已經擺脫“她”了，原來我比以前更加依賴“她”。床單經常殘留了漿狀的硬塊，這是我和“她”的緣份印記嗎？我的肉體和精神分拆了，衰老的意志頹廢地、無賴地渴望佔有更多更多的女體，但身軀安於軟弱，沒有了電影沒有了文學我毫無意義。我曾經躲進古典世界裏，在深奧的語言和東方美學裏我統治、我傲慢，目空一切，現在我躲進虛幻的女體中，千手變相。

　　我其實不信神也不信鬼，我只相信情。人之所以存在，按唯識論的說法是由無明妄念造成的。眾生也就叫做“有情”，只有在十地波羅密多的“還於有情地”，大乘慈悲的情乃終極無邊的佛境。但於凡夫俗子，是情，呼喚他們前生後世的來歸，亟亟要回來擁抱那怕是萬千絢爛的假象或一個影子，只要人與人之間感到了一刻靈魂深處的相遇，皮肉不能分的親愛，那麼，喝了忘川水又如何？就算扶我過奈何橋，還依依抱著你的體溫不捨。我的大腦裏面有一條神經特別愚頑，神啊，天啊，你設下的這遊戲規則如果能明確的話我一定遵守，我為甚麼存活為甚麼忘記不了她卻又苦苦要犧牲、折磨、傷害、迷失於以後這麼多女人以求從記憶中忘情？

　　我終於決定結婚，這是收到她寄給我一箱掛號的包裹後決定的。我不知道為甚麼搬了幾次家她還找到我，從世上不知名的角落渺茫的空間送遞到我這裏，裏面全是我的信我的詩我一生的最真最痛。

我在家等你，一切都很滿足，不是嗎？你只要一上床便擁有了甚麼都擁有了，哈你從心所欲了所以你不會捨得我的，是我，真也好假也好。

　　我等你，等你，在家裏到處遊蕩，無所事事等你，這次你去了很久，終於我聽到外面樓梯響了，大門有人開鎖了，門開了，真的是你回來了，可是你身後還有一個女的。我是有點意外，不過也習慣了，可是你說甚麼？你把行李拉進來，介紹這屋子的時候你說甚麼？你對她說：

　　"這以後是我們的家了。"

　　這以後是你們的家？你和她？這以後是我們的家了，她！

　　從廣州到石龍鎮只需半小時的火車程。每次來往港穗這是必經的一站，我認得那黑煤廠，那河，沿岸愈來愈多的沙石堆，淡淡的輕煙籠紗似的浮泛在黃水上。河濱新修了柏油路和公園，樹給修剪成各種動物、恐龍、鳳凰之類。整個中國都不斷在拆建，推翻了古舊的豎起時尚的，市鎮的形象工程在趕，紛紛奔小康奔大同了，可是雞公廟不變，三姐的眼睛跟以前一樣左眼皮上長了些肉腫得快擠攏了，她的吟唱、身體的搖晃動作和鄉音都不變。廟側小小的造船廠倒閉了，再沒有龍骨和桐油那些親切落伍的老味，河上來去的盡是運水泥的鐵殼船，空氣也愈更迷濛，每當黑灰從廟後的河岸冉冉飄升，流動緩慢無聲的河水便帶走了一個或三幾個亡魂，黃湯一喝便忘懷前事。這河的名字我不知道，但它樸實安詳，泥土地承受，慈悲地吞飲了冤哭狂妒的生生慾慾。

　　"三姐，她回來了，為甚麼不罷休呢？不是已經？"

　　命可不可以改？我願意放棄追求現世的成就，平凡地盡責愛護妻兒，這難道不是一個男人最最基本的嗎？過去的錯也好罪也好我承擔我，還有甚麼沒做好呢？

當然有！嘿，你結婚了我，去北京？三姐我呀三姐，男人都是這樣的逃的活該啊，他起身走到門口想出去大火旺旺的我聽到油炸鑊剁剁響慘呀慘呀□□□你知道嗎你知道麼你！

沒錯，我過去常逃避，古典文學呀、詩呀、女人呀酒呀，這次我結婚是逃避嗎？不！我已經厭倦無根無止一個人漂泊地存活在這世上，我也想過最後一次逃避是到下面去，那裏塵寰的無常詭變會沉澱為單純的愛恨。有一首音樂叫《黑色星期五》你聽過嗎？不，聽我說，這不是甚麼高級有學問，這曲子你一聽就能感受到我的感受。我曾經整天播這曲子一天重覆播十幾小時你不可能聽不到的，到目前，聽過這曲子而自殺的已經有二千五百八十六人了。作者是個匈牙利鋼琴家，他失戀後作的，甚麼？知道一下對你有甚麼虧？我不是，我只是想說，我不想這樣下去了。我想挽救自己……對不起，我這樣說你會難受……是，是的，我一直知道你存在你沒有走，有時我真的不敢睡，睡也不敢躺到床上，我的幻想停不了，我敲打腦袋叫它停止！停止！停止啊！可是相反，念念相續我斷不了。我又想起了第一個女朋友、她的丈夫，她丈夫以前的女朋友，還有他這些女朋友的男朋友……我恨我恨我恨與他們好像結了甚麼身體上的、液體性的緣，然後我第二個第三個女朋友我分裂開去，蔓延開去，透遍了她們與其他男人的關係，我跟香港、台灣以至大陸以至全世界陌生的男男女女發生關係了，儘管我不認識他/她們，也不知道他/她們存在與否。然後第四個第五個……我發覺自己在一個龐大的性網中交換著體液交換著唾液交換著肢體，在大江健三郎所謂人類宏偉而無奈的"共生感"裏我背叛了寂寞你知道嗎？我要親手摧毀我的神！

我們結婚了，雖然雙方家長都不很同意，畢竟我比她大十七歲。過年前，我把她接到我祖籍的廣州。不是逃避，其實過去的所謂逃避——古典傳統，跟著來詩、女人、禪、殘局、電影、北京，跟著來呢？結婚是逃避嗎？我終於有了自己的家了，過去所謂逃避無寧說是一種"安心"，把自己內在最深沉的部分安放在某一個空間，像保險箱一樣，像一個牢牢鎖上的抽屜，像模仿金字塔的三角結構，在與主墓室相等位置的空間擺放一把剃鬚刀，它經年不會生銹，那裏閉固而受保護。

荀巨伯找到了"死所"，生才感到無憾；神秀謁見達摩，達摩為他安心。我自恃不凡而到底落葉歸根，成家立室了。一個家讓我逃避也好安心也好，在外面被羞辱、被挫敗、被誣陷回到家永遠有支援信任，受了傷回來治養，把煩躁焦慮憤恣狂傲一一撫平，那裏是最後的最後，不需再逃避，再斷臂立雪求安心了。

可是婚後，怪事陸續發生。

妻和我一向在那方面琴瑟和諧，甚至近乎狂熱纏綿，一旦正式結了婚，我便突然失去了任何興趣。電影《一碗茶》裏面的男主角不也一樣嗎？他老懷疑有心偷窺，無法完事⋯⋯統計報告這正是"無性婚姻"的典型癥候。我懷疑是工作壓力引起機能上疲弱，可是不呀，半夜躺在熟睡的妻身旁我竟然綺思叢生，究竟發生甚麼事？我翻身壓著自己的堅硬，輕輕的抽動恐防驚醒了妻，接著女人一個一個上了我們的床，呼吸抑制著更亢奮的不忠更荒狂的淫穢我自由了哎哎窗戶剎開，簾紗飄舉時，我們和床飛出去了⋯⋯

自從妻懷了孩子，加上分隔兩地，情況更糟了。終於我辭去了工作，在她預產期前三個月全職陪她，把她接去了香港，每天在家附近散散步，爬爬樓梯，晚上給妻揉腿，撫摸隆隆的肚皮，塗防皺膏，給孩子說說話，聽莫札特音樂。

我是在補償？這是甚麼話？這些日子到目前來說是我們夫妻倆最美好的，當然我不知道也不再相信任何稀奇古怪的靈異存在了。我必得陽光地生活下去，我已經有個家了，對不起，波特萊爾，我最敬愛的朋友，愛倫坡、Rashdie、Brunel、達利、Fritz Lang、Doors、徐渭、David Linch、馬勒當拿、《重金屬》⋯⋯再見了，對不起，我有個家了。

三姐，為甚麼？我只有這麼一個簡單的要求了，為甚麼這麼難？為甚麼顛沛還不夠窮賤還不夠？我想大聲叫，我瘋了來回要踢東西，一拳一拳狠狠的打倦打到青瘀了流血了我跪下求你放過她們吧，所有業、罪讓我給我不怕我願意。女兒才剛剛滿兩個月便開始摔，從小床摔下來，往後一仰摔倒地上，嗑得滿口血；從沙發又摔、從飯桌又摔，摔得滿面都花了……她看到“東西”，妻和她在廳裏玩，她定了神看妻身後的牆，只是一幅空白的牆啊！她看到甚麼？晚上無緣無故的哭，抓緊了媽媽，說：不要！不要！我瘋了怒叫你們滾！滾啊！妻崩潰了，在女兒連續哭了一小時三十八分鐘後她昏迷了，在夢中搖頭囈語，流著一身汗，她去了一個地方，那裏很白，雲很輕，有個慈祥的姥姥等著她，教她唱歌，噯，那首歌她自小就懂，這是甚麼回事？她淚乾了，一臉紫白，美得透亮，她回來了！

　　“我怎麼了？我去了多久？”

　　“三天。”我騙她。

　　“三天了？”

　　“。”

　　“哦？女兒怎麼了？”

　　“她沒事。”

　　“我去了那裏？”

　　“很遠的地方吧。沒事了現在，你回來了，那就好了。”

　　“對不起，我去了這麼久，讓你一個人照顧女兒。”

　　我忍不住了，抱住妻女，我本來就是個極愛哭的男人，但有很多年了，二十年不止了，我以為這世上已沒有甚麼事值得我哭，我以為淚腺已退化，我已經成為一個鐵錚錚的硬漢了，可現在這刻……

　　妻在香港分娩那天剛過了入境限制的日期，那天清晨羊水穿了，送到醫院後她痛得臉青，但子宮要自然打開才能接生，標準是十度，她才開到三、四度。可是我不能陪她了我不能陪她我要去啟德為她辦延期居港的申請，可是不批，我趕回來她不是我妻了！她戴上了氧氣罩和手術帽和膠管，她沒力氣說話，她軟弱的手給我握著，她說不要離開她她害怕……決定剖腹產的是我，我第一次感受到另一個人的生命由我來決定的重大負荷。

孩子推出來了。

見到女兒，心才柔軟了，簽紙的一剎那，我的想像突然跳躍了許多時空，過去我從未為自己下個月打算過的，可是一見了女兒，我感到要訂下至少二十年的計劃，至少要照顧她到大學畢業。

妻在生孩子後約莫一小時醒了我在她身邊陪到四個小時後才完全清醒了，她的臉因失血或甚麼全部雜質都過濾消失了，白得眼瞼和唇像抹了輕輕的淡紫，我撫拂她還有點濕的額髮，她像個仙女。我們一起看女兒，還商量準備應付下一個挑戰——怎樣餵母乳之際……妻剛好泛現了一絲笑容之際……警察來了，正式拘捕我妻了。

三姐啊三姐，我一生害過甚麼人？你說！你說啊！

女兒過了一周歲以為一切都好了，她會走路會說話了，我們可以開始為她講故事了，我教她：

"一家人有誰？"

她大聲朗朗的答："爸爸！媽媽！寶寶！"

然後她要跟我們貼貼面。

可是突然在兩個月間，僅僅在兩個月間，一場感冒，她久病沒清，不久便轉為過敏性哮喘，反反覆覆治好了即轉為肺炎，肺炎那天呀！我一直反對打吊針，那麼小的手那麼細的血管怎麼能插針的？誰忍心這樣做呀，可是我六神無主了，打了五天她好了，她的臉不再有那種小顆粒了，眼睛又亮了，怎料當日午睡前我餵她喝奶，她吐了，洗拭乾淨讓她好好睡吧沒事的，妻突然驚醒，呀！怎麼會這樣的！床上全是嘔吐物，奶、麵條……酸酸餿餿的滿床都是，之後女兒接連吐了五、六次，我們逼著再到醫院打點滴，打到零晨四點多，女兒雙眼無神，我們也筋疲力竭了，好了，又打了三瓶藥水，回家吧，坐計程車回家的路上，她又吐了！她又吐了！她又吐了！三姐她又吐了！可憐呀沒東西可吐了，連胃液腸液都吐出來，小臉脹紅手腳無力了，不能回家，不行的，要住院了。進了兒童醫院抽血、割手指、照X光片，再又打吊針……她只能打腳了，腳打得快爆血管了，腫得青青黑黑的，每隔十幾分鐘便瀉，瀉了些綠色的稀液，下體給細菌感染發炎了，痛得她每換尿片腿便顫抖、哭……你也有女兒啊，你看到了心裏怎麼想？在廣州，原來疫症已經爆發了，可是官方隱瞞著沒有向公眾警告，每天有一千個孩子要送院，在門診部、在大樓的走廊，孩子的叫、鬧、唬啕到處不停不休，有的年紀太小打吊針打不進手腳，打在頭上，鬼哭神嚎地獄變相呀！我女兒發高燒脫水眼睛反白了想睡，啊！女兒別睡別睡呀！妻無助失聲哭了她害怕真的出事了，我無能作為父親丈夫我無能保護她們只能來回喘氣想踢東西想撕開我胸口……

我想睡，我們都想睡，可以睡了，床是床，我在中間幻想已經因重複和虛構而變得乏味，我雙臂一伸便抱住了妻兒，我確認了。擁有不重要，擁有感才重要；正如餓不重要，餓的感覺才重要，甚至死也不重要，死的感覺才最重要。

"一家人有誰？"

"　　　"

女兒對甚麼也乏興趣，甚麼也不回答我們了，她有生命，卻沒有了生命感，甚麼也搖頭，說不要，只要你抱……我不敢在妻女面前哭，到外面買東西，在計程車上我控制不住了……

在醫院的第二天，妻也受傳染了，也吐，也瀉，我在醫院的床上抱著她們一起睡，妻的昏痛女兒的呆滯我的惑亂……我討厭荷李活式的膚淺對白，例如我想到我這句：

"別害怕，只有愛才可以超越這一切。"

但現在，我對妻子說了。

我們抱纏著三位一體分不開肢體屬誰，我們要健康地活下去，誰也阻不了。我們的呼吸慢慢暢順了，我們這姿態、這人體雕塑存在著宇宙亙古的文法，我們合抱的中央有個空間永遠受保護……

　　然而當我開始清晰地分辨妻的頸，女兒的腿和我的胸膛時，我赫然發現了左前臂上的一個疤痕，我已經久久淡忘了，那是一次我在家裏趕稿，想倒杯水喝，電子燒水器裏只剩那麼一小杯左右吧，我懶得再燒水，整個捧起來倒，也想到滾水可能會燙到手，我不理，果然給水灼傷了，沸水澆過前臂，痛，可是我仍不以為，沒包紮沒塗藥，直至傷口經日而惡化，水漣漣地發炎了，肉爛了，也不看醫生，敷了些膏藥包裹了事，結果幾乎兩個多月才好，結疤了，廢皮拔掉後不癢不痛，當然這小小傷不會放心上。

　　我歪了頭貼在妻女的臉上忽然重新發現它，已經好了很久了，大概只有普通水杯大小，一塊新嫩的皮膚，白白的中間卻原來長了些褐色的紋理，跟其他完好的膚色相近。細看　之下，噢！　那褐色　　班塊　　像人面！　心驚肉跳　的皮膚　好像　給　烙印了，　　　不　會　吧，真　的像！有五官，　模模糊　糊的，好像　在　　燒傷　　灼熱地　　　　溶化　　前凝　定　成一　　個　猙獰的、　　　　含淚　的　　　　　笑　　　臉

原刊《文學世紀》2005年3月號

185

紅花婆婆

◎ 李維怡

一

　　小手推車骨碌骨碌地在爬樓梯的聲音又開始出現，坐在自修室樓梯口檢查證件的圖書館職員拋下手中那本《麵包樹上的女人》，捂著臉想著，怎麼這麼倒霉，一天十幾小時坐在這充滿發霉紙張味的密封箱裏，還要遇到這種莫名其妙的事情……

　　紅花婆婆來了。

　　紅花婆婆，在婆婆之中，應該算是高大健碩的。小手推車上載滿了大小各色膠袋，裏面不知裝著甚麼，色雖是雜，卻是一袋袋整整齊齊地排列在小手推車的鐵籃子裏。斑白的頭髮鬆鬆地挽了個髻，上面總是插一朵鮮紅的鮮花，多數時候是大紅花，有時也會是紅玫瑰，總之無論如何不會是布花或膠花，一定是鮮紅色的鮮花，身上的衣服，也總是明麗之色。陳大文的同學不信那是鮮花，為此他們爭論過，為了查證那朵到底是不是鮮花，他們還曾數度故意繞過她後面察看，但無一不中，每次都是鮮花。

　　"阿婆呀，昨天不是已經跟你說過了嗎？你合作點吧！"那個五天裏有四天半都穿粉紅色的女職員面有難色。

　　紅花婆婆本來想自行走過當作看不到她，給她一叫，只好回過頭去："哦，又是你呀，我昨天不是已經跟你說過了嗎？"說著從口袋拿出一張摺了十幾條摺痕的黃紙給她："我的自修室證。"

　　粉紅職員是個安守本分的人，抬一抬眼鏡道："阿婆，平時自修室是歡迎大家來坐，但是現在是會考季節啦，學生優先使用呀！"

「但現在有很多空位呀。」

「人是未滿呀，可是他們來了位置還是他們的呀！」

「這不就對了嗎？他們人還沒來，來了我起來讓給他們不就好了！你剛才是說學生優先，不是說只有學生才可用呀！」

這個已經連續上演兩日的連續劇，雖然也沒甚麼好看，不過一定比考試和書本吸引。大部分聽得到這對話的人，視線雖停留在書本上，聽覺卻都只全神貫注地留意她們的對話。漸漸地，一陣嗡嗡聲，尤如一道牆般從地面上升，包圍著兩位主角，彷彿大家都已經很清楚發生甚麼事，並且有很多重大問題可以討論。

陳大文的座位就在職員檯旁邊，隱若感到一塊紅色的東西在他眼角上方翻飛，下意識地抬起頭來，只見婆婆髻頂一朵大紅花，大紅花下是一身暗紫。大紅花是在附近公園摘的吧，最近公園的大紅花叢使勁地開花，花都如獸爪般撲出鐵絲網外。

「這不就對了嗎？他們人還沒來，人來了我起來讓給他們不就好了！」

粉紅職員的臉變成一張摺皺了的草紙，紅花婆婆重複並加強論點：「也有可能他們一直都不來呀！這兒空位那麼多，為何不讓阿婆坐呢？」

「阿婆你合作些啦，大家都要守規矩呀！」

「你再等一個多小時就自由開放給所有人啦！」

紅花婆婆露出一種孺子不可教的神情道：「但現在很多空位呀！我問你，公共圖書館為何要有自修室？」

粉紅職員也不示弱，露出一種見到瘋子般的神情道：「人人都像你跑進來這樣講，我們怎樣管理呀！」

紅花婆婆笑道：「現在又沒有人人都跑進來這樣講，只是我跑進來這樣講而已，人人都跑進來這樣講，就是另一種問題啦，你們讀好多書的嘛，有無應變能力呀？」

「阿婆你講講道理吧！」

“一直在講道理的是我哦……”

“阿婆，”粉紅職員兩手交叉抓緊身上的粉紅色襯衣嚷嚷：“我也是受人二分四，你想我怎樣？”

“我不是說了他們來我便讓位嗎？又不礙著你，你跟我吵這麼久反而吵著人家溫習嘛！”

陳大文的座位就在粉紅職員旁邊，可以直接聽得清楚兩位女士的爭拗。其實他無所謂，只是不想繼續聽到周邊那些有如一堵牆的嗡嗡聲，便插嘴道：“其實，我旁邊這位同學今晚是不會來的，不如讓阿婆坐這兒，如果有其他人來，再算啦。”

粉紅職員本來以為旁邊的人只會看戲不會哼聲，被這樣一說，有點疑心自己是不是幻覺，故四處張望，不想那人就在她正前方看著她。粉紅職員一看這個滿面暗瘡眼神古怪的小子，就覺不順眼，她自己也不知怎的，突然覺得應該要堅持些甚麼似的，義正辭嚴道：“當然不行，規矩就是規矩！”

“唉呀，規矩是為大家使用方便才定出來的嘛，現在阿婆又沒有妨礙人，為何不方便一下阿婆，死都要我在外面等個多小時呢？”紅花婆婆見有人幫腔，遂轉換了一個較軟的調兒。

“呃……不如算啦，阿姐不如你通融下啦，給阿婆坐一下其實也沒甚麼大不了的，這樣子吵反正不太好吧……”陳大文道。

“人家要考試呀，你們靜一點啦，要不你就讓她坐下，要不你就報警拉她入青山啦！”遠處人群中有個不耐煩的男聲叫著，周圍又響起了不知贊成還是反對的，夾雜著不知笑甚麼的嗡嗡聲。

紅花婆婆轉過頭來，微微笑道：“哎喲，這位同學心地真是不好，竟然想叫警察來拉阿婆……”頓時哄堂大笑起來，人人都四處張望這個“心地不好的同學”到底在哪兒。剛剛那個男生本來想著，除了身邊熟悉的同學，沒甚麼人見到是他發的話，不想這下子一躍而成了被眾裏尋他的焦點，連忙低下頭來專心讀書，裝成與剛才的話沒有任何關係。

"唉，阿婆，不如你先坐下吧。"陳大文半玩笑半息事寧人地站起來讓道給婆婆，紅花婆婆便唔該唔該地進駐了男孩旁邊的空位，粉紅職員瞪大了眼僵站著沒哼聲，大家便都以為沒事了，自修室回復自修狀態，也沒有任何人進入自修室。可是，過了大概十五分鐘，騷動又來了，兩個穿制服的男人進來，當中年青一點那個，用著哄小孩子的語氣，壓著聲線對紅花婆婆說："阿婆，現在是讓學生用的時段，不如先請你讓座給學生吧，好不好？"

"請你個頭！不如你報警拉我。"紅花婆婆發火了，她也壓著聲音道："不如你們找些新理由來說服我，別重重複複錄音機一樣！這兒空位多的是，你們是負責霸著不讓人用的嗎？"

雖然周圍大部分人應該聽不清楚他們的對話，但那些如牆般的嗡嗡聲又漸漸升起了。陳大文最討厭這種聲浪，大聲又不大聲，小聲又不小聲，說甚麼又聽不到，不知甚麼意思。他不耐煩地抬頭一看，赫然發現兩個職員裏沒哼聲那位，竟是傑叔。

二

陳大文小時，從傍晚開始到半夜，桂林街從地鐵站出來到青山道小巴站那段路，是有了名的小販區，賣著各色各樣小食，撫慰著各式準備回家或準備上班，同時感到腸胃空虛的人們。傑叔是賣臭豆腐的，而陳大文老爸的專業則是魚蛋和魷魚。那時還未有甚麼食環署，捉小販還是市政局的工作，小販隊也常有突擊追捕，不過，由於看風的阿楷醒目，所以十之八九都是走鬼順利的。

"阿仔"，陳大文還記得五年級暑假，一天在街邊坐在摺凳上，邊搖晃著腳上的拖鞋，邊吃著傑叔的特美味臭豆腐時，老爸教他："記住，如果跑得不夠快，就要棄車保帥，否則罰一罰就不見了大半月的銀兩，還可能要坐監，重新嵌一輛車仔還要化算些。不是人人都是你傑叔一樣，是深水埗飛毛腿呢！」

「你怎做人老爸呀！」旁邊傑叔邊炸臭豆腐邊說：「哪有人教兒子以後做小販的！文仔，別聽你老爸亂說，要用心讀書，細時不讀書，大時做運輸呀！」

「嘿，你別說，那做小販就好過打工！起碼我同你現在，都算是個小老闆嘛！誰說……」陳爸爸話未說完，看風的阿楷傳來走鬼的訊息，陳爸爸和傑叔齊齊「媽的」一聲，傑叔又做那個走鬼前指定動作，舉起左手在右邊臉上抓了兩抓，陳爸爸則一把將錢袋塞給陳大文，一邊拉起白布蓋著車子，兩部小販車便齊齊飛奔起來。

陳大文抱著錢袋跑去後面劉記麵檔坐著，伙計阿何便嘆：「哇，又走鬼，今個月那麼兇！換了頭頭嗎？文仔餓不餓？吃碗雲吞吧！」

陳大文則以一種既擔憂又興奮的心情，透過劉記的玻璃窗，注視著走鬼的盛況，一大群小販以高速推著一大車一小車冒著煙的小食狂奔，有魚蛋沙嗲串燒臭豆腐燒賣山竹牛肉生菜魚肉煎釀三寶香腸魷魚牛栢葉腸粉炒麵……這種狀況，竟然鮮有弄傷途人，而且還跑得掉，他總覺得，很科幻。小木頭車奔馳，沙塵滾滾，彷彿電視裏面的古戰場，忽然他想，轉角阿楊的電動遊戲機舖，會不會有一種電子遊戲機，是關於走鬼的呢……

平時老爸走完鬼，收好車子，便會來劉記接陳大文，但那一天，陳大文抓著錢袋在劉記坐了很久很久，看著麵檔的客人進進出出，天都黑了，伙計阿何和老板劉伯都拿些吃的來逗他，淨雲吞都吃了兩碗，又吃水果糖。咬著有雲吞味的水果糖，他忽然覺得麵檔好像太亮了，地板又反光，有點刺眼，刺得心也怪怪的跳起來。正自失魂，忽見陳媽媽拖著三歲的細佬，出現在店前。

大人們壓著聲音說了些話，阿何和劉伯都沉下臉來，陳大文彷彿聽到他們說：「明天去醫院看他……」陳大文便很想哭了。回到家中，卻見老爸完整無缺地坐在黑暗裏抽煙，忍不住大叫：「老豆！”還流了兩行淚。後來他想，與老爸有關的眼淚通常都是與被罵被打有關，總是不大舒心的，但這一哭卻有陣莫名其妙的暢快之感，滿懷安慰似的，於是便覺著這兩行眼淚很有些特別，但又恍恍惚惚說不上來⋯⋯

次日，大家都去醫院看傑叔，那雙飛毛腿的其中一隻小腿變了一隻白色的大包裹吊在半空。陳大文那時還長得挺矮，抬頭看著那件白色的大包裹，醫院的氣味，混著探病時間嘈雜的嗡嗡聲，還有各式切開了的水果和病人家屬帶來的種種熟食的味道，讓傑叔這一床顯出一種奇異的寧靜。忽然臉上感到一點一點微涼，抬頭一看，媽在他身邊低著頭為傑叔剝橘子皮，陳大文舉起左手在右邊臉上擦一擦，那水份又好像不見了，只剩一點一點，微微的涼快。

後來再見到傑叔時，傑叔其中一條腿已經變成了塑膠製品，還向陳大文笑，敲敲反光的腿道：“傑叔換了一隻新腿呀，飛毛腿換了塑膠腿啦！現在一刀砍下來都不會痛！厲害吧！”陳大文望著那隻敲一敲會有一點迴音的腿，臉上感到一點一點，微微的涼。

傑叔換了腿之後，到處找工作，找了一年，最後聽說在圖書館找到一份每年續約的雜役，其後，街道也由市政局的天下變成了食環署的天下，街道追逐戰越發激烈，而桂林街已失守，各小販叔伯嬸婆都受不了不斷的驅趕和罰款，於是都星散不知何處。陳爸爸和陳媽媽呢，被捉了幾次罰錢，陳爸爸還挨了一次牢，挨不住便轉了去地盤做雜工，有時做做三行雜工，不過一天有工開一天沒工開的；陳媽媽也咬著牙根，去做兩份清潔工。一天，爸媽都在外工作，陳大文吃飯時，看到電視說獨留子女在家的父母被抓去不知哪裏（聽不懂），孩子會不知送去哪裏（聽不懂），嚇得他發狂地學著做各種家務，最重要的是學著各種防止家居意外的方法，以免出甚麼亂子被人發現他們“獨留在家”。每天一放學，就去老媽工作處接了弟弟回家做功課。他自小在街邊生活，習慣了日間滿鼻子爸媽煮魚蛋湯的味道，習慣好多阿叔阿嬸在旁邊吵吵鬧鬧，忽然要與弟弟獨留家中，便覺耳膜常受到一種寂靜的空氣的襲擊。這樣子過了幾個月，他覺得自己快要聾了，於是放學就帶著弟弟到劉記開張摺檯做功課，劉伯看他兩兄弟很可憐，也就暫時當著日間托兒所了。

最糟糕時，陳爸爸擔心兩個兒子，想過拿綜援："是政府害的嘛，讓它賠好了！"陳媽媽本來剛下班累得躺在床上，聞言跳起來道："還嫌不夠衰麼？讓親戚朋友知道了怎有臉見人？想斷六親嗎？"

"你要面還是要兒子？他們兩個這麼小，怎放心！又無錢搞托兒，成天黏著劉記，又不是劉記的兒子！"

這下子陳媽媽不單跳起，更是跑出廳來拍桌子大罵，兩口子一肚火互噴起來。陳大文從未見過父母吵架，嚇得抱著弟弟爬上床縮在被子裏。忽然，嘈吵聲停了下來，老媽跑進來抱著他兩兄弟痛哭，抱得他差點窒息。之後，老媽還是打兩份清潔工，不過是打半夜一份，大清早一份，以方便照顧兩兄弟放學後到睡前的起居生活。

192

三

陳大文好久沒有見過傑叔了，正想著此情此景好不好叫他，傑叔卻轉過臉去，舉起左手在右邊面上抓了兩抓，以他一跛一跛的步伐，去向粉紅職員耳語了幾句。粉紅職員壓著聲線，攤開兩手不斷向傑叔述說這兩天的情況，越說越起勁，越說越覺得道理一定在她這邊，漸漸感到胸中一陣莫名奇妙的酣暢，差點沒在面上露出笑容，但心念一轉，又覺此時此刻發笑好像太不夠嚴肅還是甚麼，遂又不想在臉上露出笑容，這樣一收一放之間，臉上肌肉收到的神經訊息可能太混雜，故扭成一種奇異的表情。

陳大文覺得無謂這樣吵下去，反正自己都有點累了，便站起身來道："不如這樣啦，我現在這個位置今晚我不用了，我的位置讓給婆婆總可以了吧？"

"不可以，規矩就是規矩。"粉紅職員在兩個制服男職員後面斬釘截鐵地道。

這時，紅花婆婆已經回復冷靜，慢慢地、笑吟吟地說："你這兒又不是私人地方，你們不可以趕我，有本事你抬我出去，不然叫差人來告我甚麼甚麼，不過差人要落口供甚麼要搞很久的，阿婆呢就無事好得閒，但你們今天想幾點收工？"

婆婆餘音未了，周遭又爆出了一些笑聲。陳大文站在那裏本來有點窘，也忍不住笑了起來。

這時傑叔見粉紅職員面子攔不下來了，便靜靜請求粉紅職員不要令大家遲下班，希望這就給她一個下台階好了事。粉紅職員本來一直搖頭，但聽到同事這樣講又有點不好意思，最麻煩是不知怎收場，叫警察又略嫌誇張，又怕麻煩，一時不知怎辦好，臉上自然便露出幾分軟化的跡象。傑叔見機便推波助瀾："何小姐，我幾十歲，又是跛的，她那麼大一塊，又不會乖乖被抬；還有啦，我今晚家裏有事，一定要準時回去呀，你都不忍心見我幾十歲做到半夜還要面對家變啦，算了吧，反正今晚都沒有人囉，你就當作同情一下我這個低級職員啦……"

說實在的粉紅職員也想準時收工，瞟了阿婆一眼，心有不甘地說："算你走運，黃伯，我算是給你的面子，我不管了。"說罷一屁股坐下，拿起攔在桌子上那《麵包樹上的女人》繼續沉醉。

紅花婆婆就滿意地從她的小推車中翻出一疊剛在圖書館借的書和一副老花眼鏡，其他人見沒甚麼看頭了，自修室也就回復自修室的狀態了。陳大文偷偷望了望紅花婆婆的書：紅花婆婆手上拿著的是《墨子》，桌上還疊著兩本他不知道的書。

"喂小朋友。"紅花婆婆望著書本低聲道。陳大文彷彿偷東西被發現似的，嚇了一跳，他心裏還未決定要裝作聽不見還是要怎樣時，周遭又有些嘻嘻的笑聲，陳大文臉上飛出一層粉紅，本來幫幫阿婆無所謂，但被其他人認為他是和怪婆婆一黨，卻太尷尬了。

"謝謝你呀，等一下阿婆請你吃臭豆腐！"

"不，不用客氣了，謝謝。"

一路無話，直到自修室關門，紅花婆婆又提出請陳大文吃臭豆腐，陳大文又請她不用客氣，推來讓去，陳大文其實是個面皮不太厚的男孩子，給一個婆婆扭著，拗不過，只好順著她了。自修室門外，晚上總有一兩檔小販站在昏黃的街燈下，有魚蛋魷魚臭豆腐燒賣牛肉，紅花婆婆香香地吃著臭豆腐，陳大文則在想，這臭豆腐當然不及傑叔做的好吃，正想著，紅花婆婆低聲道："現在的臭豆腐不及以前的了，現在都是大量製造呀，你聞一聞，這些！都不臭的，嘿！不過聊勝於無啦！"這下子陳大文倒覺得有點親切起來，便笑了一笑。吃完後婆婆掏出紅色碎花手巾來抹抹嘴，說道："好啦，阿婆去上班啦。"陳大文的好奇心被挑起，問道："阿婆你是做甚麼的？""阿婆係垃圾婆呀，你看——"紅花婆婆指著那一車大袋小袋的道："阿婆幾多寶物，都是在垃圾堆中尋，香港地，大把東西拾呀！阿婆日日都拾到新鮮花呀！酸枝傢具都有呀話你聽！"

四

回到家裏十一點多，老媽子已經去了卡啦OK洗碗，老爸托著頭坐在摺櫃旁邊抽煙，燈又不開，電視開著，裏面那個法官正在訓話。陳大文想，老爸這陣子無工開，有點悶悶的，便隨口找點話說："我今日見到傑叔呀。"

"哦，對呀，他就好，在圖書館做，穩定呀。唉，最衰不能做小販，要不然你阿媽都不用半夜出去洗碗。"陳大文覺得自己講錯話，便默默去收拾弟弟玩落一地的小玩具，放回老爸做那些玩具箱裏。所謂玩具箱其實是老爸魚蛋車上的配件。老爸對這些小手工藝的熱情，可是非常高的，所以從前就算走鬼被迫棄車保帥，老爸還是可以高高興興地重新嵌一輛車，還可以想些新機關，幾十歲人，玩玩具一樣。陳大文撿著撿著，望著那些在電視閃光下掩映著的小木箱小鐵箱，便忽然感到喉頭有點青青澀澀，咬了生橘皮一樣。收拾完玩具，走到房間裏，弟弟已在上格床呼呼大睡，他開了弟弟的枱燈攤開書本，想著明天的公開考試，都是凶多吉少，也許不至於不合格，但背書真的不是他的專長，再想想其實上大學學費好貴，如果早點工作賺錢可能還能幫補家裏多一些，不過，現在那麼多人失業又怕找不到工作，不如讀點甚麼職訓，找份兼職做做……

　　想著想著，老爸叫他，說熱了一碟意粉一起吃宵夜。老媽前日見到卡啦OK的自助餐剩了好多食物，反正無人要，就包了一些回來。老爸吃著吃著，嘴角又歪一歪：「昨天你阿媽被上頭發現她帶走剩餘物資，被數臭了一頓，罵她是小偷！嘿，垃圾都可以被偷的麼！」

　　「老豆，那時追到傑叔撞車的小販隊，後來是不是有個甚麼聆訊之類？是怎樣的？」

　　陳爸爸一怔，這些年來，關於那天發生的事，他一直沒有說，因為知道這孩子怕血，一見血就會暈倒，怕說出來嚇到他，故沉吟了一會兒，道：「可以有甚麼呢？人家不是說，自己都是受人二分四囉，是阿傑自己衝出馬路囉，人家有成隊人馬做證呀……」

　　陳大文吮著意粉沒有哼聲，腦海裏出現紅花婆婆的身影和她的寶物，冷不防午夜新聞播出一個撞車事件，傷者在大叫，記者鏡頭追蹤傷者上救傷車，陳大文心中打了個顫，便覺面上好像有一點一點，帶橘香的，微微的涼。

五

第三天。

自修室內隱含著一種奇怪的氣氛，似乎所有人都在等待著紅花婆婆出現，但又不想她出現，於是那些嗡嗡聲猶如重病者的心電圖一樣，在低處不斷微微地迴蕩。粉紅職員雖然沒有哼聲，但心裏也是七上八下，這怪婆婆，報警呢想來想去都是略嫌誇張，又不能準時下班；保安人員硬抬她出去又好似動作大了<u>些</u>；隻眼開隻眼閉嗎，也不是不可以，但一來面子攤不下，二來即使攤下了面子也不知道會不會有人投訴，可能要背黑鍋；如果請上司來處理呢，雖然上司會稍嫌她辦事不力，但這樣一來上司好像也會明白這麻煩的級數，而責任又可以不在她身上⋯⋯

正自納悶，小手推車骨碌骨碌地爬樓梯的聲音又來了，那些嗡嗡聲便似球迷看射球般爆了開來，粉紅職員也說不清自己的感受，只想起小學時音樂科考試，身為一個五音不全的人要在全班面前唱歌，唱得直想上廁所。

"阿婆，你不要難為我了好不好？"粉紅職員決定以一個低調一點的姿態來發球。

"阿婆沒有難為你，是你們的無聊規矩在難為你！"紅花婆婆今天還是一朵大紅花："你看，那邊那個位置，幾天都不見那個學生啦，那麼熱的天，阿婆都在外邊坐了半小時，等到排隊的學生全都進來了我才進來的呀。"

陳大文靜默了一會，他旁邊那個常缺席的，是一個他不大熟悉的同校同學，他明知這同學都不太想讀書，之前每天坐了一會就跑到街上吃東西，總要搞個多小時才回來，上個星期更開始沒有來，於是，彷彿下了甚麼決心似的，站起身說："其實我同學恐怕這幾天都不會來，不如婆婆先坐啦，免得吵著其他人溫習呢。"於是紅花婆婆便高高興興地，骨碌骨碌地進駐了該座位，繼續看她的《墨子》。粉紅職員看著這暗瘡小子，直想給他兩巴掌，思前想後，還是把保安叫了來。

陳大文見到傑叔一跛一跛地和昨天那個年青一點的保安人員一起進來，粉紅職員對他們吟哦了幾句後，又拿著對講機走到外邊，不一會，又進來了幾個男人，幾個有制服，一個無制服。沒有制服那個人正色並低聲地向粉紅職員不知說了甚麼，只見粉紅職員不時點頭，同時有穿制服的就向陳大文和紅花婆婆走過來了。

"哥仔，可否先請你讓一讓？"一跛一跛的傑叔走過來向陳大文道。

陳大文望著傑叔，低聲說道："傑叔，我是文仔呀。"

"……文仔？"

"桂林街魚蛋陳的兒子呀！"

"文仔！"傑叔已經好多年沒有見過陳大文，這孩子長高了許多，滿面暗瘡又變了聲，哪還認得呢，但這種時候相認，實在是……

"咦，小朋友，你家是賣魚蛋的嗎？"紅花婆婆聽了卻很有興味。

"是呀，以前傑叔賣臭豆腐的，很好吃，世界第一！"

這下不單陳大文笑起來，旁邊連保安員們也哄堂大笑起來。

"哦，我知啦，桂林街那一檔，我以前成天跟你買臭豆腐的！陰公囉，你的腳幹嗎變成這樣？"紅花婆婆皺起眉頭來。

傑叔這下子很窘，遇故知本是好事，但總不成在上司面前再幫她了，而且被公開指認了關係，不盡力就會被質疑徇私，而且很可能要比平時更盡力，才不會被質疑，只覺做人真是難，不覺又舉起左手在右邊臉上抓了兩抓，硬著頭皮道："是……不如出去才說吧，其實，你多等一個小時就可以了……"

197

「現在不是等多久的問題，是你們沒道理的問題！」紅花婆婆覺得，被一個做過無牌小販的人驅趕更加無道理，於是便更堅持了。

「阿婆，你不要難為我們的同事啦，這兒有這兒的規矩，人人都要遵守的，你這樣不尊重規矩，我們如何管理呢？」那個沒有穿制服的男人道：「阿婆，如果你再不自己出去，我們可能就要請同事請你出去啦，麻煩你合作啦。」

「有無搞錯，你覺得你霸住不讓人用是道理，我覺得你霸住不讓人用就是不合理，我們有甚麼好合作呀？你答我啦，公共圖書館為何要有自修室呀？」紅花婆婆擺出一副疑惑的樣子，旁邊的笑聲就更加爆發得厲害了。

「阿婆，你再不合作我就幫不到你啦。」高級人員道。

「年青人，不要亂說話嘞，你何曾幫過我甚麼了。我問你們公共圖書館為何要有自修室，你們又不答我。」紅花婆婆堅持她的道理。

高級人員沒好氣，便示意制服人員行動，並向婆婆道：「不好意思啦阿婆，這兒有這兒的規矩，你不自己起來，我們就唯有請你出去了，麻煩你合作啦，不要難為我們的同事。」

「喂，現在不是我難為你同事，是你……」紅花婆婆未說完，高級人員手一揮，便已有幾隻手抓住了陳大文兩隻手臂，那幾隻手，有些用力，有些猶豫，但各自都不知怎辦，於是各自向不同方向用力。雖未至於五馬分屍，但畢竟，這種身體接觸實在是太古怪，加上周遭的嗡嗡聲，讓陳大文的喉頭忽然啞了般。反正就是著著實實地嚇了一跳，還未反應得及，便已被半拉半扯，搬開了一邊。

搬開了陳大文，制服人員才能碰到紅花婆婆。只是，要搬走紅花婆婆，難度就大得多了。不過，陳大文無法看到，只是看到幾個制服人員的屁股在不情願地扭動著，還有紅花婆婆悶聲道：「你們做甚麼呀！做甚麼呀……哎吔，我的東西……"

　　然後一堆人拉拉扯扯地向樓梯口走過去，婆婆頂上的大紅花已在地面變成花醬，周遭的嗡嗡聲又像一堵牆直迫陳大文的面前，樓下還斷斷續續有些吵鬧聲。陳大文驚魂未定，還呆站著，卻見到傑叔垂頭喪氣地上來，幫紅花婆婆收拾她的東西。

　　傑叔拉著小手推車一跛一跛地經過陳大文身邊時，還輕聲叫他："坐下讀書啦文仔，別想這些事了……"不想樓下忽然一聲尖叫，然後忽然很安靜，那應該是婆婆的聲音吧，陳大文的心便猛地往下一沉，傑叔心裏也微微一震，匆匆往下跑，忽又想起甚麼，回轉頭道："文仔你坐著不要下來。"便匆匆抬起婆婆的手推車往下跑。

六

　　紅花婆婆沒有再來自修室了。

　　次日，粉紅職員變成了一個粉藍男職員，昨天那幾個制服人員也自圖書館範圍消失了。自修室裏人人面面相覷，眾說紛紜，基本上的說法有幾種：有人說紅花婆婆倒樹蔥跌落樓梯已魂歸天國，幾個保安員除了那個上來幫婆婆收東西的阿叔之外，全都會被告誤殺；有人說紅花婆婆誓不會再來這間圖書館自修室；有人說紅花婆婆跌斷了腿一段日子不能上街。每個故事都說得繪形繪聲，精彩猶如身歷其境一般。

　　而唯一人人統一的行徑是，陳大文旁邊的位置，再也沒有人坐下去。這個空位，連職員也不過問。

　　因為，桌面放了一本書，書上面有一朵大紅花。這表示，這個位置是有人坐的。

　　這樣過了差不多一個月，直到會考最後一天的前夜。這天不知為何，也不知是來溫習還是來慶祝快考完試，反正特別吵，自修室裏除了陳大文旁邊的位置以外，坐無虛席。

　　一個陌生人來了。雖然天天來自修室的人不見得都認識，但都不過是那些人，熟口熟面，故有陌生人來到，就特別明顯。一個胖胖長鬈髮的女孩，有一雙水汪汪的大眼睛，踢著一雙拖鞋上來。這是個應屆會考生，她四處張望，然後走到陳大文旁邊，問道：

　　"不好意思，請問這位置是有人的麼？"

　　然後四周忽然變得好安靜好安靜，女孩忽感到背脊微微一涼，心想這個男生是不是有甚麼問題，還是自己有甚麼問題，為何好像四周的人都看著她……

　　陳大文移開了那本《墨子》和其上的大紅花，向女孩道：

　　"有人的，不過你坐吧。"

原刊《文學世紀》2005年4月號，最後修訂於2007年11月

她

◎ 可洛

　　這件事可以從她的眼神說起。她的眼神帶有一種高傲，像是對任何事情都不在乎似的，那種不在乎建基於對任何事物、或者對任何事物與自己的關係的輕視，以這種眼神窺探別人瞳仁裏的自己，彷彿高人一等。這應該是一種教人感到不舒服，從而討厭的眼神，但當她這樣看我時，我反而甘願被她一直望著。然後我會有種跌入了深淵的感覺，她眼神裏的光采，像是地鐵高速行駛時，車門窗外的光梭，一列一列，疏疏密密而且不斷流動。

　　安就這樣望著我，我一直低下頭吃飯，不時偷偷望她，她的午餐像墳墓一樣絲毫不動地霸佔著餐桌，當我把飯吃到一半的時候，已經耐不住了，抬起頭來，卻仍然避開她的目光。飯堂這時候人最多，一條人龍長長地擺開，我看見有幾個同學夾在中間，一面不耐煩的樣子，我相信自己的表情可能也差不多。飯堂裏橘色的燈光很暗淡，瀰漫著令人沮喪的氣氛，如果下一刻安問我為甚麼過分沉默，我打算找這個做藉口。這時候，有幾個同學托著餐盤找座位，我隨便地和他們打了個招呼，他們望了我和安一眼就轉頭走開了。對於我倆一起進午飯，他們已經習以為常，不像開學的時候覺得新奇和驚訝了，那時候他們會過來問長問短，開一番玩笑，也許現在他們也覺得悶透了吧。她餓了，吃過幾口飯，問我為甚麼不說話。我說這裏的燈太暗，氣氛不好所以心情也壞了，她點頭然後快快地吃起飯來。

　　她唸中文系，於是我也認識了幾個中文系的女孩，中文系的女孩是比較不太成熟的，還保留著一定程度的天真，這種天真雖然可人，但有時出現在一個大學生的身上，卻要叫人吃不消。安無可逃避地也是這類型，而且喜歡鬧情緒，特別在我面前。

她穿著一件白色的襯衫，那種白是幾近透明的，當你凝視這種白色時，會錯覺以為自己看穿了很多東西，以為忽然間豁然開朗了，但我總是很小心地審視這種白色，因為背後有隱約的黑色顯露出來，這隱約於白色下的黑色，似乎是跟她瞳仁裏的黑色混為一體，你自以為看清了的時候，其實它還有很多東西隱藏著，於是她仍然保持她的高傲，她的美同時來自這種高傲。她的頭髮又長又直，是中文系女孩頗為鍾情的髮型，但是她的長髮與眾不同，健康、飄逸，閃亮著一種可以充作鏡子的黑色，彷彿從她的眼睛裏長出來。乘地鐵的時候，常常有一陣陰冷的風自前面好像很遠的車廂吹來，我問她冷嗎，她沒答我，只是望著我，目送我下車。

安offline了。她習慣早睡，十二時左右就上床去了，這卻是ICQ世界最熱鬧的時候。我並不特別喜歡ICQ，這種以文字交談的方式，總覺得它單純、沉悶和膚淺，這是玩了ICQ一段日子後才會察覺出來的，至少安還未有這種體會。我常常懷疑，她的contact list上是否只有我，當然這是不太可能的，但是她每次回覆我的速度是多麼快，大概就在五至二十秒之間，而又傾向少於十秒，她傳送過來的messages如連珠炮發、是短促的、是一對情侶應該在電話裏說的話的轉化、簡化和文字化。ICQ上的她和平日的她一樣，愛說話畢竟是中文系女孩的共性。

有時候在地鐵我會遇上慧，她是安的同學和好友，除了吃午飯的時間外，她們幾乎都走在一起，如果你在校園裏遇上安，就一定看見慧，要找安嗎？找慧也可以。我跟慧單獨相處的機會，就只有乘地鐵由牛頭角到九龍塘站的一小段時間，途中我們都很少說話，只要安不在場，我和她總是話不投機，像是被甚麼隔開了似的，我們往往會向對方說聲早安，然後分別站在車門的兩側，打瞌睡、看書、或者東張西望，我的視線有時會碰到她飄散的長髮，沿著頭髮移過去，就落在她胖白的面上，有時還會撞上她的目光。慧愛說話，在ICQ上的她非常健談，發過來的messages不是發炮似的，卻是長篇大論，談起笑話嗎，她可以把ICQ上流傳的笑話都給你找來，談起甚麼潮流玩意，她也是如數家珍，她的nickname是"慧康超市"，似乎暗示著你要（談）甚麼也可以的。在ICQ上我們談得十分投契，情形就像有安在我們中間。

她仍然不言不語，高傲就像下班時間車廂的擁擠叫人透不過氣，她擁有刀子一般的冷漠，割開車門，看著無數的人上車下車，卻從來沒有不捨的神色。但我不是喜歡她的傲慢和冷淡麼？她的美麗似乎容不下笑容，於是在窗子倒影中的我也是愁容滿面。這幾天，我一直以眼神跟她溝通，但看來是失敗了，我必須盡快想出辦法。這是我跟她相遇的第四天，我漸漸感到疲累無力了，但無力同時產生出更迫切的力量，我幾乎是全神貫注地看著她，直至慧叫醒了我，我不知道她叫了我多少聲，但當我注意到她的時候，地鐵已經駛到樂富站了，我的呆滯一定嚇壞了她，她問，你不舒服嗎，我說只是睡不夠吧。這兩句話在我們之間盪漾，無數的迴響像漣漪一樣蔓延，填補著由九龍塘站回學校途中的一片沉默。天色是灰白的，慧走在我前面，我神不守舍地跟著她，否則就會走失，我看不清行人道和四周的事物，視線裏只有她的長髮，那一片流動的黑色。

每天乘地鐵的人都有自己的習慣，我習慣站在車廂與車廂交接的位置，那是地鐵搖晃得最劇烈的地方，但因為與車門有一段距離，所以同時又給人一種安全的感覺，這個優點在這兩個星期對我來說就更加明顯了，我總是戴著太陽鏡躲在裏面，低下頭，讓頭髮掩飾自己的覷覦。星期二那天我遇上了他，地鐵進入月台時慢慢減速，他好像一步一步向我走來，我是注定遇上他的，我本是無心，無奈一抬頭就跟他打了個正面。在我的太陽鏡下，他的世界打從一開始就是黑色的，他的眼神毫無光彩，跟月台上的燈廂廣告形成強烈對比，但不同於睡眠不足的人疲憊的目光，相反是充滿力量的，

203

是決心要把甚麼看穿的眼神。

安問我是不是病了的時候，我知道慧把地鐵上的事告訴她了，這是我一早預料到的，因為她們是如此親密，於是我把預先準備好的答案搬出來，說昨晚在ICQ上陪個失戀的朋友聊天，談到四時才offline睡覺，再加上一句現在還有些頭痛。她帶點懷疑地相信了，說喝杯咖啡吧，然後就走去購票，我望著她的背影，頭痛得更厲害了。這是下午茶時間，飯堂裏人不多，有一種平時沒有的安靜氣氛，在中央冷氣系統的運作聲背後顯露出來，這節奏是無從打亂的。安回來的時候我幾乎睡了過去，我接過咖啡呷了一口，然後打開書包，取出筆記來看，已經有幾天沒有理會過自己的功課了，難怪安會擔心，這種憔悴和神不守舍連自己也能察覺出來。

跟安和慧去吃飯是晚上的事。四月的夜晚溫暖又帶點濕氣，我們到了鬧市中一間吃日本菜的店子。店子裏客人不多，我們坐在比較冷清的角落，邊吃邊談。因為有安在場，我跟慧連上了線，所以晚飯的氣氛很好。這幾天我一直想著地鐵上的事情，安似乎在我的生命中漸漸淡去，可是這夜她忽然回來了，特別是她要分半碟冷麵給我，我倆的筷子纏上了同一束麵條的時候，我覺得四月的晚上是可人的，並慶幸這個世界一切正常。冷麵有種芝麻的香味，我一邊吃，一邊聽著她們的對話，不知甚麼時候，她們談到學校裏一個唸傳理系的女孩，被廣告公司邀去拍信用卡廣告，關於那女孩的事我甚麼也不知道，她們也沒有見過那個女孩。慧說，現在甚麼明星效應也沒有用了，人們要的是新鮮感，廣告公司最想要青春、身材fit的模特兒。安說最重要還是美麗吧，近來興長髮啊，聽說她就是留長髮的。我也是長髮啊，慧笑道。安格格地笑起來。我沒有說話，伸筷去夾最後一件三文魚壽司，卻與慧伸過去的筷子碰在一起，我立即縮手，說你吃吧。慧也不好意思地把盛載壽司的木盤推送給我，我望了望她，正猶豫間，只見安伸筷過去，叫了句"應分就分"，已經把壽司一分為二，打算給我和慧一人一半。慧滿意地把半件壽司放入口中，我也吃了，表面上不動聲色，心裏卻不期然浮起一種異樣的厭惡，衝著安的那句話而來。

吃過晚飯，我乘地鐵回家。他習慣每天到同一格車廂裏，並站在同一扇車門的旁邊，所以我可以肯定，他鍾情的女孩只有一個。對我來說，這實在不可思議，甚至還有點變態，其實我應該討厭他，看見他的時候產生嘔吐的意欲，可是不知甚麼原因，他的出現竟然改變了我的習慣。昨天和今天，上學時我也走進這一格車廂，為了看看他凝望車門的呆相。我叫自己不要再想他，才留意到坐在遠處的一個男人正上下打量著我，我的面不由得熱起來，於是微微低頭，托了托太陽眼鏡。晚上的地鐵車廂跟白天的完全是兩個世界，那個猥瑣的男人下車後，車廂密密地填滿了空虛，我想找一個伴，於是朝向車窗尋找自身的影像，這個自己曾經貼服在窗子之上，如今竟然走出來了，是他的眼神把她拉扯出來，她已經獨立於我，比我更美麗，更冷傲，更永恆，我再不能擺佈她了。也許我有些事還可以做，那大概是建立、爭奪、破壞之類。

星期五的下午，安有兩小時的空餘，我的課也上完了，我們在飯堂吃過下午茶，靜靜地閒坐，可能是昨晚的話太多，現在沒有好說的。她有點睡意，擦了擦眼睛，把頭埋在我的肩膀上，不徐不急的呼吸慢慢譜出節奏，像搖籃曲，叫我的眼睛也感到疲累，意識漸漸模糊起來。我想她是被冰封了，應分就分⋯⋯有幾個人影在前面掠過，牽來又牽走一陣笑語，她是從來不笑的，即使是微笑也好⋯⋯黑咖啡的味道在舌頭翻滾，甘香又苦澀，安下了兩勺子糖，她的手在燈光下白得透明⋯⋯應分就分⋯⋯她的唇顫動了一下，一些模糊的話，勺子在轉動，咖啡心起了漩渦，越轉越深，也是向外轉出去的⋯⋯安向我走來，她從車門向我走來，很慢的腳步，景物在車窗上更替，流成線條，疏疏密密⋯⋯黑色，飄揚的長髮，紊亂如一張網⋯⋯安的髮梢刺痛我的脖子，我張開眼，看見她在酣睡。從茶色的窗子向外望，陽光稀稀薄薄，無力得像一層紗，我看不清太遠的景物，倒影中的自己卻清晰地浮上來。我在這近距離看著安的短髮，呈暗啞的啡色，在燈光下閃爍不定。

晚上有點意想不到地，我和慧在ICQ上談起了安。慧告訴我說，安近來不開心啊。我問為甚麼，她卻反問：難道你不知道嗎？我說，我是真不知道啊。從慧送過來的messages我知道，她既焦躁又煩亂，她平時的messages長篇大論，這晚卻是簡短扼要的，而且很多斷行，把要說的話列點指出，在ICQ上這可起著強調的作用，她是多麼認真地跟我談論這事，甚至放棄了平日慣用的廣東話和英文，轉用了白話文。慧說，安覺得你越來越不著緊她了，對著她只有悶。我說，我哪裏不著緊她呢，我不是天天跟她在一起嗎？然後慧問我為甚麼對著安就像啞了似的，我這才知道她們又通消息了，這是我預料之中的。三個人一起的日子過得太多，我發覺慧不在場的時候，我和安之間就缺少了甚麼，交談對我倆來說變得奢侈，或許我根本無法跟她們任何一個單獨相處了。慧問，你近日怎麼了？神不守舍。我說沒有甚麼，只是功課太忙吧，她又問我還喜歡安嗎，我不禁笑了起來，這是個怎樣的問題啊，似乎叫人非說謊不可的，於是我給她送過去一個"no"字，她回覆我一個"^_^"。

我的習慣，理應是不適用於假日，可是我還是踏進了屬於星期六早上的地鐵車廂。地鐵在九龍灣靠站，人們的影子隨著陽光進入車廂而移動，卻是誰也踩著誰的，分不清那個是自己的影子，微細的塵粒在浮動，我有點恍惚。他平日所站的位置，現在換了一個上了年紀的女人，穿著顏色鮮艷的套裝裙，面上的化妝恰到好處，不太濃也不太淡，是少女間最流行的。這打扮看上去給人年青的錯覺，這錯覺是和旁邊的真年青比較下凸顯出來的，這真年青來自那貼在車門廣告中的"我"，但因為他的出現，這個"我"已經不是我了。在這場角力中，我明顯地處於劣勢，她的美麗佔領著每一個車廂，加上那句令人看見就不會忘記的標語，強而有力，明喻著跟其他牌子的信用卡那高昂的利息斷裂關係，也暗喻著你已經逃不掉這個誘惑了，這使她的囂張加倍地表現，露出不可一世的神情。而我，躲在太陽鏡下，看甚麼是先灰了一層，不得不敗下來了，我必須主動地出現在他的面前，這是我唯一的優勢。

我從光明進入了陰霾，地鐵站是一組夢魘，在地底不斷蔓延，當廣告和色彩為了填充車站的黑暗和冰冷而越發增多時，冰冷和黑暗反而在這鮮明的對比下變成更深刻和無盡了。因為思念她，在星期六的正午，我踏進了地鐵站，由藍田前往油麻地，為的只是她那冷淡的眼神。地鐵在牛頭角靠站時，銀色的車廂在晴天裏好像在燃燒，她的皮膚薄得透明，連陽光也能穿透，嘴巴半開半合，像是有話要說卻說不出的樣子，這話同時又用眼神向我說了，她叫我不要離開她，這與她的冷傲背道而馳，我不禁有點猶豫，窗外的陽光刺眼，我逃避似地低下了頭。

我在油麻地逛了半個下午。回去的時候，我在月台等她，讓兩列列車過去了，她出現在我面前時，我望著“應分就分”四個字，想起前天跟安和慧吃日本菜的情景，像是久遠的往事，燈箱廣告一樣地倒退去了。安的電話是在地鐵駛到九龍塘站時打來的，她第一句話就問：你在哪裏啊？我說到黃金商場買電腦軟件，正在回家去。她說，不如今晚一起吃飯，好嗎？我問道，慧也一起去嗎？只是我們，她說。地鐵駛離九龍塘站，她的眼睛又跟我說話了，叫我不要離開她，我把手輕按在她的面頰上，冰冷的，虛無之至。安的聲音繼續在電話裏傳來，催促著我回答。這時她的面漸漸地暖和起來，我感到有生命在裏面，她要留住我，在等待我的答覆。安的聲音夾雜著暴躁和憤怒，彷彿要從電話中強衝出來了，問道：你今晚究竟來不來啊！我說有功課要做，話未說完，她已經掛線了。下車前我對她說，星期一再見吧。這時候，我決定要給安寫一封信。

也許是上課的時間不同，星期一早上我並沒有遇到他。車廂裏人多，我看不見她，地鐵一直行駛，我只感到焦急和不安。午飯的時候，我看見了他，他和一個女孩坐在一起吃飯，有說有笑的，挺高興的樣子。那是個短髮的女孩，衣著簡單，樣子有點稚氣，卻給人舒服親切的感覺。我一直望著他們，身邊同學們說的話一句也聽不進去。回到學校我除下了太陽鏡，這樣他的世界就像在光明之中，正常的日子。我真想走到他的面前，可是不敢，只要他回頭過來就會看見我，一切將會糾正過來，但我還是一直坐著。

下午跟安吃飯的時候，其實我心不在焉，也許她同樣察覺到了，所以起初她沒有太多的話，也沒有埋怨的目光。可是我都不在意這些，只是完全惦念著飯堂外面的銀行，因為她就站在那裏，並以一種漠視的眼神望著我們，安背對著她。我曾在地鐵上告訴她關於安的事情，希望知道她對安的觀感，但見她一言不語，我猜想她並不喜歡，這正好從她望著安時的冷漠眼神得到了肯定。她這種類似嫉妒的表現，教我更高興了，午飯的後段我滿心歡喜，安似乎誤會了我的快樂，也開朗起來，話越來越多，回復了平時的樣子，我想這是好的，就好好回應，忽然想起，跟安已經好久沒有愉快地吃過飯了。

星期二當知道她來了學校時，我幾乎被嚇倒，這樣，黑色的世界蔓延到學校，我像地鐵列車一樣，由黑暗進入黑暗，並且拉動著黑暗。其實我一早就應該知道這個廣告的對象是年輕人，而年輕人中最有消費力的就是大學生，可是當她早被預料但終於出現的這一刻，我還是措手不及，其實我並不是後悔拍了這個廣告，它甚至把我自己從沒留意的美麗一面發掘出來，只是我不習慣別人的凝視，特別是由她身上再轉到我來的目光，是我一開始就有意跟她斷裂關係吧，終於令到她獨立於我，我想到這裏就想哭。

再次遇到他是星期三早上的事，我在觀塘站上車，看見他仍舊入迷地，以夢遊者的眼神凝望著她。當我想走到他跟前的時候，卻發現他正向她說話，在傾吐甚麼似的，雖然聲音放得很輕，但我已經怔住了。看他喋喋不休的樣子，她一定在傾聽，甚至回答。我整個人軟軟地倚著冰冷的車廂壁，想不到她快我一步，本以為她絕不會接受任何人，可是我錯了。我可以想像終有一天她會從窗子上走下來，擁他入懷，當我這樣想的時候，忽然希望自己就是她，可是我立即把這個可怕的念頭抹煞，我和她完全是兩回事，是屬於兩個世界的，雖然在這時代，這兩個世界已經逐漸合一，界線模糊，但她畢竟只是一個廣告，她不只是一個幻象嗎？本來，只要等到星期五過去，一切將會完結，這個廣告在地鐵上只會刊載兩個星期，然後她會消失，像其他的廣告一樣，被地鐵的高速拋在後面，但她已經走進學校，更狂妄地向我示威，以後他將會怎樣呢？難道天天守在銀行外嗎？我不知道。

她的嘴唇是淡紅色的，唇紋隱約可見，像葉紋間藏著生命。她是安靜的，這安靜在擁擠喧嚷的車廂中，脫俗不凡，無可摧毀也無可玷污。我一直跟她說話，發現她的沉靜其實就是話語，變化多端的。一如燈廂廣告，以一個靜止的畫面，表達和牽動著複雜的訊息：潮流、想像、意象、情感、記憶、消費、品牌、價值、慾望，她的情緒和話語都藉著眼神傳遞給我。就像星期一的早上，她投以一個女孩鄙視的目光，並示意我留意她，那是個頭髮染紅、濃妝艷抹、衣著誇張的女孩，我打量了一會，說她一身鮮亮近於螢光色的衣服，把她的膚色更顯黝黑了，太濃的化妝也不配合她過於年青的臉，而且超短裙把大腿的粗線條表露無遺，簡直是自暴其短，這時候她換了個不屑一看的表情，完全同意我的話。

她說，你要跟安分手，感情過去了，不能拖泥帶水，應分就分。我說，我不懂開口，但已經在寫信了。她的眼神在催逼我，我歉疚地低下頭，當再次抬起頭的時候，在窗子的倒映中留意到一個長髮、戴著太陽鏡的女孩面向著我，我回頭去看的時候，那女孩低下了頭，長髮掩面。我沒有理會，再次看她，跟她談天，直到慧上車。我跟慧互相說了聲早晨，然後進入沉默，早一秒鐘，我還彷彿看見那個戴太陽鏡的女孩從背後向我走來，可是牛頭角站的陽光打在車窗上，把她打碎、淡去，我到現在還以為那是錯覺，當地鐵再次駛入隧道，她還是站在原地，時而看我，時而低頭。

應分就分。終於在星期五晚上，我寫好了給安的信。所謂信，最後只不過是一個ICQ message。長話短說，我想這是最好的了，我按下"send"，然後躺在沙發上，像等待長夜流逝一樣，面對一切的過去。整個晚上安都沒有online，反而我和慧平常地，在東拉西扯地談個沒完，我似乎更珍惜這個晚上，因為可以預計到，之後我和慧之間會裂開無法癒合的縫隙，失去安代表同時失去了慧，之後的日子，我和慧在地鐵車廂裏的無言將會像九龍塘站的藍色，永不消散或轉淡，而是不斷沉積，成為連結每個車站的黑色。

星期六我回到學校，校園裏並不多人，除了dance soc.在練舞外，只有零零星星幾個人走過。我在銀行外流連了整個上午，她就倚在提款機旁的牆上，跟我一同仰視兩個星期來首次放晴的天空。她那麼平靜，是漠視一切，還是胸有成竹？而我卻心煩意亂，痛恨自己的懦弱，星期四那天他第一次看見我，我已經使盡勇氣，向他走近，但碰巧他的朋友上車，我不得不退回去了……如果今天他走進車站，一定會失望而回，她已經離開車站了，所以他必須回到學校來，否則他們是不能相見的。我想到自己竟然和她等著同一個人，幾近哭笑不得。

這件事可以他的眼神作結。他的眼神就像封滿灰塵的舊物，因為在地鐵上找不到她帶來的惶恐和痛苦而纏滿蛛網。他倆四目交投的時候，光彩在他的瞳仁閃過數秒，可是隨著我撕毀海報而消失了。我除下太陽鏡，說，我就是她。我想他沒聽到我的話，只見他毫無反應，呆呆站著。我多說一遍，我就是她，你看，我的頭髮、我的面，還有我的衣服，應該說她就是我。他的視線開始潰散，目光胡亂射向四方。我上前想抱住他，卻被他推開，這時候他真真正正地定睛看了我一眼，彷彿在我身上找到了她，但這刻一閃即逝，然後他轉身跑開，像是瘋了一樣，我叫卻叫不住，他越跑越遠，只一次回過頭來，一秒，那眼神像是地鐵行駛時化成的線條，快速得永遠沒有我立足的地方。

原刊《香港文學》2005年4月號

盒子　　　　　　　◎　西西

　　這個人的家所以會變成如今的樣子，完全是設計家造成的。就像如今的美術界面貌，甚麼裝置藝術啦，概念藝術啦，不懂一筆繪畫的人都可以變成藝術家，則是杜尚惹的禍。

　　這個人的家變成甚麼樣子了？變成盒子世界了，走進去轉個圈，還以為進了盒子博物館。這個人，恭維一點的說法，屬於單身貴族，即是說，王老五一名，經濟條件不錯，有餘錢購物。這個人恰恰喜歡消費，是個潮人，追求潮流產品作休閒娛樂。他當然有一套理論：消費可以促進社會經濟繁榮。如果城民個個做守財奴，商店沒生意，廠商少出產，勞動大軍個個失業，城市哪來安定繁榮？

　　再說，現代社會，日新月異，設計家不斷推出新產品，那些東西不但可愛動人，還能提升個人的品味。譬如說，即使是狗窩，擺一把Eames先生那浴缸般大的白色La Chaise，可不身價百倍？要不然，來一張明式官帽椅，整個廳堂難保沒有官味。

　　回頭再說這個人，他家中的確有一張明式圈椅，不過卻是看不見，因為看得見的只是一個盒子。椅子送來時，用紙皮盒包裹，那模樣，真型了，彷彿Christo的包裹藝術。於是，盒子不拆開了，原封不動，放在屋隅，難得的是，功能不變，照樣可以就坐，還蠻結實的，硬中帶軟，剛中帶柔，還不必打蠟、揩抹。

　　椅子變成盒子傢具的經歷如上，其他物品大致相似，譬如那個現代花瓶，小擺設而已，原來裝的盒子上有作者大大的簽名，花瓶上反而印在瓶底，看也看不見。因此，這個紙盒又不該扔掉，打開盒子一端，翻出四側紙皮，散出花瓣的形狀，瓶子留在盒內，一樣可以插花，這麼特別的花瓶充滿原創精神。

這個人，平日生活愛看電影，玩遊戲機，搜集玩具，特別是設計家玩具。設計家的玩具，除了形貌特殊，還設計了特別的盒子，和玩具本身合成套裝，等如玩具娃娃和她們的衣衫，這麼一來，如何捨棄盒子？要命的是，本來一件玩具一個盒子，而一系列的玩具，就說十個吧，那十個盒子竟可以砌成兩張小沙發，給玩偶坐；有的豆子上面寫了1至6的數目字，還原的小盒子竟是可以玩翻筋斗遊戲的骰子；還有一些盒子則是棋盤，向你和朋友挑戰。結果，買玩具者不但要準備擺放玩具的空間，還得準備擺放同樣多體積更大的盒子，這個人呢，乾脆由得玩具留在盒內，只看盒面的圖像，發揮想像力，也不必替玩具抹灰塵了。

大概這樣，這個人家中變成盒子王國了，一切都以盒子面世，如果有人懷疑他根本沒有名牌甚麼甚麼，他笑笑就算了。如果說杜尚害死了當代美術，設計家帶來了家居的災難，沒有了他們，世界是否又會寂寞？

誰說盒子不好，也許它們是環保先鋒，說不定我們將來不用購買木頭傢具，改用紙盒做床、桌椅、沙發等等，可以省回多少木料，放生多少樹木啊。說不定設計家正在設計貼身彩繪的紙盒棺材，就像埃及的棺材那樣漂亮，還可訂製，又便宜，又環保，燒掉也不可惜。這樣想，這個人覺得連金字塔也可以是盒子，不過是三角型，人世間沒有比這更牢靠的房子了。這時候，窗外就懸掛著一個浮遊的、圓型的月亮盒子。

這個人是快樂的，他的盒子家居獨一無二，他又買了大大小小的盒子裝雜物，全屋整齊，色調和諧，自成風格。最快樂的，當然是這個人家裏的其他兩個成員，那是兩頭貓，盒子是牠們的遊戲天地，在高高低低的盒子林裏可以玩捉迷藏，可以磨爪，使傢具刻上最原創的浮雕、最奔放的狂草。

213

原刊《文學世紀》2005年5月號

天美與翠麗

◎ 陳慧

　　天美在六月十二日的凌晨十二時十五分，拖著輕便行李箱，並身上皺塌了的制服、溶掉大半的妝顏回到家裏。天美沒泡澡，匆匆淋浴就裸著身子坐在電腦前上網。電腦在睡房內。天美在留言板上寫下——"Coffee, tea or me?"只是反應冷淡。

　　於是天美輾轉反側了好一會才睡著，期間並無感覺房間內有任何異樣。

　　天美一直熟睡，至十二日下午二時半，被電話鈴聲吵醒。來電者是天美的男友德臣，其實二人已於三個月前分手，不過依然保持著來往和性關係。天美與德臣在四時十五分於天美家門外見面，同往軒尼詩道檀島咖啡冰室吃下午茶。其後德臣陪同天美往銅鑼灣區購物，二人於七時四十五分分手，天美獨自回家。

　　天美回家後，以杯麵當晚餐，看了影碟《見鬼10》之後就上網，繼續留言"Coffee, tea or me?"，很快就有一位署名"黃跑車"的男士回應。天美接受"黃跑車"的邀約，同往蘭桂坊的"97"買醉，後來登上"黃跑車"的黑色萬事得七人車，往"黃跑車"位於羅便臣道的住宅。

　　天美無法清楚記得"黃跑車"的詳細地址，只認出大廈入口牆壁有黑色雲石，並且有兩扇舊款的木框玻璃門。電梯停在七樓或八樓，記不清楚，一梯兩伙，"黃跑車"家內陳設很簡單，就像雜誌內介紹那種單身中產的住宅，黑白和灰。有點像紐約那些型格的小酒店。沒有畫也沒有盆栽。房間裏只有一張床，浴室的洗手盆旁邊擱著一小瓶"DKNY-black cashmere"、資生堂的旅行裝護膚用品和脫毛膏，還有一包衛生巾"護舒寶"，其他的天美全都無法記得起來。

後來"黃跑車"就把天美送回家裏去，那時候天亮了沒有？天美不記得，天美和衣上床又睡了好一會，十三日上午十一時半，天美醒過來，因為兩點半前就得趕到機場報到，天美一向不用鬧鐘。

天美梳洗後，打開衣櫃準備取出另一套制服，發現衣櫃內蹲坐著一個男人，天美首先留意到，男人身上的西裝質料甚為名貴，直覺要伸手去摸的時候，男人倒下，天美這才知道，男人已經死去。

事發之後，天美多次向警探們敘述從六月十二日凌晨十二時十五分至十三日下午十二時十五分的過程；以致天美記得的都深刻無比，忘了的就再也無法想起。

天美沒想過，德臣跟其他人一樣，甫見面就要求她把事情的經過再說一遍——雖然德臣已經從報上得悉一切細節。天美並無拒絕，她看了一下掛鐘，把敘述的過程維持在十至十二分鐘之間，證明內容並無增多或刪減。

天美無動於衷得令德臣疑惑天美是否就是真兇。

215

當德臣知道，雖然他身為天美的前度男友，卻沒有因此而知多一點點案中秘聞，難免就有點意興闌珊；不過這並不是他拒絕天美在他家裏留宿的原因。德臣說，今夜有些特別，你知道，我都沒試過跟做過隆胸手術的女孩上床……說的時候躍躍欲試。

天美在德臣家樓下蹲在地上痛哭不止，被一直跟蹤的探員發現了，以為掌握了可靠的線索。被帶回警署的天美平靜地解釋，我明天就要恢復上班，我不能再失眠，只是我無法再在我的睡房裏闔上眼……天美不介意警探對她的猜疑，只要他們讓她在警署裏睡一下就好。

第二天，天美如常穿上制服回到航機上。天美訓練有素，無視別人背後的打量與竊竊私語，不過天美很快就知道她不能再若無其事地繼續工作，天美無法把櫃門打開，無論那是食櫃、儲物櫃或置放頭等機艙客人衣物的衣櫃；天美站在櫃門前，手剛要碰到門把，整個人就簌簌地抖⋯⋯

天美開始了漫長的假期，只是她甚麼地方都不能去。警方通知天美，她暫時不能出境，直至另行通知。消息終於傳到加拿大，哥哥來電問天美，我的房子怎麼啦？你攪甚麼鬼？要是將來房子賣不出去，我要你賠⋯⋯

天美站在家門前發呆，她想不到有甚麼地方可去，最後還是把鎖匙插進大門的匙孔裏去。電腦一直沒熄，無聲的閃爍藍光是唯一的寧謐與安慰。天美留言——"我想找人陪住⋯⋯"

留言很快得到回應。有人問家居環境、有人問區域、有人問天美的工作、有人問陳設佈置、有人問天美的作息、有人問要人陪住的原因⋯⋯天美對一切實話實說，只除了要人陪住的原因；天美說，她剛被男友甩掉，還未習慣一個人在房子裏⋯⋯天美漸漸覺得這方法可行。

蛛絲馬跡，拼湊起來，終於有人單刀直入——"你就是那個把男屍藏在衣櫃裏的人？"

最後，留言板上只剩下"翠麗"。

天美輕易就猜到"翠麗"是記者，或傳媒機構派來的人，天美別無選擇；在人前赤裸也不比驚慄可怕。

天美約了"翠麗"見面。訝然發現翠麗真的叫翠麗。翠麗神秘，甚麼都不讓天美知道。天美聳聳肩，有何相干呢，我還有甚麼好怕？有人陪著就好。

天美家裏只有一張床，床的一邊靠牆，另一邊就正向著衣櫃。天美跟翠麗說，我睡靠牆那一邊⋯⋯翠麗並無異議。翠麗問天美，你既然害怕，為甚麼還把衣櫃保留？天美說，警方認為是證據，只是警方卻沒想過要帶走⋯⋯

於是翠麗睡在靠衣櫃的那一邊床上。天美終於有了安全的感覺。天美以為翠麗會輾轉，只是她很快就鼻息均勻，甚至有了細弱的鼾聲。翠麗一點也沒有將衣櫃放在心裏。

天美很難避免向翠麗提及案件的細節和發展。天美看見翠麗在床前盤膝練習瑜珈，就會忍不住說，屍體從衣櫃裏跌出來的時候，就是倒在這個位置……天美又要跟翠麗交代，她必須去警署看一批失蹤人口的照片，請翠麗為她照看著爐火……天美漸漸發現，翠麗根本就沒有將人人感興趣的案件放在心裏。

天美悲喜交集著，在經過了這麼多的事情之後，終於遇上了單純地願意陪她在這所房子裏住下去的人。

天美回復正常，就發現了翠麗其實非常忙碌。翠麗在天美的房子裏，忙著觀察和調查；她嚐天美吃剩的食物，嗅聞天美的衣物，審視天美的每則網上留言和電子郵件……翠麗對天美的一切都深感興趣。

天美問翠麗，你是誰？

翠麗說，我是翠麗，我可以讓你看我的身份證。天美想，你知道了我的一切，可是，我一點也不認識你；我只知道你每天練瑜珈、早上要灑香水、在中環上班、每週都上太古廣場購物……我認識你嗎？我明白你嗎？我應該害怕你嗎？

天美說，你知道嗎，他們在建築師的家裏找到好多隻女人的手掌，現在正在搜查他管過的地盤……我衣櫃裏那條男屍真的算不了甚麼，他們已經把我淡忘，沒人想知道我內褲的色彩和款式，你回去吧。

天美說得很平靜，邊說邊把遙控器按來按去，電視台的主持正在訪問建築師的同事，另一間電視台則找來了建築師的前妻……翠麗的眼睛沒離開過天美。

翠麗問，你為甚麼要跟他上床？

天美駭笑，我怎麼會跟他上床呢？我第一次看見他，他就已經死翹翹，你沒看新聞嗎？我跟他是素未謀面的……

翠麗問，你為甚麼要跟住在羅便臣道八十一號七樓A座的男人上床？

　　天美忽然領會了，翠麗身上的香水就是"DKNY-black cashmere"。

　　天美軟弱下來，天美說，你應該明白，我不是他唯一的外遇……

　　翠麗打斷天美，可是我只能找到你——你讓我認出了你。

　　天美不知道翠麗是不是還沒想好對策，翠麗一聲不響；她們就這樣靜靜地坐在電視機前，看著建築師的妻子決絕地跟建築師劃清界線，特備節目告一段落，天美問翠麗，你餓嗎？翠麗搖頭。翠麗說，我累了。天美想了一下，說，那就早些上床睡吧。

　　天美把電視機和燈關上，尾隨著翠麗走進睡房，就像這兩個多月來的每一個晚上。

　　翠麗和天美在床上躺下，兩人都沒闔眼，街上的霓虹光影透過窗簾，隱約劃出了室內的輪廓，衣櫃的陰影傾斜而巨大。天美說，兩個人住在這所房子裏有些擠，其實我還是喜歡一個人睡……翠麗語氣平淡，我也是，頓了一下，翠麗又說，那就再找房子吧，找一所有兩個房間的，天美堅定地說，好。天美以為翠麗已經睡著，翠麗忽然問，你真的不認識那個男人？天美知道翠麗說的是衣櫃裏的屍體。天美說，不認識，不明白他為何要在我的衣櫃裏自殺，警方說他的胃裏有砒霜，只是沒證據是他自己吞下還是給人灌食……翠麗的聲音忽然有點惺忪，其實他是誰也沒多大關係哦……天美想，翠麗說得也對。

　　二人就這樣安靜地睡著了。

原刊於《E＋E》第13期

時光・聯想

◎ 董啟章

　　列車來到大圍站的時候，耳機內正播放著一青窈的CD，手上捧著大江健三郎的《憂容童子》中譯本。無意識地抬起頭，一刻間自書本和歌聲抽離出來，視線穿過車廂玻璃窗，觸到對面月台上在等車的不疏不密的乘客，和人們身後那像以深度透視法呈現的通道景觀，突然就察覺到，那邊就是東鐵和馬鐵之間的轉車交匯處。我在關門前的一瞬突然決定下車。我從這一方的月台電梯降落到下面的車站大堂，向另一邊的馬鐵月台跨步而去。自從馬鐵一年多前通車，大圍站的擴建部分啟用，縱使經常坐東鐵經過，也未曾試過在這裏下車和轉車。眼前的大圍站光亮寬廣，已全洗往日的小站局促氣息。

　　今天又晴又雨地反覆著，五月天下午兩點的火車站月台悶熱非常。這條新開的支線稱為馬鐵，即是往返馬鞍山的意思，但終站卻是烏溪沙。看著指示牌上寫著"往烏溪沙"，心裏就感到不可思議。在我的少年時代，烏溪沙還是個學校郊外旅行和宿營的去處。那是個無論如何也沒法跟便捷的鐵路系統連繫起來的地名。列車很快進站，車廂只有四卡，比東鐵短一半多。可能由於時段關係，乘客也不多，佔去座位不夠五分之一。我抬頭閱讀路線圖上的站名，大圍之後依次是：車公廟、沙田圍、第一城、石門、大水坑、恆安、馬鞍山、烏溪沙。當中除了第一城是私人屋邨而恆安是公共屋邨名稱，其他的都保留了原先的鄉郊地名。單看名字，真還可以想像成一條郊外觀光線。久居於這個城市，本來沿路景觀應該是見怪不怪的，但這是我第一次坐火車經過這一帶，而且心情又因為剛看過不久的一齣電影而抽離著，竟就處處感覺到超現實的氣息。這裏的環境無疑是陌生的。這幾年來我以教授寫作為職業，常常要坐長途車到不同地區的學校去，但卻從未來過馬鞍山開課。在這塊近十年才開發的填海土地上，盡是幾幢成一組的簇新私人或公共樓房，且清一色是二十多三十層的高密度住宅。處於高架橋道上的視覺，和列車滑行穿梭的移動方式，讓一路上並列無間的高廈群不斷地摺疊和展開，造成了一種輪流於壓迫和舒張的不穩定感覺。在其中一個路段上，列車左邊排列著城堡般森嚴的樓宇裏，右邊卻是未開發的青蔥山嶺。可以想像，車廂兩面座位的背向可以造成截然相反的兩種景觀。除這段之外，馬鞍山已經不怎麼能看到山了。不消二十分鐘，就到達終站烏溪沙。列車上只剩下連我在內共四個乘客。

我在烏溪沙站小型而精緻的月台上踱步。月台上的冷清跟平素坐火車的經驗大相徑庭。我賴以往返粉嶺和九龍市區之間的東鐵，使用量已經完全飽和甚至是過度，致使由晨早到深夜也塞滿了乘客。如此寥落的月台景觀，實在有置身電影場面中的虛構之感。架建於路面上空的月台，其中一邊被車站上蓋建築遮擋。從較空曠的一方望出去，遠處可見鄉郊式的沿岸小房子和靜渺的內海灣。車站已經偏離馬鞍山的主要樓宇群，坐落於市區的邊沿了。從烏溪沙再進去，沿小路蜿蜒拐往山後，就是西貢了。兩年前為了寫一個以海邊小鎮為背景的長篇小說，我常常從沙田坐299號巴士，取道馬鞍山進西貢考察。這部小說寫了幾章約十萬字，就擱了下來。到了最近才又萌生續寫下去的想法，甚至是大幅改寫的構思。不過，這個下午我沒有進西貢的意思。我只是隨著突如其來的心緒，以大圍為中轉站，來到鐵路系統另一端的盡頭。又或者，是由於突然想起，雅T是住馬鞍山的。如果我沒有記錯的話，剛才進入馬鞍山區位於鐵路旁的一間中學，應該就是雅T的母校。自從上星期給我傳來了早前在大學校園的一張畢業合照，雅T未有回覆電郵，也不知道是不是去了旅行。我掏出手提電話，打了雅T的號碼。那邊沒有人接。我在答錄機上留了言。其實也沒有甚麼特定的意思，只是想說自己在馬鞍山，想起她來，便打給她。返回大圍的列車進站，我和另外三個乘客走進車廂。坐下來，看著窗外的風景無聲地緩緩移動，心裏就湧出仿似雜亂無章的許多聯想。

　　打電話給栩栩的時候，栩栩說她正在宿舍收拾東西。搬回家裏嗎？我問。回上海過暑假。她說。那豈不是會錯過《小冬校園》的舞台劇？噢，忘了這回事。這齣劇是關於你的啊。是嗎？或者到時已經回來呢？再看看吧！掛下線，心中有點悵然。我從來也不知道，栩栩怎麼看我寫她這回事。她並不表示反感，但反應也不算熱烈。而我竟也沒有直接問過她。列車剛離開大圍站，不一會就駛進沙田站月台。下午的列車未算擁擠，但也已經到了沒有座位的程度，而且乘客相當嘈吵。一個入時少女拿著手提電話高聲調情，另一個中年男子因為生意瓜葛而向著話機粗言辱罵。雖然我是個寫小說的，照理應該隨時以敏銳的心思觀察世情，但我真的忍受不住了。我選擇了自閉的方式，戴上耳機。那是嘍囉送給我的MP3播放機，小巧的，可以掛在脖子上。裏面是嘍囉預先下載的椎名林檎精選歌曲。椎名是抵抗外界噪音的不二之選。嘍囉的心思可真細密。我想起昨天下午正在戲院裏看《珈琲時光》的時候，調到震動功能的手機顯示嘍囉打電話來。我沒有即時接聽，後來回覆，他說他下午在粉嶺教寫作班，本來想到我家探望我和我孩子。噢，不巧啊！我剛才在看《珈琲時光》呢！嘍囉說：好悶的電影啊！只是一味在模仿小津的鏡頭運用！我說：我倒覺得很有生活質感。我想，可能是嘍囉生活太忙碌太勞累了。

　　不過，這個下午的確有一種鬱悶感。部分原因是昨晚睡不好。昨天午後和欣看完《珈琲時光》出來，已經是七點半。在戲院旁邊的Kubrick書店逛了一會，再在附近吃了晚飯，看已經是九點，欣卻說不如再看一齣。於是又回到戲院去。可以選擇的電影有王家衛新上畫的《愛神》和大陸導演陸川的《可可西里》。我們不約而同地說：怎樣也不看《愛神》！結果自然是看了《可可西里》。看完出來一邊坐車一邊談，一直談到回家躺在床上還未終止。可幸的是兩齣風格迥異的電影我們也喜歡，而兩者的好處竟也可以拿我們都不喜歡的王家衛電影來作對比說明。這樣的一讚一罵，真正睡著可能是兩點多。第二天坐火車到九龍塘又一城商場，本來是為了給欣買生日禮物。可是，在名店林立的高級商場裏逛著逛著，卻對消費這回事感到沮喪。腦海中還是縈繞著《可可西里》裏面，為了保護藏羚羊而慷慨赴死的志願巡山隊員。藏羚羊原有上百萬數，因為歐美市場對羚羊毛的需求而引發非法狩獵和買賣的勾當。到了九十年代初，藏羚羊只剩下二萬多頭。由藏人日泰帶領的巡山隊員，在裝備嚴重缺乏又沒有政府支援的劣境下，幾年來一直奮力追捕濫殺羚羊的槍手。電影以實錄方式拍攝，避免過於戲劇化的情節潤飾。巡山隊一行八人，加上由北京來的年輕記者，開著吉普車和卡車進山去。山裏茫茫一片的就是西藏人稱為"可可西里"的美麗大草原。

但美麗大草原也同時危機四伏。沿著獵人蹤跡窮追了兩星期，隊員們不是失散在風沙中，就是意外身亡，最後只剩下隊長日泰和記者兩人，在雪山裏追上槍手群。十幾個槍手圍攏上來，給繳械的日泰竟還義正辭嚴地喝令賊人投降就逮。在嘲謔聲中日泰揍了對方的頭目一拳，有人就開槍把他當場殺了。雙方甚至沒有真正交火，巡山隊就這樣潰敗了。獵殺者繼續逍遙法外。我思索著，是不是日泰他們智謀不足，或者不自量力，所以才大事不竟呢？他們的舉動幾乎可以說是去送死。勢孤力弱，但為了心中的"可可西里"，可以置生命於不顧，這當中不是有一種不屬於現世的單純嗎？還是，"單純"的其實是導演和觀眾，太容易就把主角英雄化，把事件悲壯化呢？可是，這種"英雄化"和張藝謀式的"英雄"相比，無疑還是比較接近人性的。最後記者安全脫險，回到北京把事件報道出來，引起國際關注，國家才採取實質行動杜絕捕殺藏羚羊。

《可可西里》導演陸川屬於中國第六代導演，跟我早前看過的賈樟柯是同代。在偶然的機會下在國際電影節看了賈樟柯的《世界》，我和欣也很喜歡。新一代果然有新氣象，好像重新抓住了真實，和人文關懷，而不是一味賣弄電影風格。當我收到郵寄來的五月號Artslink，看到藝術中心將會播映賈樟柯的幾齣舊作，就立即上網訂票。訂了《小武》、《站台》和《任逍遙》之後，又搜尋關於《珈琲時光》的網頁，找到一篇湯禎兆的文章。因為曾在日本留學和生活，湯禎兆對於電影中的地標運用深有個人體會。湯指出女主角陽子居住的地區和出入所乘搭的都電荒川線，如何應和小津安二郎在《東京物語》中的場景，營造出老舊時光的意涵。而加入了富文化氣息的中央線，則指向交接和過渡的意味。湯認為這當中有一關於"成長"的含義，而侯孝賢對小津採取了一種反向的致意方式——在《東京物語》中年老的鄉間父母來訪，發現自己原來是子女的負擔，但在《珈琲時光》中追求獨立的女兒陽子卻其實並未成長，空有理想和主張但卻不懂得照顧自己的日常起居。身為作家的陽子，為尋找前代作曲家江文也的足跡而奔走，就算是懷了台灣男朋友的骨肉，卻沒有結婚的打算，還決定獨自生養孩子。可是，這樣的一個獨立自強的新時代女性藝術家的形象，卻因為央求母親做薯仔燉豬肉，和招待家人吃飯卻要父母付賬，而顯出了驕貴女兒的另一面相。湯在文末饒有深意地說："陽子的撒嬌寫照，其實也是我們這一代不敢承認卻不得不承認的共同性格陰影部分。"

　　再去看雅T的網上日記，才知道原來她這幾天病倒了，但卻又忙於計劃去旅行的事。會先去台灣，然後去英國和法國。作為大學畢業之旅，這亦無可厚非。不過，在身邊的同學都忙著求職和面試的時候，她對於自己還沉醉於玩樂感到有點內疚。但她又隨即向自己承諾，旅行回來會立即展開新生活，努力找工作，做一個全新的人。雅T總是這麼的天真單純，情緒大起大落。總是在呼嚷著要長大，但卻又永遠沒法完成長大的過程。再查電郵信箱，果真就收到

223

她的回信，內容大致和日記相同。另外，又有一封W恩的來信，說她昨天下午去看了《珈琲時光》，而心情亦跟電影的氣氛接近。她說大學宿舍改變選錄政策，舊宿生須讓位給國際學生和新生。但她是決意不會搬回家住的了。原本也想過跟朋友合租一個地方做畫室，現在可能考慮找一個可以住進去的單位。於是她就一整天跑來跑去找地方。W恩在理工大學唸設計，之前唸過沙田的專業進修學院設計系，但她的理想是繪畫，最近又想學習寫作。然後，還有一封適然的電郵，說她正在面對人生的一大考驗。她的□□進醫院了，在深切治療部，情況十分嚴重，而她守候在旁。不知為何電郵裏沒有把□□顯示出來。我猜可能是親人中的長輩。適然正在專業進修學院唸產品設計，應該是低W恩一屆。我一直有點擔心，一個像她一樣受呵護又愛幻想的小女孩，將來怎樣從事務實的工作。我按了回覆鍵，游標一直空白的畫面上在閃，但我卻不知道可以說些甚麼安慰的話。

事情的確可以來得十分突然。就像《東京物語》裏面，來東京探訪子女的年邁母親，臨離京返鄉之前還精神奕奕，怎料在長途火車上突然一病不起，沒幾天就撒手而去了。在看完《珈琲時光》之後第二晚，欣在影碟機上重溫《東京物語》，還一邊比對《珈琲時光》的細節做筆記。我是在她看到一半的時候才加入，故事發展到父母留京的最後一晚。父親跟老朋友到酒館聚舊，慨嘆著年老為子女所厭，喝得酩酊大醉。母親借宿於獨居的媳婦家中，臨睡前感激媳婦無私的關照，囑咐她忘記戰爭中死去的丈夫，另覓對象展開新的生活。老母親安懷地說，這一趟來過東京，一一見過兒女，就算這樣就去了，也沒有遺憾了。結果一語成讖。後來得知母親病危，子女們和兒媳都趕返鄉下探望，也預感是送老人家最後一程了。喪禮過後，兒女匆匆告別，回到各自的生活去，遺下老父和幼女京子。一個鄰居經過窗前，見老人無聊獨坐，便慰問說：老太太去了，一個人生活一定是十分孤獨了。老人瞇著眼微笑回應：是啊，真的是孤獨呢！我和欣也詫異於兩人說話的直率無諱，和臉上的笑意。雖說小津長於節制，但人物往往直抒胸臆，坦然面對，相反侯孝賢的致意之作卻少言和迂迴，人物彷彿總是面面相左，或者欲語還休。

小津安二郎的百歲冥壽，應該是2003年吧。兩年前的夏天，和欣到日本旅行，從東京乘橫須賀線到鎌倉，看鶴岡八幡宮和鎌倉大佛，想不到卻在鎌倉文學館碰上小津百歲冥壽紀念展覽。當中最令我們困惑的，是小津參與侵華戰爭的部分。除了小津在行軍期間拍下的氣氛有如郊外旅行般歡快的照片，還有好幾本用漢語抄錄中國地方童謠和謎語的筆記簿。那看來不是一趟純真美好的旅程嗎？我們都想知道小津對戰爭的態度。不久前在一片抗議日本教科書篡改侵華歷史的浪潮中，在報上讀到梁文道的一篇文章，他主張應該把矛頭指向“反罪”而不是“反日”。文章裏面引述了小津行軍時所寫的一段關於中國山河之美的描繪，梁也就發出了相同的疑問：孜孜探索人倫關係，處處流露人文關懷的電影大師，究竟是怎樣對待自己國家的侵略行為，和自己曾經親身參與其中的這回事呢？可惜他發現，小津對此事緘口不語。雖然對大師滿懷敬佩之情，但我們也不得不對這種判斷的空白感到遺憾吧。梁文道的結論是，戰爭之罪，並非只由幾個發動侵略的邪惡頭目所承擔的，而是由所有交出自身的判斷力，甘於跟隨集體行動的個人。而非常悲哀地，當中包括善良，富有學養，和具藝術創造力的人。

與小津相反的是大江健三郎。多年來他對日本國家主義的批判不遺餘力，到近作《憂容童子》也依然面不改色，毫無保留地把政治判斷的問題和個人問題的雙重關係置於核心。這本書是和欣看完《珈琲時光》之後，在戲院旁邊的書店閒逛時，一看見就立即買下來的。之後幾天就急不及待一直在讀。這是大江前作《換取的孩子》的續篇，內容也歸結和呼應了諸如《燃燒的綠樹》和《空翻》等作品中的四國森林背景。大江用以自況的老年作家古義人決定回到四國家鄉居住，探索關於"童子"的傳說，並以此思索個人以及社會重生和救贖的可能。有趣的是這本書以閱讀《唐吉訶德》為映照，把古義人摹描為唐吉訶德式的狂想者，也可以說是擁有"童子"精神的一個人物。跟古義人同行的中年美國女學者羅絲小姐，在談到唐吉訶德之死的時候，特別注意到唐的忠僕桑丘的一句嘆喟，說他的主人是slain only by the hands of melancholy。羅絲小姐於是忠告精神陷於低落的古義人說："千萬不要把melancholy的小m變成Madness的大M啊！"

炎炎夏日難免令人陷於憂鬱中。在《東京物語》和《珈琲時光》中，人物總是抵受著悶熱的天氣，沉寂地坐著搧扇子或者吹電風扇。這幾天V城除了悶熱，還陰鬱多雨，間歇雷鳴閃雷，但頃刻間又會烈日當空。列車經過大學站的時候，天色就全面陰暗下來，吐露港上空的雲層低低地壓下，彷彿要把對岸馬鞍山的樓房都統統吞沒。我懷疑那邊已經下著大雨。欣的生日已經過去，我才想到買甚麼生日禮物。這幾天來她都說著要找《珈琲時光》劇終播出的那首歌。我上網查過，那是飾演陽子的一青窈作詞和主唱的。我不知道原來一青窈是個歌手。她父親是台灣人，母親是日本人，所以她在曲中填了一段國語。一青窈在劇中唸對白的聲調頗為低沉含混，難以想像她唱起歌來嗓音圓潤，判若兩人。據說她的詞寫得很富文學性。由她來扮演劇中的年輕女作家，可謂最恰當不過。可是，我對找到一青窈的CD沒有把握。她在本地顯然沒有知名度。

在九龍塘站下車轉乘地鐵，從旺角站出來，陽光卻猛烈得教人抬不起頭來。就是在這樣的下午，W恩為找房子的事而奔走，但大半天也徒勞無功。交通和環境不說，租金本身便是個大問題。還在唸書時期，雖然可以教畫賺點零用，但說到學費和生活支出，大部分還是靠父母和向政府借貸的。自己搬出來生活談何容易？可是，斷不願意搬回西貢老家。也不只是上學路途遙遠的問題，而是待在家裏就沒法作畫。實質上地方不夠，精神上也受到束縛。也不是家人有甚麼不好，只是覺得到了有所追求的這個年紀，就需要有自己的空間。在油麻地舊區逛著逛著，W恩就在一間茶餐廳坐下來，吃了份三文治。然後想起，電影中心就在附近，不如去看《珈琲時光》。與此同時，我在旺角鑽了一間影音店又一間，店員都說：沒有這個女歌手的CD。沿著彌敦道一直往前走，不經不覺來到油麻地，熬出滿身大汗。我躲進地鐵站裏去，決定坐兩個站到尖沙咀。

收到我的電話的時候，栩栩在宿舍收拾衣物。大學規定暑假宿生必須搬出。但她不想搬回家裏住。她討厭旺角這個家。周圍環境紛亂局促，家裏又沒有人。媽媽整天工作，碰面也沒幾句好談。她打算把東西搬回家裏寄存，就回上海去過暑假。雖然上海的祖父母有時也很嘮叨，但她卻想逃離一下V城的生活。沒事可做也沒事須做的上海，給她一個脫離現實的空間。栩栩想不到一年來買的新衫這麼多，預定的尼龍袋都告爆滿。都怪學校和購物商場太接近之故。也許是衣物摺得不妥貼，還未用盡尼龍袋的空間。栩栩推翻尼龍袋，把衣物盡數傾倒出來。堆散一地的衫裙突然讓她沮喪萬分。從頭逐件仔細摺好，果然勉強可以完全塞進袋裏。栩栩鬆了口氣，張開雙臂癱倒在床上，卻望見書架上那一疊Artslink。是從2004年2月到2005年1月一連十二期《對角藝術》的刊載。都是關於栩栩，關於藝術的半虛構文章。都已看過，要不要收藏起來，還是丟掉？或者送給別人？她也不知道，裏面所寫的，其實能不能說是她自己。至於當中的自己哪裏給作者了解，哪裏給誤解，她也從來沒有向他明言過。他在電話中提到七月上演的《小冬校園》話劇，說也是跟她有關的。那要不要趕回來看？為甚麼他老是要寫我？她跟他說，明年的論文不寫張愛玲了，想寫王安憶。都是上海人。她已讀過王安憶的《長恨歌》，剛借了她的中期作品《紀實和虛構——創造世界的方法之一種》。這次回上海要好好讀王安憶。

那個下午，在那以烏溪沙為終站的馬鐵列車上，我突然想到兩年前那個擱置了的西貢小說。那也是個以栩栩為女主角的小說，初題為《學習年代》，關於年輕女孩栩栩高考失敗後避居西貢的人生學習。也許由於後來專注於另一個長篇《恩恩與嬰兒宇宙》的寫作，又或者是因為原本這個故事出了點甚麼問題，就暫時放下了。持續地以“栩栩”作為原型——除了Artslink上的短篇，還包括一個即將出版的長篇《天工開物・栩栩如真》——人物卻好像越來越偏離現實了。可是，究竟怎樣修正想像中的栩栩和現實中的栩栩的落差，卻是毫無辦法。在移動的列車上，腦海忽然浮現W恩的形象。於是我發現了一個新的可能性，那就是以W恩作為栩栩的對照，去改寫那個西貢長篇。而且，W恩是西貢人，在西貢長大，那實在是不可多得的真實巧合。慢慢地就出現了，類似於《體育時期》中貝貝與不是蘋果的配對——栩栩與W恩，兩個相反又相通的女孩。這大概可以建成《學習年代》的雙重螺旋形敘述架構。

回到家裏，本來想立即打開電腦，把新的小說構思記錄下來，但卻收到J寄來的信。是真正的貼上郵票由郵差派送的信。在J離開

V城移居外地之初，我和她還是以電郵聯繫的。到了大概是前年年底，有一天收到她的電郵，說重讀了一遍《體育時期》這本書，看到裏面那些關於她的，和以她為原型的部分，就覺得疑惑。她問：你為甚麼可以這麼殘忍的，連皮帶肉地寫出來？我沒法分辨她的語氣，究竟是指責還是甚麼。我一時間不知該如何回答，一擱下去，大家就斷絕了音訊。直至半年前，她突然執筆給我寫信，談到她的生活近況，我們才又開始在紙上交談。這次她的來信讓我擔心。我不知道自己為甚麼總是察覺不到她內心的困擾和憂慮，致使我對她信中所揭示的問題毫無預期。可是，我無法以一個明智者和幫助者的角度給予開解。我反而只能抖出自己內心隱藏著的近似的情緒，去表示自己並非不能體察她的狀況。J說：四年前這個時候，我們還在籌備著我那本書的出版啊！那麼J始終沒有忘懷寫作這件事吧。她最近又在寫東西了，說寫好了給我看，又問我新近寫些甚麼。我寫了五張紙的回信，連同十二期Artslink上的篇章影印稿，放

進大信封裏，寫上 J 的地址。

　　我還以為處理電郵比較輕省。藝術中心的Connie回覆，已經收到關於出版《對角藝術》的合約草擬，會盡快和利志達商量。演戲家族的Mandy回覆，《小冬校園與森林之夢》劇本的第三稿已收到，新加入的部分有助強化主角的心理矛盾，下星期可約個時間出來詳細討論。這個劇既是《小冬校園》的延續創作，也包含自況的意味，寫的是《小冬校園》的作者步入中年，因為寫作障礙而陷入精神困惑中。初稿寫得較平淡，較接近真實的自己，但因為劇團方面覺得戲劇性不夠，後來就加入了作家朋友的自殺事件，作為主角精神困擾的癥結。這件事其實是源於去年初一位台灣同代作家自殺的新聞。我並未親身認識這位作家，但卻從朋友口中側聞他的事情。對於他毫無預兆地突然尋短的因由，難以說清。有說是因為患上憂鬱症，也普遍認為跟當代的寫作環境壓抑有關。而他只是近年接連自殺的台灣中生代作家的其中一位。我從來也不覺得自己有這樣的傾向，但這件事卻對我造成很大的震撼，彷彿素未謀面的我們，其實早就由一股巨大的虛空和孤寂連繫起來。本來富夢幻色彩的《小冬校園》，也因此而變得陰沉了。最後一封電郵來自適然，很短的。標題是：My dear Grandma。內文是：她走了。

　　和日本歷史悠久錯綜複雜的鐵路系統相比，V城的地面和地下鐵路網可謂無甚可觀，車廂之簇新光潔也沒有風味可言。但一地自有一地的生活體驗。平日坐火車，我最喜歡太和跟粉嶺之間的一段三分鐘的路程。在天晴的日子，這段路上放眼盡是青蔥山嶺和綠油草坡。山坡上雖然連綿架設高壓電纜和梯形支架，但卻未曾破壞畫面中濃郁的自然色調。每帶兒子坐火車經過這段路，他總是要問：點解上面掛住啲波波嘅？然後就自己答：等啲飛機唔好撞埋去呀嘛！兩歲半的兒子最近不知怎的迷上了火車，拿起甚麼長形的東西就當做火車和鐵路，靠在別的平面旁邊就說是月台。於是也常常嚷著要坐火車。

　　我從前是不認識地面鐵路的。三十歲之前我一直住在旺角，也即是九龍市區的中心，出入通常坐地下鐵，卻極少到北面的新界去。我是認識了欣才開始坐火車的。那時候欣住沙頭角，即是新界的東北角邊境地區。從九龍進去要先坐火車到最北的上水站，然後再轉乘小巴。可以想像晚上送她回家是怎樣的一趟長征。我和欣是因文學而相識的。先是一起進行一個本地文學作家採訪計劃，然後又一起主持電台讀書節目。我們在九年前的夏天開始相戀，其時還一起到台灣參加文學營。一個月後的一個晚上，做完電台節目錄音，吃過晚飯，我陪欣坐火車回家，在路上卻一直有句話卡在喉頭說不出來。火車剛過了太和站，欣終於忍不住說：太和到粉嶺這段路較長，你有足夠時間想清楚。當然，那時候是晚上，窗外看不見任何風景。可是這段路其實說長不長。列車到達粉嶺，我拉著欣下車，和她站在月台上，待人潮散去，就說：我們結婚吧。

　　在《珈琲時光》的尾聲，在車廂內瞌睡醒來的陽子，赫然發現淺野忠信所飾的肇就站在她眼前。鍾愛鐵路的肇正拿著手提錄音器材，收錄電車旅程中的各種聲音。開門關門的聲音，廣播的聲音，列車起行和停下的聲音，乘客雜沓的腳步聲……兩人照樣不發一語，並肩站在月台上，肇戴著耳筒，手執小型米高峰，陽子悠然張望。電影在這裏突然就完了。我們還期待著看下去，但電影卻完了，響起音樂和陽子的獨白。可是，故事其實未完，生活也未完。這樣若即若離的中止，也就有了道理。有人會認為兩人壓抑情感，一直未有坦然的表白，但也可以說是盡在不言中了。那可以說是導演的節制，但也可以說是人生的實況。在真實人生中，未說或者說不出來的話，總比說出來的多。但如果能說出來，也未必不比不說乏味。

　　欣很想知道，電影結束時那首歌曲中的獨白是關於甚麼的。雖然她的日語已達可以日常交談的程度，但一時間還是聽不出所以然。這個下午，找遍了整個旺角也徒勞無功，我從油麻地坐地鐵到尖沙咀，打算到那邊的HMV碰碰運氣。我不抱任何期望，但結果卻給我找到了。一青窈的那張CD叫做《一青想》，那首歌叫做《一思案》。拿著得來不易的禮物，我在午間四點的尖沙咀蹓躂，想找個地方坐下來。附近不遠處有一間Starbucks咖啡店，但我討厭這種故作優雅的大型連鎖店。我情願去一家位於二樓的速食店。對不懂咖啡的我來說，那裏的咖啡還可以。速食店內部光潔明亮，玻璃窗把熙攘的街頭隔音，有一種熱鬧中的冷清，紛擾中的寂靜。我買了下午茶餐，呷著咖啡，打開CD封套，把CD插進隨身聽，一面翻看歌詞的中譯：

"養起柴犬／是少女希望藉此改變的假裝遊戲／一大片胭脂色的曬傷／和／母親潑過來的水裏過分亮眼的比堅尼／不知何時開始習慣了迂迴的表現方式／雲朵仿如六歲彼時／／明明埋藏了白地圖／在言問橋上陷入初戀的女兒／用大人的樣子回顧／看哪／結不了果實的點點汗水／終於終於開成了一叢叢的紫丁香／被生下來真好／／我和你之間　只是藍藍的／怎麼不想起是誰搖搖的／為了高興跟悲哀表裏一致的／還缺點兒甚麼　我思量　在歸路／／昨日化身成守護著我的父親／一頁一頁撕去了／是你／習慣了容易受傷的我　但是啊但是／不知何時才能實現／其實沒有甚麼好事也無妨／雖然有會比較好"

肇在電影中用電腦軟件繪製了一幅火車的子宮圖。那是為懷孕的陽子而作的。在蜷曲成圈狀的列車中央，是一個圓洞，洞裏浮游著一個胎兒。肇說那是他自己。胎兒戴著陽子送的車長用袋錶，和MD耳機。我戴著耳機，聽著音樂，呷了口咖啡，望向窗外的午後光影。想起早上和兒子到家附近逛公園，走到一半，兒子突然說：Daddy同你搭火車？我遲疑著，說：唔得呀，今日Daddy有嘢做，唔同得你去咁遠。兒子說：今日係公眾假期，Daddy唔使返

工。我看看錶，只是早上九點多。我說：好啦！去啦！Daddy同你
去搭火車！

後記

　　七月初，J從加拿大回來，短留三周，剛巧就碰上《小冬校園
與森林之夢》舞台劇的演出。能跟她一起坐在劇院裏，看這齣也提
到她當初寫作和出書的事情的話劇，是個珍貴的機會。栩栩卻錯過
了。她還在上海未曾回來，一直打電話也找不到她。但卻認識了另
一個栩栩，在劇中飾演許如真的L，還在演藝學院唸戲劇的L。同
一個角色，同一個名字，把兩個人連繫在一起。當然，那只是連繫
而已。無論L跟栩栩如何相似，L的故事，會是另一個故事。L的人
生，也會是不同的人生。由是，不同的時光，在藝術中得以互通，
成為共同的體驗。

原刊《香港文學》2005年10月號

公廁城市人之戀　　◎ 黃勁輝

　　香港，一個以地小人多聞名的城市。根據香港地政總署2005年4月的網上資料顯示，全港人口約670萬，海陸面積約佔1100多平方公里。過度擠逼的城市空間，產生很多很多的故事……

1.

　　從晨曦醫院的精神科走出來，門外小公園景物依然，跟我進來前好像沒有多大改變，樹木依然蔥綠，陽光依然燦爛；但是景物的顏色彷彿改變了，多了一層灰色。這怎麼解釋呢？這是心理因素的影響；還是這所建於鬧市的醫院的空氣已受污染呢？門外高速公路上風馳電掣的車輛颺起灰黃的塵土，風沙好像一個薄薄的帳篷把整間醫院籠罩起來。

　　自從跟醫生一席話，我的思緒很混亂。

　　這就好像一個患了失憶症的病人面對鏡中的影像，面貌形態是如此的陌生，你需要對自己的裏裏外外，重新的作一番認識。

　　腳，好像不是自己的，在路上飄浮。不知過了多久，一所書店門外紅色的橫額，闖進了灰色的視線："清貨大特賣"，我的心怦怦亂跳，不由自主的走入書店，不知何時，手裏挽了個購物籃。手很忙，所有幾乎新出版的書都跑到購物籃內。旁邊購書的都投以奇異目光。在香港，閱讀的人很少，購書的人更少，而以購物籃一口氣購買幾十本書的，肯定有精神病的！我只能向途人報以歉疚的微笑，手卻沒有停下來。

"病又發作了！"我彷彿聽到一把熟悉的聲音說。

"怎麼有這麼多書？"

我看著放在大廳，那屬於我的下架床，竟然被一大堆書吞噬了所有的空間，心裏慌張。不能給家人發現的！我想。幸好今天是周末，下午所有人都不在家，我要立刻把它們收藏好。我打開床板，下面早備有無數個防水膠袋。

忙了個多小時，我才把書本整整齊齊的、一本一個膠袋的包裝完備，身上已流滿汗水。很想洗澡，但是時近黃昏，媽媽很快會回來做飯，我必須在媽媽回家前把書本清理，背起大背囊便走了。

家門前有個公園，通常只有老人家或是小孩子才會在這裏休憩。長椅上陡然有個長髮少女，年十七、八，看不清臉貌，但見她的皮膚賽雪，穿著奶白色的背心，緊身的黃色小褲，手裏拿著⋯⋯拿著⋯⋯一本書。

又是她？那個喜歡閱讀的少女！

我已碰過她很多次了，經常一個人傻傻的坐在公園的長椅上，很晚很晚也不回家。大概三個月前，她好像開始閱讀，經常在這張長椅上閱讀。她在看甚麼書呢？好奇心的驅動，我裝作縛鞋帶，偷看她手裏的封面。

啊！竟是村上春樹的《遇見100%的女孩》？

這是我剛閱畢的一本書啊，怎麼她的口味跟我一樣？她彷彿向我微笑，書本的上方露出她的一雙眼睛，眼裏好像養著清澈澄明的流水，好不漂亮！

她⋯⋯竟然凝望我？

我故意低頭，避開她的目光，想繼續裝作縛鞋帶。這時才想起我穿的鞋子，沒有鞋帶的。雖然我沒有看那個少女的臉；從地上搖晃劇烈的影子可以判斷，她笑得比剛才更厲害。我裝作若無其事的伸個懶腰，昂首走了；耳根卻好像火灼般熱。我的眼裏看到那少女笑得抱著腰，不知何解，心裏有種開心的感覺。

2.

二奶star-east買些！（日語：歡迎光臨！）……憑這腔不中不日的會話，我在香港經濟泡沫後的超高失業率中撈得威打（waiter）一職，雖不能發財發達，最少僅能養活家中老母、失業老豆、兩個哥哥（一個弱能的；一個爛賭成性）及雙失弟弟（失業兼失學）；不，更重要的是因為我擁有一張討人喜歡的小白臉，還有我的伯樂——日本麵店老闆娘上山夏惠女士。她是個口操上海口音廣東話，擁有日本“相撲”橫綱級身型的胖胖中年女“鑽石王老五”，一雙豆一樣小的眼睛，擠在新鮮出爐白白嫩嫩的巨圓壽桃包上，經常對我流露貪婪的目光……我已漸入化境，早已練成“視而不見”的功夫。

235

我喜歡這份工作，日本料理店的下午總有幾小時休息。那幾個小時，我可以躲在廁所裏靜靜的看書。同事阿熊、肥健等通常拿著馬經或黃色雜誌在廁格閱覽；我卻取出一本《罪與罰》出來，其他同事把我看成怪物。我初時把書本的封面用白紙包裹，後來乾脆用防水膠袋包裹，把書貼在廁所的水箱蓋內。連書本也不用拿出拿入了。

這個毛病愈來愈嚴重，有時甚至工作時間，我會在小便一刻，有種腹痛的感覺，忍不住打開水箱，渾然忘我的蹲在廁所看一個小時，直至同事阿熊拍門才走出來，這是另類形式的便秘。

“你在裏面幹甚麼啊？老闆娘找你呀！不用做嗎？”我支吾以對：“小……小便……”阿熊的眼睛如銅錢般大，說：“小便也要一個小時？"幸好老闆娘對我格外關顧，所以我的壞習慣便養成了。有一次，肥健和阿熊向老闆娘投訴，我剛巧經過聽到老闆娘向他們勸告：

"你們也別怪阿勇了。他不過二十歲便腎虧，很可憐的！同公司工作，就是一家人，大家將就將就……"

3.

"歇斯底里超頻密急性腹瀉便秘症。"醫生說。

我失聲大叫："甚麼腹瀉便秘症？"這是甚麼病症？既腹瀉，又便秘，怎麼我從未聽過的？醫生重複："是歇斯底里……超頻密急性腹瀉……便秘症。"我一字一語的重複："歇斯底里……超頻密急性腹瀉……便秘症？"

"……"

"能醫治嗎？"

醫生托一托眼鏡，低頭看著桌上的資料說："很難說……這是一種很罕有的情緒病！全世界擁有這個病症的人不多於一個百分比，而本港未曾有人患過同類型的病例……""那怎麼辦？"醫生沒有回答，良久，他的視線從資料回到我的眼睛，似乎從很遙遠的地方回來一樣，問："這個病由何時開始？"

這應該從何談起呢？應該是……安寧的感覺……昏暗的燈光……那陣長年累積酸酸的尿騷味……對不起！我想不起來……

4.

　　我已經病入膏肓了！

　　全港所有公廁的水箱內，幾乎每一格也有我的珍藏。無論到任何地方，當我有急性腹瀉的感覺，都可以立刻走到自己的私人小空間，不會感到孤獨了。我把背囊內最後的一本書放進荃灣大會堂公廁第二格的水箱時，發現了一個不對勁的地方。只見水箱的蓋已經貼有一本書，竟是赫拉巴爾的《過於喧囂的孤獨》！這本書上個月無故失蹤了，怎麼又會出現？

　　近來，我發覺水箱內的書經常失蹤，過一段日子又會浮現出來。我一直覺得，有人在背後跟蹤我、偷窺我！心血來潮，我故意到旺角一間電子遊戲機中心側的公廁第三格內找《遇見100%的女孩》。水箱蓋打開了，上面有膠紙撕掉的痕跡。水箱裏面除了沖廁的鹹水，空空如也！

　　"莫非那個竊書的人，竟是那個少女？"我嚇了一跳。"她一個女孩子，如何闖進男廁呢？"

　　事情的發展實在匪夷所思！

5.

　　現在是晚上十時正了，月色朦朧，四下無人。

　　小小的公園，長燈之下，就只有她，仍然閱讀。

　　我在街燈前呆呆的看著她，腦際在空中搜尋，找不到一句開場白。

　　她看得很入神。

　　寧靜的晚上，就只有她翻書的聲音，還有小孩子踢足球的笑聲，從公園後面空地隱隱約約的傳來了。她忽然抬頭，啊？她發現了我！

我們四目交投。

我的心怦怦亂跳，不由自主的想轉身走去。

"喂……"一把嬌嫩的聲音。我一愣，這是我第一次聽到她的聲音，十分清脆。

小小的公園，只有我們倆。

"你……叫我？"我的聲音顫抖。她點一點頭，嫣然一笑。那是一張瘦削的臉孔，她有一雙線條很長的眼睛，笑的時候變成長長的一條線，很有魅力。

她向我招招手。

事情的發展真的匪夷所思，我就這樣自然的坐在她身旁了。我愚昧的沒有說話，本來質問她偷書的言詞，一個字也說不出來。我彷彿嗅到一種香氣，腦際混混亂亂的，不知所措。這是種很奇怪的感覺！

她首先開口，說："謝謝你！"

"謝謝我？"

"嗯！謝謝你把這個借給我！"她舉起了手中的《遇見100%的女孩》。

"這……我……何時……哪有……"我張口結舌的，為何我從來沒有印象借書給她？

"你不用否認了！"她微嗔說："那天我很不高興，一個人呆坐在這裏，模模糊糊的睡著了，醒來就發現長椅下多了一本書，是米蘭・昆德拉的《笑忘書》。我從來不喜歡閱讀，也不知這本書是怎樣出現的。但是我看完之後，本來的不快便消失了！我把書放回原位。第二天，我發現又換上一本新書，我覺得很神奇。我就是這樣開始閱讀了很多書，但是我不知道為何會不斷有新書出現。

"一個晚上，我故意在附近躲起來，等了很久，我看到……我終於看到……"她說到這裏，嘴角甜甜一笑，續說："……我看到你偷偷的把舊書拿去，又把新書換上。所以⋯⋯謝謝你！」

她的眼睛彷彿會笑一樣，月光的倒影就在她的眼波裏載浮載沉。

啊！原來是我幹的！

我的記憶彷彿一面封塵的鏡，一瓢清澈泉水，把塵土沖刷。記得幾個月前，我看到她獨自哭泣的情境，那個神情很可憐。我在三樓家中的窗戶遙望她，直到深夜，當時我正在閱讀《笑忘書》。她孤伶伶的一個人，在長椅上睡著了⋯⋯

「你經常一個人來這裏？」

「嗯！」她坐近我一點，一陣幽香撲鼻而來。我感到一陣暈眩，故作鎮靜，問：「為甚麼？」只見她愁眉輕蹙，說：「我的父母經常吵架，家又小，我只想找個寧靜的環境避避。那天⋯⋯我父母鬧離婚，所以我⋯⋯」她語音嗚咽，淚水滑下。

看到她哭，我的視野一陣矇矓，我彷彿感受到她的痛苦一樣⋯⋯

我的家十分窮困，四個兄弟和父母倆在三百呎左右的小室中過活，很不容易。老大是智障的，終日大吵大鬧，沒有一刻停下來。最糟糕是不懂上廁所，十多歲人，尿急便脫褲子隨處露出他的雞巴放尿。我們少看一刻，他便會給鄰舍的頑童脫光褲子，用橡皮筋彈射他碩大的雞巴比眼力。父親是地盤工人，經常失業，母親惟有找一些臨時女傭的工作。微薄的工資僅夠餬口，老大看醫生的錢也沒有。我經常想，老大的病這麼嚴重，不知跟當時家貧是否有關？如果父母早帶他看醫生，或許他現在就好轉了。老二是個性暴烈的躁狂，經常在家中偷錢出外賭博。輸光了便回家跟父母吵架，打老大和長年「雙失」的老四發洩窮氣。

我想起每次家中吵架的時候，便會躲在廁所內看小說。

不知何時開始，我們大家互相抱擁。記憶中我的病好似就在這一晚痊癒的，因為她說：

　　"以後你不高興的時候，就坐在這張長椅吧！我從家中的窗戶可以看見的，我就走下來，跟你一起看書、聊天！"

　　靜靜的夜，長街燈下，一雙影子，閱讀。

原刊《香港文學》2005年10月號

謎鴉　　　　　　　　　　　　　　◎　葛亮

西區柯克拍攝電影《鳥》的結尾，本來設計的場景是這樣的：

擠擠挨挨的海鷗，佈滿了整個金門大橋。

舊金山最終不是男女主角的諾亞方舟。影片的主題於是宿命了，欲罷不能。

環球電影公司拒絕了他的構思。這於西區柯克而言是不幸，於我們是幸事，至少有些希望，留了下來。

一

簡簡看了電影說，我才不信這個邪，幾隻鳥而已。我不相信幾隻鳥就能毀了人類。

說完了這些，簡簡很激動。跑到洗手間去嘔吐。

我知道，是她的妊娠反應上來了。

馬桶嘩啦一下子，我耐著心給她砸了一上午的核桃全都付之東流。

簡簡漱了口，擦擦嘴巴走出來。用很鄭重的口氣對我說，毛果，我想要一隻鳥。我要一隻和女主角買的那個一模一樣的鳥。

我們在花鳥市場轉悠。

簡簡看甚麼都像看書，一目十行。

我說，你慢點兒，這樣錯過了都不知道。簡簡不管，在前面急行軍。

突然，她停下來。說，看嘛，在這兒哪。

真的是它們，電影裏所謂的Love bird，愛情鳥。我看見籠子裏兩隻小綠鳥，羞答答的擠作了一團。我就說，這鳥見人一點兒不大方，跟早戀似的。

賣鳥的是個敗了頂的溫州佬，看我們有意思。就說，這鳥老好的。馬蛋鸚鵡，買對回去，和和美美。

簡簡問：馬蛋？

馬蛋，對，馬蛋花。溫州佬打著手勢，比劃出一朵層層疊疊的花來。

我明白了，是牡丹。

簡簡冷笑了一下，呵，馬蛋。說完頭都不回地走了。

我從後面追上去，說好好的怎麼又不要了。我問她，是不喜歡那個金魚眼的溫州佬？

簡簡搶白了一句，我買鳥，又不是買那個溫州佬回去養，他長甚麼樣和我有甚麼關係。

簡簡打比方，有時候有些十三點，道理卻是對的。

我說，不喜歡那對鳥了？

簡簡說，鳥是喜歡，可我噁心那麼個蹩腳的名字，甚麼馬蛋。

是你自己聽錯了，誤會而已。

有甚麼不同，反正我已經煩了。

簡簡一路往前走，突然停住了。

簡簡指著一隻挺大的籠子說：毛果，你看。

籠子裏頭是隻黑色的鳥，安靜地落在架上。牠發現簡簡在盯著牠，並沒有畏縮的表情，反而側過頭，直勾勾地盯回去。簡簡對牠吹了聲口哨，牠很迅速地蹦了一下，然後昂然地抬起頭，嘴裏發出了喑啞的一聲。

我說，牠叫得可真難聽。

簡簡問老闆，這是甚麼鳥。老闆坐在暗處，頭也不抬地說，八哥。

簡簡興奮起來，那會不會說話？

老闆說，還沒教，不過已經給牠剪了舌尖，你們回去一教就會。

簡簡很遺憾，你為甚麼不教牠呢。

老闆很討好地笑了，我沒甚麼文化，一天到晚說粗話，怕把牠教壞了。小姑娘，看你們兩個斯斯文文的，回去教牠唸唐詩吧。

簡簡看了一會，對我說，牠的樣子好，比別的鳥清醒。

然後又說：就是牠了。

簡簡做事，雖是信馬由韁，但是向來速戰速決。而我因為瞻前顧後，就顯出優柔來了，為了讓她覺得我像個男人，我就經常迅速遷就她的決定。

這回也是，我迅速地付了錢，把這隻很黑的鳥給她拎回了家。

二

簡簡把鳥放到露台上。

簡簡說，這個家沒甚麼好，可是有一個大露台。

在我眼裏，這露台卻是個很大的敗筆。我們沒甚麼錢，買了一個小戶型。這露台不是送的，實實在在地算進了平方數裏去。這麼大的露台有甚麼好，夏不能避暑，冬不能禦寒。大而無當，一無是處。比主臥還大，又不能用來睡覺。我這麼一說，簡簡就不服氣，怎麼不能，我巴不得在露台上睡，最好是做愛才好哪。我說，你瘋了，光屁股溜溜地在外面展覽，你可別毀我。

簡簡就說，這叫野合懂不懂，現在時髦著呢。虧你讀了一肚子四書五經，連孔子哪來的都不知道。

簡簡這會兒在露台上，對著她的鳥抒情。簡簡說，噢噢噢，小可憐兒，你爸是個二百五，急吼吼地搬進來，房子裏裝修的味兒還沒散呢。媽咪可是心疼你，怕你嗆著，幸好我們有個大露台，噢噢噢。

我一聽就火了，我說，哎哎，話說清楚，誰二百五，誰急吼吼的了。還有誰是誰的爸，話可得說清楚。

這鳥可算給你買著了，用來變著法的罵我。

簡簡不理會我，還在那兒巴巴結結，絮絮叨叨的。

鳥卻也不怎麼理會簡簡，自顧自地理了理毛，然後就是一臉目無下塵的表情。

我突然有些煩牠，就說，看牠那副鳥樣。

說完覺得自己討了沒趣，牠是鳥，自然是一副鳥樣。

簡簡跑到廚房裏去，乒里乓啷的。我進去一看，她正在砸核桃，我就誇了她，說，不錯嘛，知道自力更生了。

她哼了一聲，一把把我推開，雄赳赳地朝露台走過去。

我跟過去，眼睜睜地看著她把核桃仁一粒粒地放進八哥的食盒裏去，臉上堆積著孝子賢孫的神色。我心想我真是命苦，我把她伺候飽了，她去伺候鳥。

那鳥似乎並不領情，挺有抱負的只管望著天。

簡簡很憤懣地轉過頭，說，一定是你剛纔嚇著牠了。

我用沉默表示對她的輕蔑。我正沉默著，就看見那鳥飛快地低下頭去，銜起一顆核桃仁囫圇地吞了下去。

我趕緊指著牠，對簡簡說：快看。簡簡回了頭。牠已經恢復了不受嗟來之食的矜持模樣。

簡簡就痛心疾首地呵斥我，看甚麼看，看牠都給你嚇呆了。

在那一瞬間，我對這隻鳥產生了恨意。在我的知識結構裏，八哥的印象儘管模糊，我覺得基本算得上種磊落的動物。雖然在鳥類裏也不出人頭地，卻是很本份的風格。

這隻鳥看上去，就有些詐。

一個小時後，食盒空了，簡簡終於醒悟過來。她只顧著高興了，沒對這隻鳥人前背後的不端品行做深入探討。

晚上睡覺的時候，簡簡說家裏添了個新成員讓她激動得睡不著。結果熄了燈，很快就響起了她輕輕的鼾聲。

睡不著的是我。

我披了衣服到了露台上，猛然間產生了錯覺，以為籠子裏空了。這隻鳥黑色的羽毛，已經和暗夜融為一體。牠仍然很安靜地站著，也許是疲憊了，把頭深深地埋進了翅膀裏。我突然有些自責，覺得牠其實是一隻無可厚非的鳥。我咳嗽了一聲，牠警覺地抬起頭來。這一剎，我看到牠眼睛裏射出很冷的光芒。

我打了個寒戰。牠煩躁地動了動，低低叫了一聲。

臥室裏響起簡簡很緊張的聲音，毛果，牠是不是餓啦？我趕緊回到床邊準備哄哄她，讓她息事寧人。看見她翻了個身，又沉沉地睡過去了。

三

第二天我回到家的時候。

聽到簡簡又對著鳥籠子喃喃自語。

我估計她說的多半和我有關，而且多半對我不利。

果然，簡簡在說，簡簡是好人，毛果王八蛋。

簡簡一遍遍地翻來覆去只是說這一句。

我說，弱不弱智，沒有新詞兒了。真以為謊言說上一千遍就成了真理了？

我把皮鞋脫下來，沉重地扔在地板上。

簡簡轉過頭，很嚴肅地噓了我一聲。輕輕地說，我在教牠說話呢。

哦？聽她這樣一說，我也躡手躡腳起來，我問她，有沒有成果？

簡簡就很沮喪地搖搖頭，舌頭都說麻了，開始教唐詩，牠不理我。我想是不是太難了，起點就放低了。這幾句都教了好幾小時了，還是沒反應。

簡簡突然又恍然大悟的樣子，說，牠是不是餓了？

我說，你能不能別老惦記著吃，牠又不是飯桶。

我想了想說，可能還是你的教育方法有問題，恐怕沒有賣鳥的老頭說的那麼簡單。等我，我去網上Google一下。

我很快查到了，就叫簡簡過來看。

八哥又名鴝鵒、鸚鵒、寒皋、華華。屬雀形目，椋鳥科。全世界共有一百一十二種。現在常見的是我國長江以南地區的留鳥。廣泛分佈於華南和西南地區。台灣、海南島等地。

八哥全身黑色，雌雄同色，體長約26公分，翼長約13公分。尾短呈楔形，嘴和腳呈黃色，喙直長而尖，腳長而強健。飛行速度快，姿勢平直。此鳥性情溫順，它的鳴聲嘹亮，富於音韻，因善於模仿他種鳥類鳴叫，智商高，學習人類語言及訓練做各種表演的能力強，因此成為人們所喜好之寵物籠鳥。馴養八哥要從幼鳥著手，在食物的引誘下，使牠去掉對人的膽怯心理，能聽從主人的召喚。關鍵問題要對八哥的音頭進行加工，一般稱作"撚舌"。用手指沾上香灰，伸到鳥嘴內，使香灰包住鳥舌，然後從輕到重地進行揉撚，舌端會脫掉一層硬殼，養半個月以後，再進行一次，這樣便能教牠說話了。另外，還有一種方法，用剪刀把鳥的舌頭修成圓形，再進行訓練。

每天早晚空腹時教，周圍環境要安靜，無噪雜聲音。教的話音節應先少後多，一句學會後再教第二句。每"說"清楚一次便賞給鳥喜歡吃的食物。像香蕉、昆蟲等。需多次重覆，一般學會一句需三－七天，能學會十句話的為優秀者。

看到這裏，我和簡簡相視而笑。簡簡說，原來如彼。

跟著她又躊躇滿志了：可把我折騰得不輕，明天再接再厲。我就知道之前是不得其門而入。

我說，又來了，放甚麼馬後炮。

簡簡就嘻皮笑臉地說，嘻嘻，過獎，其實放的是馬後屁罷了。

我對簡簡發不來脾氣，因為她躊躇起自己，比我還不遺餘力。

吃了飯，我在書房裏上了會兒網。外頭安安靜靜的，我心裏好生奇怪，想今天見鬼了，簡簡居然沒在客廳裏哭哭啼啼地追韓劇。

出去一看，簡簡安安生生地坐在沙發上，手裏是本很厚的書，作失神狀。

我說，老婆，你可是有陣子沒閱讀了。我走近了，把封面翻過來，竟然是本漢語大詞典。簡簡煩躁地打開我的手，哎呀，我這頁作了記號呢，別煩我，起名字呢。

簡簡捧著本詞典，蹙眉沉思，失魂落魄，在醞釀一個名字。我很欣慰地恍然了。

這一刻，我有些感動，覺得簡簡渾身散發著母性的光輝。不過我還是給出了理性的參考意見，親愛的，是男是女還不知道呢，不用這麼深謀遠慮吧，不急。

簡簡抬起頭，一臉茫然：鳥怎麼分男女。

我洩氣極了，算你狠，以為你在關心我們的下一代呢。

簡簡不答理我，專心致志地窩在沙發裏繼續發囈症。

簡簡跑到CD架跟前一陣亂翻，突然驚叫一聲，舉著一張唱片鄭重地回過頭來，對我說，有了，就叫"謎"。

簡簡手裏是一張Enigma, 她最愛的"謎"樂隊。

我們的，具體說是簡簡的鳥，被正式命名為"謎"。

簡簡對著露台大聲地喊：謎。

"謎"撲閃了一下翅膀，在籠子裏發出一聲鈍響，牠被嚇了一跳。

簡簡說，為"謎"起了名字，她要慶賀一下。

到了晚上睡覺的時候，簡簡洗過了澡，光溜溜地鑽進我的被窩。

對於我們的夫妻生活，簡簡向來是採取"明示"的態度。簡簡說，她要的就是古希臘式健康明朗的性和愛，一切拐彎抹角，遮遮掩掩的面紗都是需要揚棄的。因此，我對她的回應也一向十分"明朗"。因為年輕，我似乎沒有力不從心過。

也因為簡簡的興之所至，和我缺乏應有的思想準備。稀裏糊塗的簡簡算錯了安全期，我們一次燕好之後有了確鑿的成果。

關於這孩子的去留問題，我和簡簡有過相當激烈的爭論，我認為由於簡簡的年幼無知和我的事業無成，這個孩子的到來將會搞得我們手忙腳亂。簡簡的態度十分強硬。在作總結陳辭的時候，她用了一句很深刻的話一錘定音。她說：這孩子我是要定了。毛果，你別以為你生下來比我多了個把兒就能怎麼地，這孩子就是我將來攥住你的把柄了。

由於簡簡一向把話說得觸目驚心，到了我有了還口之力的時候，大勢已去。

今天，我摟著簡簡溫熱的身體，卻突然覺得心不在焉。

簡簡的體味莫名地發生了某種變化，似乎是身體內部的腺體所分泌出的某種氣息，變得溫柔淳厚了，有些來自雌性的克制與抗拒的信號，對我發出了警示。

我很誠懇地問她，寶貝兒，這樣會不會對孩子不好。

簡簡說，我問過醫生了。醫生說，孕期適量的性生活是可以促進胎兒發育的。

我有些吃驚，還有這樣誨淫誨盜的蒙古大夫。

我正在躊躇，簡簡突然憂心忡忡，毛果，你不會是在外面有女人了吧。

為了證明簡簡所言為虛，我必須在短時間內一振雄風。

簡簡的主動終於令我六神無主。我的慾望在霎那間膨脹起來，我們終於交纏在一起了。我們像兩隻心無城府的小獸，肆無忌憚地墮入了歡愉。

這時候，我正在無邊無際的慾海裏遊弋，我正喘息著，雄心勃勃地要登上一個浪尖。

突然，"嘎！" 高亢又刺耳的叫聲。我頭皮一緊，這沒來由的一聲，把我實實在在地甩到了礁岩上。我痛不欲生，迅速地疲軟下去了。

簡簡從我身子底下鑽出來，沒心沒肺地大笑。

我循著聲音的方向望過去。我有些惱羞成怒，撿起一隻拖鞋，朝著籠子使勁地砸了去。嘎，又是一聲，撲騰完了，"謎"煞有介事地看著我，直勾勾地，眼裏射出了冷漠的光芒。

我垂頭喪氣了。

第二天是周末，應簡簡的指示，訓練"謎"說話的工程正式啟動。為了表示我的寬容大度，我必須積極地參與進去，儘管心裏滿懷著恨意。

簡簡本著賞識教育的原則，準備了一大堆的核桃仁和花生米。

簡簡把上次我給她找的資料列印下來了，一共幾句話，她還十分迂腐地用紅筆在上面劃了又劃。簡簡重溫了一下重點，嚴肅地說：

現在我們開始給謎"撚舌"，毛果，把籠子打開。

我說，你撚你的，我在旁邊給你當副手。

簡簡不耐煩地說，讓你開你就開，牠要是咬我怎麼辦。

我嘿嘿冷笑，就知道你是葉公好龍。我打開籠門，小心翼翼地把"謎"捧出來。"謎"還算配合，並沒有一驚一詐的表現。還沒咋地，簡簡又開始對牠讚不絕口，我都快被她煩死了。

簡簡又捧出了一小碟子灰來，我很好奇，問她，你打哪兒弄的香灰，不會是蚊香吧？簡簡不屑地說，切，蚊香有毒你知不知道，我會有你那麼喪心病狂？接著她輕描淡寫地說，昨天晚上，我燒了你幾根菸。

我心裏一驚，我的萬寶路啊。自從簡簡懷了孕，我菸癮一上來，就只好楚楚可憐地蹲在角落裏嚼茶葉。好你個林簡簡你在家裏搞禁菸運動，為了隻破鳥，竟然自己冒自己之大不韙。

"用手指沾上香灰，伸到鳥嘴內，使香灰包住鳥舌，然後從輕到重地進行揉撚。"簡簡吐字清晰地讀完了以上的段落，然後和我大眼瞪小眼。突然，她很粗暴地吼起來，毛果，你怎麼還愣著，揉撚，揉啊。

我也火了，我說林簡簡，你不要欺人太甚，沒看我正攥著鳥啊。簡簡說，那好，我摁著牠，你來揉。

我沒心思跟她理論了，避重就輕，世上唯女子與鳥難養也。

我捏了把菸灰，使勁撬開謎的嘴，要往裏頭塞。簡簡手騰不出，死命蹬了我一腳，說，有你這樣的麼，要噎死牠啊。講點策略好不好，核桃仁。

這鳥到底頭腦簡單，看見我手心裏的核桃仁，經不起誘惑，張開了嘴。我趁機把沾了菸灰的手指頭伸到牠嘴裏。我還沒捏住牠的舌頭，牠已經醒覺了我的暗算，努力地甩了甩頭，把嘴騰了出來，照著我虎口就是一下。

這一下是往死裏啄的。沒怎麼耽誤功夫，就看見暗色的血流像條紅色的蚯蚓從我手上蜿蜿蜒蜒地爬下來了。謎很敵意地看著我了，黑色的眼睛裏是很惡很殘的光。牠在簡簡手裏掙扎了一下，好像不是為了脫身，是準備了更為猛烈的進攻，蓄勢待發。

簡簡驚惶失措地看看謎，又看看我。

我舉著血淋淋的手，終於氣急敗壞地說，靠，比老鷹還兇，有這麼樣的八哥嗎？

四

幾天以後，我們樓下的吳胖子解答了我的疑問。

吳胖子是我們這片兒收廢品的山東人，隔陣兒就上我們家來，因為跟我們，總是"有生意做"。簡簡心血來潮訂了太多的大刊小報，沒時間看，歸置歸置用蔥皮繩一捆，新嶄嶄地就扔給胖子了。

這回吳胖子來了，看我右手上纏著一層層的紗布，就大呼小叫地表示關心：呀，毛老師，受傷了呀，咋弄的？

我心裏就有些酸楚，除了林簡簡，天下人對我都挺好的。

我大事化小地揮揮手，沒事兒，給鳥啄了一口。

吳胖子就大驚小怪地問道，啥個鳥，這厲害？

我就朝露台上努努嘴。

吳胖子過去看了，轉過頭來，是個很迷惑的樣子，嘴裏嘟嘟囔囔的：你們這些知識分子也是，養甚麼不好，掛個烏鴉在家裏，怪不吉利的。胖子說完了，就看到我比他還要迷惑的臉。我回過神來，終於說，胖子，說話要負點責任啊，這鳥叫八哥。

胖子又過去仔細看了，很負責任地說，八哥我大大養過，翅膀底下有兩道白杠杠，這個沒有。這就是烏鴉，我們鄉下叫老鴰，專吃死耗子。

我心裏犯起一陣噁心，莫名其妙地辯解起來，可這鳥，還吃核桃甚麼的。

胖子說，這鳥命賤，其實是，啥都吃，逮啥吃啥。

結論似乎很確鑿了。

可簡簡的嘴很硬，說，毛果，你有點常識好不好，吳胖子的話你也信。他哪回收我們報紙雜誌不短斤少兩。

我說，好，林簡簡，既然你執迷不悟，我就去找了個有常識的人來。

第二天，我喊了我們學校生物系的小韓來家裏吃飯。

吃過飯有一搭沒一搭地把謎引見給了小韓。小韓也有點吃驚，作了論斷後，又很實誠地把烏鴉的食性、生活習性甚麼的口若懸河了一番，跟給本科生上大課似的。

簡簡的臉紅一陣，白一陣。

臨走時候，小韓跟我拽文，說，真沒想到嫂夫人還有此雅好，真是金屋藏鳥啊。

我回他，拙荊不才，小有怪癖耳。你積點口德，別到學校給我添麻煩。

我知道我還是有知識分子的迂勁兒，說一個人有怪癖，總比說他無知聽起來體面些。

這回我可理直氣壯了，我說，林簡簡，你還有甚麼話好說。

簡簡披頭散髮地窩在沙發裏，像一個罪人。

我說，今天先這樣，明天我到花鳥市場找那老頭算帳。

簡簡終於小心翼翼起來：毛果，再把“謎”留一天不行麼。

我看她可憐巴巴的樣子，有了惻隱之心：也行，我明天先去瞧瞧那老頭，再通知工商，後天把這鳥東西拎過去跟他當面對質。別“謎”呀“謎”的了，一假冒偽劣，不配這個名字。

第二天我去了花鳥市場，那老頭竟然不在了。那間叫做“物質生活”的舖子門鎖著，我朝裏面一看，是空的。我想壞了，這老頭肯定是積怨太多，拍拍屁股暗渡陳倉了。

我就問隔壁舖子的小老闆，他很詭異地看了我一眼，耳語似的對我說，老頭子死了。你是來租舖頭的吧？勸你別租了，不吉利，老頭死在裏面了。

他口氣神神鬼鬼的，聽得我毛骨悚然。

我知道，我胸中鬱結已久的一口惡氣這下沒地方出了。回去就把這鳥給放了，留著是個禍害。

一路上，我在想著怎麼應付簡簡。跟她曉之以理估計是白搭，由她鬧鬧情緒是在所難免了。回到家裏，喊了一聲沒人應。走進臥室，簡簡臉衝著牆在睡大覺。我心想，蠻好她是面壁思過，思得太多，累了。

我想要不要趁這個機會來個先斬後奏。但這不是君子所為，理在我這邊，等她醒過來，光明正大把這事給了結了。

那個“謎”，這會兒倒像個沒事鳥似的，一隻腳搭在棲木上，神情澹定得很。我嘆了口氣，這鳥東西有個好處，就是寵辱不驚，倒比有些人強多了。我還是把牠擱在了露台上，對牠說，咱們誰也不難為誰，我待會兒打開籠子你就滾蛋，好來好去。

這會兒，我只有上上網打發時間。打開電腦，嚇了一跳。牆紙甚麼時候給換成了一隻通體漆黑的大鳥，咧著個大嘴傻笑，好像鄰居大嬸在菜市場撿到了一百塊錢。我知道這是簡簡幹的。我心想都這樣了，你還要作甚麼怪，想靠這麼個愚蠢的創意力挽狂瀾麼。

MSN一登陸，就看見簡簡上線了。她老人家醒了，或者剛纔其實是在裝睡。她今天的名字叫"誰殺害了一隻知更鳥"，看來是準備跟我針尖對麥芒了。這倒沒甚麼出奇。簡簡跟我鬧彆扭，全是實實在在的冷戰，一言不發。可夫妻倆總得交流吧，這就得感謝微軟發明了MSN這個東西。簡簡抱著個筆記本無線上網，通過MSN向絕對距離不超過十米的台式電腦發送即時訊息。起先多半是對我說些非說不可的事情，比如老家裏有人來電話啦，明天下午兩點有人來抄煤氣錶啦。但是很快，簡簡就會忍不住發些小牢騷。我不理她她就說我蔑視她，我理了她就找我話裏的茬。這樣吵架的戰場由現實迅速轉向了網路虛擬世界。兩個人把鍵盤打得飛快，硝煙四起。到最後簡簡氣得把筆記本一丟，回到現實世界來掐我的脖子，我在疼痛之餘欣慰地笑了，這是我們講和的標誌。

我說，簡簡，那老頭死了。

簡簡發過來一條鏈接，我打開一看，亂七八糟的一堆標題："烏鴉智商賽過大猩猩，善於猜測別人意圖"，"烏鴉會說話，問好道吉祥樣樣都拿手"，"孟加拉故事：烏鴉救女嬰"，"泰製烏鴉巢湯能醫百病"，"英國聰明烏鴉會製做工具"。真是難為簡簡了，從哪裏搜來的這個網頁，竟然全是給烏鴉歌功頌德的。

我說，簡簡，那個賣給我們烏鴉的老頭死了。

簡簡給我發了一句話："烏，孝鳥也。謂其反哺也。"這是許慎《說文解字》裏頭的。

我說，簡簡，你冷靜一點，這個烏鴉我們不能留。

簡簡又發過來一句話，"慈烏，此鳥初生，母哺六十日，長則反哺六十日"。她怕我不知道這話的出處，注明：李時珍《本草綱目・禽部》。

我心裏冷笑了，這個林簡簡，甚麼時候變成飽學之士了。要不是我給她惡補，當年考文獻學差點及不了格。

我說，簡簡，我知道東西處久了都有感情，可是，養虎還遺患呢。

簡簡發話，主教訓門徒說：「你想，烏鴉也不種，也不收，又沒有倉，又沒有庫，神尚且養活它。」（路12：24）

我說，那老頭死了，說明甚麼，說明他妨主。

隔了一會兒，簡簡沒動靜，我想，小丫頭終於覺悟了。正想著那邊發過來一條：我們都知道鴿子替主人送信的功能，但我們不要忘記聖經中記載烏鴉被神差遣每天早晚給先知以利亞送餅叼肉的奇跡（王上17：2—6）。

我終於煩了，我說，夠了，林簡簡，你少用反動權威來壓我。不就是個破鳥麼，你值當的麼。

我站起身向臥室走過去，簡簡坐在床上，手裏還在稀裏嘩啦地翻，身邊不知道甚麼時候擺滿的書，上面貼著五顏六色的紙條。我知道了，林簡簡對我的資訊轟炸是有準備的。

簡簡抬起頭望著我，眼睛是血紅的。

我說，我對《聖經》沒研究。看不大懂。

簡簡開口了，好，那你總該知道愛屋及鳥的道理，我問你，你還愛不愛我了？

我說，這是兩碼事。

我說，林簡簡，你已經魔怔了。我不能讓你再這麼魔怔下去。

我返身走到露台上，拎起鳥籠子，打開籠門，擱在窗口。我說，出去，快給我出去。謎撲扇了一下翅膀，居然一動不動。簡簡在臥室裏喊出淒厲的一聲。我不理會她，我對籠子裏的鳥粗暴地嚷，出去，快出去。

我終於把籠子在露台沿子上使勁地磕打，我說，滾，滾出去。

謎被我磕出來了，牠垂直地墜落了下去。忽然，牠本能地撲騰起翅膀，飛起來了，飛得很笨拙，時時有失去平衡的徵兆。牠飛翔的姿態也是醜陋的，讓我嫌惡，牠不過是一隻一無是處的烏鴉。

牠是一隻鳥，牠觸摸到了細微的上升氣流。牠開始在空氣中攀升。牠不再驚慌，開始平穩地作盤旋的運動。牠在天空中盤旋了一會兒，遠遠地飛去了。牠飛去的時候，突然嘶啞地尖叫了一下，難聽得驚心動魄。

這時候，我心裏突然冒出了一句詩來，波德萊爾的：麥田裏一片金黃／一群烏鴉驚叫著飛過天空。

我立刻抑制住了荒唐的念頭。這會兒大腦裏居然出現這樣的詩意，不僅是不合時宜，簡直有些莫名其妙。

這時候，謎卻突然又出現在我的視野裏。我看到它收緊了翅膀，迅速地斜刺過來，在空中劃出了一道黑色的弧線，像一顆隕石。這動作是很優美的，我驚詫了，這動作不該屬於這樣猥瑣的動物。謎靠近了，牠筆直地飛向我。牠更加近了，牠開始忽扇著翅膀，撲打著鋁合金窗戶的玻璃了。牠是要進來，這玻璃是一層透明的堅硬的障礙。牠並不覺，因為裏面的世界就清清楚楚地在牠眼前。牠只是愣頭愣腦地，一味地撲打，撞擊，想要進來。

簡簡站在我後面，我用身體攔住她。她企圖越過我，我回轉身，緊緊抱住了她。

簡簡終於掙脫了我，衝過去將窗戶拉開了。謎正在準備新一輪的撞擊，牠失控一樣一頭撞進來，實實在在地撞在客廳的牆上。牠被牆的力量狠狠地彈到地面上。謎用力拍打著翅膀，艱難地想要站起來。簡簡走過去，捧起了牠。這時候我聽見簡簡清清楚楚地說：毛果，你要是再趕謎走，我就和你離婚。

五

"謎"被合法地留了下來，以一隻烏鴉的身份。

我保持沉默，為了簡簡。簡簡難得這樣執著於一件事情。我必須保持沉默，為了懷孕中的簡簡。

我想，謎不過是一隻鳥，一隻軟弱的鳥，牠和所有的鳥一樣軟弱。或許比我們人類更軟弱。

牠不會改變甚麼。

簡簡將鳥籠子搬到我們的臥室裏來了。我知道，她開始不信任我了。

她信任謎，她給了牠最大限度的自由，她將鳥籠子的門敞開著，她把露台的窗戶敞開著，她允許謎在家裏自由出入。她相信，謎會飛回來。

我說，是的。我心裏卻巴望著謎永遠不要再飛回來。

謎沒有辜負簡簡的信任。每天牠都會離開家。很快我們發現，牠的出入並非心血來潮，牠的往返時間在下午四點到五點整。聽到謎撲打翅膀的聲音，抬頭看看鐘，時針與分針精確地擺成一百五十度角。簡簡說，謎回來了，該做飯了。

簡簡開始熱衷於下廚房，她做飯的時候，謎蹲在她腳邊。她開給我的超市單子上是越來越多的葷腥。她手裏拿著一塊精肉說，可以把邊角料給謎吃。我知道，所謂邊角料，會佔到這塊肉體積的一半。簡簡不願意承認她對這隻烏鴉另眼看待。

我走進廚房，看到謎正在地上啄食一塊顏色很新鮮的豬肝。牠用爪子按著豬肝，用嘴使勁撕扯著，暴露出了低等的肉食鳥類的本性。牠貪婪的樣子仍然讓我噁心。

謎看見我了，牠叼起豬肝，蹣跚著走了幾步，躲到簡簡身後去了。

這孩子緊緊抱著膝蓋，真的很像一隻蜷在蛋殼裏的鳥。

簡簡和我一樣憧憬著這個孩子。

簡簡買了五顏六色的絨線。她坐在燈光底下，看著一本"針織技巧速成"的參考書，一針一線，開始為我們的寶寶編織小衣服。嬌生慣養的簡簡，笨手笨腳地忙作一團，在編織一頂小小的紅色絨線帽。

滿頭大汗的簡簡，時時停下手，用手掌比劃一下已經織好的部分，欣慰而驕傲地笑了。

這時候的簡簡，臉上是個很神聖的表情，讓人感動。

謎飛了過來，落在了簡簡凸起的肚子上。我揮手要趕走它，簡簡狠狠瞪了我一眼。

簡簡的腹部彈動了一下，謎也在簡簡的肚皮上顫動了一下，牠好像要失去了平衡，暗啞地叫了一聲。

簡簡格格地笑了起來。

我一走過去，謎就迅速地逃開了。牠真的很識時務，或許牠的智商真的賽過大猩猩。

我不再讓簡簡插手任何家務事。

我請了一個鐘點工，結果被謎給嚇跑了。

簡簡終於有些覺悟，知道我作為她身邊最親近的人。已經算是很善待謎了。

在我的伺候下，簡簡與謎過著養尊處優的生活。

簡簡坐在沙發上，一遍遍地聽德沃夏克、威爾第、拉赫馬尼諾夫，我們和所有曾經憤俗嫉世的年輕男女一樣向主流屈服，開始迷信胎教。

我不允許她看電視，因為電視的輻射可能對胎兒的發育造成傷害。

我不允許她吃鹽，味精和醬油。這對一向口味濃重的簡簡多少是種折磨。作為補償，給她買最貴的各地進口的反季節水果。

謎不再出去了，牠整日棲息在簡簡的身邊。牠在飲食上沾了簡簡很大的光，牠似乎不再是一隻毛色晦暗的烏鴉了，牠一天天地油光水滑起來，變成了一隻不那麼令人生厭的鳥了。

我雖然身心勞累，但是心裏的幸福感也在和簡簡的肚子一道膨脹著。

一切似乎都沿著好的軌道在發展，我幾乎有些欣欣然了。

六

這天，我剛剛講完一堂課。打開手提電話，一條短訊跳了出來，是簡簡發來的。

毛果，我要生了。

這時候離簡簡的預產期還有一個月零三天。

我發了一分鐘的呆，迅速往家裏趕。

手機又響起來了，是個陌生而急促的聲音，是毛果先生麼，你太太在我們醫院待產，請你儘快趕過來。

簡簡自己撥了120急救電話。

我朝醫院趕過去。我頭腦中是興奮和莫名的恐懼。我不知道為甚麼。

我趕到醫院。我問醫生說，我太太呢，我太太在哪裏。

這時候我看到一輛手術擔架車推過來，上面躺著簡簡。我大聲地喊，簡簡。

簡簡睜開了眼睛，簡簡的頭上滲著薄薄的汗。她看到我，憋足了力氣，發出很微弱的聲音，簡簡使勁地說，毛果。為甚麼他突然不動了呢，毛果，為甚麼我覺得肚子裏這麼沉呢。毛果，你聽好，要是他們問你要孩子還是要大人，你一定跟他們說要孩子啊。沒有這孩子，我也不想活了。

我緊緊拉住簡簡的手，我說，你胡說甚麼，再過一會兒，我們就看到我們的兒子了，我們就是一家三口了。

簡簡笑了。簡簡說，不，是一家四口，還有"謎"。

到了產房門口，醫生攔住了我，叫我在外面等。

我在電視上看過很多的準爸爸在產房門口度秒如年如坐針氈風度盡失。我嘲笑過他們，這時候我才知道自己曾經是多麼的愚蠢。

似乎過了很久，醫生走出來，對我說，毛先生，你聽好，你太太現在情況很危險，在手術過程中大出血，我們已經調動了血庫，你要作好思想準備。

我心裏一緊。

醫生頓了頓，說，還有，孩子死了。

我頭腦裏轟的一聲，一片空白。醫生的聲音好像從很遠的地方傳過來：他在產婦子宮裏已經死了很久，是個死胎。

我腳下一軟，跪了下來。我跪在醫生面前，我說，醫生，求求你，救救我妻子。

七

簡簡搶救過來了，但是，永遠失去了生育能力。

可是她還活著，這對於我，已經足夠了。

我在病床旁邊，給簡簡削一隻蘋果。簡簡表情漠然，一隻手還放在已經平坦下去的肚子上。

簡簡突然說，你快回去，你整天待在這裏，誰來給謎餵食。

我說，牠很好。你放心，我把牠照顧得很好。

我不能告訴簡簡，謎已經不存在了。

我親手殺死了謎。

醫生對我說，產婦已經脫離了危險，可能還需要繼續住院觀察一段時間。但是有些情況，我作為醫生，有責任再向你說明一下。

我說，請講吧。

你的孩子，不，那個胎兒，非常可惜。他已經發育得相當完全了，但是腦部嚴重積水，最終造成死胎，這應該是在懷孕後期出現的。有一點，我想向你了解一下，你們家裏，是不是養過什麼寵物，貓、狗，或者鳥類？

我說，沒有。

我想了想又說，我們家養了一隻烏鴉。

醫生似乎有些驚訝，他沉吟了一下說，這大概就是原因了。經過化驗觀察，產婦已經感染上了弓形蟲病。這種病由一種弓形蟲寄生引起的感染造成，主要以貓和貓科動物以及某些鳥類為傳染源。孕婦感染弓形蟲病，會通過胎盤傳染給胎兒，後果相當嚴重，可能引起流產、死胎，有接近一半的嬰兒出生後會有畸形、耳聾、失明、腦內鈣化、腦積水、智力障礙等問題，甚至導致死亡。你們家的這隻烏鴉，應該就是弓形蟲病的傳染源，建議你儘快處理掉。

我回到家裏。

謎正趴在沙發靠背上睡覺，看見了我，睜開了眼睛，站起來了。牠對我撲扇了一下翅膀，好像要飛過來。經過前一段時間的和睦相處，牠已經不怎麼懼怕我了。

我把謎捧在手裏，撫摸一下牠漆黑的羽毛。

我舉起了謎，用盡了力氣把牠往地板上狠狠地擲下去。

謎抽搐了幾下，死了。

這是在一瞬間結束的。天色慢慢暗下去了。我蹲下身子，看著謎的屍體，在黑暗裏閃著青藍色的光。

簡簡出院了。

她一路上都沒有說話。

回到家的時候，我拿出鑰匙開門，突然聽見簡簡說，至少，我還有謎。

簡簡抱著空鳥籠，站在我身後。

我說，謎飛走了。

簡簡說，你說謊，你殺了謎。

我說，是，我殺了牠。牠把我們的孩子永遠地殺死了。

簡簡走進臥室裏，沒有出來。

尾聲

第二天，簡簡拎著她的鳥籠子，從樓上跳了下去。

我想，我不會再愛上一個養鳥的女人。

原刊《聯合文學》2005年11月號

編者簡介

鄭政恆

　　作家及文學研究者，香港電影評論學會副會長，現職於嶺南大學人文學科研究中心。2007年在第一屆年輕作家創作比賽中獲勝，出版詩集《記憶前書》，並獲得第十屆香港中文文學雙年獎新詩組推薦獎。合著有《走著瞧——香港新銳作者六人合集》，主編有《讀書有時》、《2011香港電影回顧》，合編有《香港文學的傳承與轉化》、《香港文學與電影》及獲得第五屆香港書獎的《香港當代作家作品合集選・小說卷》等。

作者簡介

洛　楓

　　詩人、文化評論人，香港大學文學士及哲學碩士，美國加州大學聖地牙哥校區比較文學博士，香港電台廣播節目《演藝風流》客席主持；曾任教於香港中文大學、科技大學、嶺南大學等，研究範圍包括文化及電影理論、中西比較文學、性別理論、演藝及流行文化。

　　著有詩集《距離》、《錯失》、《飛天棺材》；小說集《末代童話》、《炭燒的城》；評論集《世紀末城市：香港的流行文化》、《盛世邊緣：香港電影的性別、特技與九七政治》等。其中詩集《飛天棺材》獲2007年第九屆香港中文文學雙年獎詩組首獎；文化評論集《禁色的蝴蝶：張國榮的藝術形象》獲2008香港書獎及我最喜愛年度好書等獎項。

關麗珊

　　香港出生，曾任報刊編輯和創作顧問，現全職寫作。多篇作品選入中學教科書和不同選集，多部作品由讀者投票選入香港書展心愛的書、十本好讀和十大書叢榜等。1996年成立普普工作坊，出版本地文學創作。個人作品數十種如小說、散文和評論等，近作有《再見A班》和《天空教室》。

車正軒

生於1981年。2003年於香港中文大學中文系畢業。現職為自由錄像工作者。最愛寫劇本，也寫散文和小說。創作包括文字、錄像、戲劇等不同範疇。曾獲獎項包括第二十六屆青年文學獎戲劇初級組優異獎、中大四院戲劇比賽優異劇本獎及2002年度中文文學創作獎小說組冠軍等，著有《小說旺角》一書。

也　斯

本名梁秉鈞，廣東新會人，在香港長大。美國加州聖地牙哥校區比較文學博士。嶺南大學比較文學講座教授。

著有中篇小說《剪紙》、小說集《養龍人師門》、《島和大陸》、《布拉格的明信片》、《後殖民食物與愛情》等。《布拉格的明信片》曾獲第一屆中文文學雙年獎，而《後殖民食物與愛情》，被亞洲周刊選為2009十本好書之一，亦獲十一屆中文文學雙年獎，他亦獲選為2012年度香港書展年度作家。討論也斯小說有陳素怡編《也斯作品評論集（小說部分）》。

並著有文化旅遊散文，如《山光水影》、《城市筆記》、《新果自然來》、《昆明的除夕》、《在柏林走路》、《越界書簡》、《人間滋味》多卷，以及詩集從《雷聲與蟬鳴》至《普羅旺斯的漢詩》十多卷，詩作譯成英、法、德、日、葡文。

崑　南

1960年代從事寫作，擅寫新詩、評論，曾創辦《詩朵》、《新思潮》、《好望角》等前衛刊物，《文藝新潮》的主力作者之一，及後創辦過《香港青年周報》、《新周刊》。曾任各大報章如《天天》、《成報》、《東方》、《經濟》的副刊編輯，2000年創辦《詩潮月刊》。

著作有《慾季》、《戲鯨的風流》、《地的門》等，著作《打開文論的視窗》獲第八屆香港中文文學雙年獎文學評論組推薦獎，詩集《詩大調》獲第九屆香港中文文學雙年獎新詩組雙年獎，亦擔任多屆公共圖書館主辦的詩及小說創作坊主持，創作獎及雙年獎評審。

陳寶珍

中國公民，土生土長香港人。年紀大，作品少。曾任教於浸會大學中文系，業餘寫作。離職後，息交絕遊，"為所欲為"，偶爾寫作。已出版的短篇小說集包括《找房子》、《角色的反駁》、《改寫神話的時代》。《找房子》獲市政局第一屆香港中文文學雙年獎。

董啟章

1967年生於香港，香港大學比較文學系碩士，1992年開始發表文章，現從事寫作及兼職教學。作品包括《紀念冊》、《安卓珍尼》、《地圖集》、《同代人》、《衣魚簡史》、《體育時期》、《天工開物·栩栩如真》、《時間繁史·啞瓷之光》、《物種始源·貝貝重生（上）之學習時代》等。

1994年〈安卓珍尼〉獲聯合文學小說新人獎中篇首獎，1995年《雙身》獲聯合報文學獎長篇小說特別獎，1997年獲第一屆香港藝術發展局文學新秀獎。2005年－2006年《天工開物·栩栩如真》獲聯合報讀書人最佳書獎文學類、中國時報十大好書中文創作類、亞洲周刊中文十大好書及首屆紅樓夢獎評審團獎。2008年，《時間繁史·啞瓷之光》獲第二屆紅樓夢獎評審團獎。同年獲2008香港藝術發展獎年度最佳藝術家獎（文學藝術）。

葉　輝

　　本名葉德輝，筆名葉彤、方川介、鯨鯨等，生於香港。曾任記者、編輯、報社社長等，作品包括現代詩、散文、小說及文學評論。1970年代參與創辦《羅盤》詩刊，並參與《大姆指》、《秋螢詩刊》、《詩潮》、《文學世紀》及《小說風》的編輯工作。

　　著有《書寫浮城》、《書到用時》、《最薄的黑　最厚的白：給石頭的情書》等，作品屢獲文學雙年獎散文推薦獎及文學評論推薦獎，《新詩地圖私繪本》及《鯨鯨詩集：在日與夜的夾縫裏》則曾獲文學雙年獎的文學評論及新詩獎項。現為嶺南大學人文學科研究中心顧問、香港浸會大學宗教哲學系顧問及《字花》顧問。

羅貴祥

　　現為浸會大學創意及專業寫作課程主任。文學創作有詩集《記憶暫時收藏》、小說集《欲望肚臍眼》、劇本創作《三級女子殺人事件》及翻譯劇《我們互不相認的一小時》。

韓麗珠

　　香港出生，曾出版小說集《縫身》、《灰花》、《風箏家族》、《寧靜的獸》及《輸水管森林》。曾獲2008中國時報開卷十大好書中文創作類、2008及2009亞洲周刊中文十大小說、香港中文文學雙年獎小說組推薦獎、第20屆聯合文學小說新人獎中篇小說首獎。長篇小說《灰花》獲第三屆紅樓夢文學獎推薦獎。2012年與謝曉虹合作出版《雙城辭典》（1、2兩冊）。

謝曉虹

　　1997年開始寫作，作品屢獲港台兩地文學大獎，曾被收入兩岸三地之小說及散文選集。作品包括小說《好黑》，手造書《月事》。曾獲第十五屆《聯合文學》小說新人獎首獎、2004年度香港中文文學創作獎小說組冠軍、2005年度香港中文文學雙年獎。2012年與韓麗珠合作出版《雙城辭典》（1、2兩冊）。

杜文諾

2004年中文文學創作獎小說組亞軍，作品曾以筆名亞文諾，散見於《字花》。於恐怖小說集《獻給上上》出版後，已絕跡小說界。

余　非

香港出生。香港中文大學畢業，主修中國語言及文學，副修中國音樂（演奏：古箏），1988年於同校取得碩士學位。1991至1992年間赴英國修讀出版課程，並取得碩士學位。在港長期擔任編輯工作，曾主編高錕唯一一本中文自傳《潮平岸闊──高錕自述》；業餘從事文藝寫作。2003年開始轉為全職作家。

短篇小說集有《天不再空》（台灣，印刻出版社）。得獎作品《514童黨殺人事件──給閱讀報告另一種選擇》在香港中學引來迴響（此書在香港得1999－2000年好書龍虎榜十大好書獎）。近年專注中學讀物寫作，30多本著作中有20多本為中學讀物。

王良和

原籍浙江紹興，在香港出生。香港中文大學榮譽文學士，香港大學哲學碩士，香港浸會大學哲學博士，現任香港教育學院文學及文化學系副教授。曾獲青年文學獎、中文文學獎、大拇指詩獎、香港中文文學雙年獎、香港藝術發展局文學獎。歷任青年文學獎、中文文學獎、理工文學獎、城大文學獎、大學文學獎、香港中文文學雙年獎評判。著有詩集《樹根頌》、《尚未誕生》、《時間問題》；散文集《山水之間》、《魚話》；小說集《魚咒》；論著《余光中、黃國彬論》等。

陳　汗

　　原名陳錦昌。廣東南海人，畢業於香港中文大學中文系，副修藝術。曾任教師、編輯、記者等職。擔任第一屆青年作者協會主席、工人文學獎評判等。從事電影工作多年，任電影導演、編劇，1990年以《飛越黃昏》獲香港電影金像獎最佳編劇，1999年以《愛情Best Before 7.97》獲台灣新聞局十大優良劇本獎，作品《劊子手張霸》則獲得香港編劇家協會第一屆全港電影劇本大賽冠軍。

　　1994年開始執導，包括短片《達賴活佛之母》、16mm電視電影《破碎中國》、35mm劇情片《告別有情天》、《陽性反應》及電視廣告。詩集《佛釘十字》獲第六屆中文文學雙年獎詩獎，曾為吳宇森執導的《赤壁》及周潤發主演的《孔子》擔任編劇。

李維怡

　　北京出生，香港長大。近年主要在香港從事紀錄片創作、錄影藝術教育及各種基層平權運動。現為影像藝術團體"影行者"的藝術總監，認為藝術創作應該屬於所有人，一直努力學習如何將藝術從殿堂想像拉回人民生活的空間。

　　2000年獲得聯合文學小說新人獎首獎，散文、小說與詩歌散見於《字花》、《文學世紀》、《明報》等。這幾年與不同的市民一起共同創作一系列人文關懷的紀錄片，包括有關紮鐵工人罷工的《紮草根·鐵生花》，有關保衛天星、皇后碼頭運動的《碼頭與彼岸》，有關都市貧民反迫遷抗爭的《順寧道·走下去》等，最新是2012年紀錄十年關注舊區重建與人文關懷反思的《街·道——給"我們"的情書》。 小說結集有2009年的《行路難》（第十一屆中文文學雙年獎小說組推薦獎）、2010年與友人結集的《走著瞧》及2011年的《沉香》（入選亞洲周刊2011年十大小說）。

可　洛

原名梁偉洛，筆名可洛。基督徒。

曾與友人合辦創作人支援網站CREATO（2000年）、合辦《月台》文學雜誌（2006年），並獨力創立文化藝術資訊網站Pixelbread（2006年）。

畢業於香港浸會大學中文系。創作以小說和詩為主，曾修電影編劇，具話劇劇本創作經驗。近年在明報出版社推出作品，著有小說《末日絮語》、《小說面書》、《陸行鳥森林》、《鯨魚之城》、《女媧之門》科幻系列、小說集《繪逃師》、詩集《幻聽樹》等。現為獨立作家及寫作班導師。

西　西

原名張彥，廣東中山人。1938年生於上海，1950年隨父母定居香港。早年擔任教師，後專心讀書、寫作。西西曾長時間在報章、雜誌寫作各種專欄，做過《中國學生周報》、《大拇指周報》、《素葉文學》等編輯。並先後取得過台灣聯合報、中國時報等小說獎。

1989年9月曾因癌病入院，手術後康復，先後出版了《哀悼乳房》、《飛氈》、《故事裏的故事》等書。其後則因手術的後遺症，右手日漸失靈，毅然改用左手寫作，完成長篇《我的喬治亞》、遊記集《看房子》。2000年，她開始學製布偶、毛熊，也作為右手的物理治療，於2009年出版《縫熊志》。2010年出版《猿猴志》，以猿猴為主題，討論中外文學藝術裡的猿猴形象和書寫，人和猿猴的關係等等，呈現廣博的人文關懷。

2005年，西西獲星洲日報主辦的花蹤：世界華文文學獎。2011年，應邀為香港書展年度作家。

陳　慧

在香港出生、長大、受教育。多年來從事電影、電台、電視台、舞台劇的創作工作，現於香港演藝學院電影電視學院擔任講師（電影電視編劇）。小說著作包括《拾香紀》、《味道/聲音》、《四季歌》、《人間少年遊》、《看過去》、《好味道》、《愛情戲》、《愛情街道圖》、《小事情》、《他和她的二三事》、《女人戲》等。《拾香紀》獲第五屆香港中文文學雙年獎小說組雙年獎。短篇小說《生日蛋糕紀事》、《八月的故事》曾被改編為電視劇，《七月好風》及《蛋撻情緣》曾被改編為電影。《愛情戲》及《女人戲》中的〈我的名字叫英台〉為舞台劇原創文本。

黃勁輝

文學與電影，兩者皆好。香港大學哲學碩士，山東大學文學與新聞傳播學院博士，曾獲香港電影評論學會最佳編劇、國內華語電影傳媒大獎最佳編劇等。小說著作《爸爸媽媽的愛情故事》（合著）獲選新地開心閱讀計劃十本好書，著有《同宿密友》、《香港：重複的城市》等。曾任電影編劇，作品包括柏林影展觀摩電影《辣手回春》、高票房賀歲電影《鍾無艷》等。嘗試將文學元素放入電影《奪命金》，為威尼斯影展競賽電影及2013年奧斯卡電影金像獎最佳外語片香港競賽代表。近年鍾情寓文學研究與創作於電影製作中，編著《劉以鬯作品評論集》（合編著），同時編導香港藝術發展局資助紀錄劇情影片《劉以鬯》。

葛　亮

香港大學中文系博士畢業。文字發表於兩岸三地。曾獲2008年香港藝術發展獎、首屆香港書獎、台灣聯合文學小說獎首獎、台灣梁實秋文學獎等獎項。作品入選當代小說家書系、二十一世紀中國文學大系、2008－2009中國小說排行榜及台灣2006年度誠品選書。

著有小說集《七聲》、《謎鴉》、《相忘江湖的魚》，文化隨筆《繪色》等。長篇小說《朱雀》獲選亞洲周刊2009年度華文十大小說。